우리 소설의 비급

식민 시기부터 전후까지, 11인의 작가 다시 읽기

우리
소설의
비급
祕笈 B급

김병길 저

기파랑

'연두저고리 즐겨 입던 순례 씨'에게

시대를 거스르며, 거꾸로 비추며

2018년 시라하 미츠히토(白羽彌仁) 감독의 영화 〈엄마의 레시피 (What's For Dinner, Mom?)〉가 국내에서 개봉됐다. 엄마가 죽기 전 함께 살았던 집을 재건축하기로 한 자매는 짐을 정리하다 붉은 나무 상자 하나를 발견한다. 그 안에는 빛바랜 가족사진과 함께 엄마의 레시피가 적힌 공책이 들어 있었다. 일본인 엄마는 대만인 아버지와 결혼해 두 자매를 낳았다. 엄마는 대만에서 딸을 기르며 현지의 갖가지 요리법을 배우고 익혔다. 엄마가 암으로 죽고 얼마 지나지 않아 두 딸만의 식사 자리, 자매는 냉장고에서 나뭇잎으로 싼 주먹밥을 꺼내며 "아껴 먹어야겠다"고 말한다. 죽음을 앞둔 엄마가 두 딸이 가장 좋아하는 대만 요리를 만들어 냉장고에 차곡차곡 챙겨 놓은 것이다.

그 장면에서 문득 몇 해 전 일이 떠올랐다. 고향 집에 들른 필자에게 어머니는 평소처럼 여름 김치 한 통을 고이 싸 건네주셨다. 습관처럼 받아들고 서울에 돌아와 열어 보았다. 참깨가 고명으로 잔뜩 올려져 있었다. 예전 어머니 손맛이 아니라는 것을 잘 알았기에 다시 뚜껑을 덮어 냉장고 깊숙이 넣어 두었다. 그로부터 몇 달 뒤 어머니를 임종했다. 여름이 끝나 갈 무렵, 우연히 냉장고 안을 뒤적이다 그 김치통과 마주쳤다. 한 젓가락도 대지 않은 김치에 어머니 얼굴의 검버섯 같은 곰팡이가 수북이 피어 있었다. 일말의 주저도 없이 음식물 쓰레기통에 버렸다. 나를 위한 어머니의 마지막 요리였다. 지금 내가 가장 먹고 싶은 음식이다. 하지만 이제 내가 맛볼 수 없는 기억이다. 시간을 되감는다고 해도 분명 먹지 않으리라는 것을 나는 잘 알고 있다.

이 책을 쓰면서 다시 찾아 읽은 소설들이 어머니의 그 김치와 많이 닮았다는 생각에 잠시 먹먹했다. 솔직히 말하면 둘을 대하는 나의 간사한 입맛이 닮았다. 감흥이 과거와 달랐다. 내가 변한 것이다. 물론 이참에 처음 읽은 작품도 적지 않다.

'전후(戰後)소설'이라는 멍에가 지워진 한국의 1950년대 소설은 연구자들 사이에서도 그다지 칭찬받지 못한다. 혹자는 식민 시기 말에 이은 제2 암흑기의 문학이라 혹평하기도 한다. 필자 또한 그와 같은 시선에서 다시 읽기를 시작했다. 여러모로 결과는 예상과 달랐다. 어떤 작품은 그 명성이 부풀려졌다는 사실을 알고서 내심 실망했다. 배신감이었다. 그러나 다음 작품을 읽기 전까지 불면에 시달리게 만든 수작 역시 적지 않았다. 예컨대 이범선의 「오발탄」은 전자요, 그의 다른 작품 「몸 전체로」는 후자의 경우다.

 단편 「몸 전체로」의 하숙집 주인 사내는 사변이 나자 가족을 이끌고 부산으로 피난을 간다. 그가 종일 궤짝을 날라 마련한 수제비 앞에 온 가족이 둘러앉았다. 일곱 살짜리 딸애가 창고 바닥 거적자리에 발이 걸려 수제비가 담긴 깡통을 그만 걷어차고 만다. 사내는 눈 깜짝할 새도 없이 딸애의 뺨을 후려갈긴다. 울음조차 터트리지 못한 채 아이는 몸을 파르르 떤다. 그의 아내가 쏟아진 수제비를 씻어 오자 아이는 울면서 연방 입에 퍼 넣는다. 한참 후에야 사내는 딸아이가 영양실조로 저녁때면 앞이 안 보인다는 사실을 알게 된다. 어느 날부턴가 딸애는 내장을 전부 토해 내는 듯한 기침을 하며 까무러치곤 한다. 전염병 백일해다. 창고 안에 같이 사는 금테 안경 의사의 성화에 사내의 가족은 쫓겨나다시피 창고를 떠난다. 대한(大寒)에 한데로 나앉은 그들은 가마니 더미 밑에서 밤을 지새운다. 사내는 그날 밤의 풍경을 또렷이 기억한다. 시인들이 좋아하는 별들이 하늘에 무수히 떠 있었다고. 그렇게 딸을 떠나보내고서야 사내는 "보초선(步哨線)에 선 병정 모양 항상 방아쇠에, 손가락을 걸고 싸늘하게 상대방의 심장을 겨누고 있어야 자기 생명을 지킬 수 있는 세상"을 비로소 직시한다.

이를 어찌 '전후소설'이라는 한마디로 간단히 얼버무릴 수 있겠는가? 목젖까지 차오르는 그 사연을 '동족상잔의 비극' 같은 상투어로 감당할 수 있느냐 말이다. '전후소설'이라는 타이틀이 차라리 모욕으로 느껴지지 않는가? 비단 이범선의 「몸 전체로」만이 아니다. 우리는 1950년대는 물론이거니와, 그에 앞선 시대의 소설 역시 충분히 읽지 않았다. 필자가 우리 '비급' 소설의 목록 작성을 위해 식민 시기 말까지 거슬러 올라간 사정이 여기에 있다. 기이한 것은, 문단에서 그렇게 폄하되어 온 이들 '비급' 소설이 정작 중고교 국어 및 문학 교과서에 가장 빈번하게 수록되었다는 사실이다.

이쯤에서 이 책의 제목에 숨겨진 사연을 토설해야 할 성싶다.

'B컷'이라는 말이 있다. 전문 사진작가들 사이에서 최상은 아니지만 버리기엔 아까운 사진을 가리키는 이 말은 표준어는 아니다. 그렇다면 영어 직역인가? 그것도 아니다. 콩글리시다. 'B급 영화'라는 말도 있다. 무명의 감독이 저예산으로, 소수의 스태프와 함께, 무명 배우를 캐스팅하여 빠르게 제작한 영화다. B급 영화의 기원은 1950년대 소규모 제작비의 공상 과학 영화로 거슬러 올라간다. 처음에는 질 낮은 영화를 지칭하는 경멸적인 용어였다. 그러다 1950~60년대 프랑스의 비평가들이 B급 영화와 그 감독들을 영화사의 중요한 부분으로 조명하기 시작했다. 이러한 뜻의

'비급 영화'라는 말은 사전까지는 아니지만 '우리말샘'에 버젓이 등재되어 있다.

한편 '가장 소중히 보존되는 책'이나 '비전(祕傳)이 담긴 두루마리' 따위를 가리키는 '비급(祕笈)'이란 말이 있다. 『우리 소설의 비급』에서 '비급'은 바로 'B급'과 비급(祕笈)'을 중의적으로 아우른 말이다. 이 책이 이야기하는 '전후소설'과 'B급영화'의 뜻이 일부 겹치는 데다 그 시기마저 공교롭게 일치하는 데 착안한 제목이다. 거기에는 보존 가치가 있다는 뜻이 더해져 있다.

소설은 본시 시대를 거스른 이야기다. 현실을 이야기하면서도 늘 그 너머를 상상하는 허구다. 실재를 거꾸로 비추는 거울이기도 하다. 소설의 그 천성이 변한 것도 아닌데 소설을 읽지 않는 시대다. 허나 자신의 시력만으로는 '내 안의 나'를 대할 용기가 여전히 부족한 독자라면 약을 갈아 마시듯 소설을 읽어 볼 일이다. 이 책을 구실 삼아서라도 말이다.

신축년 봄에서 여름 사이
어머니를 기억하며 우리의 잊힌 소설을 되받아 쓰다

차례

첫째 매듭 **장혁주**

조선어는
번역된 모국어였다

87세에 걸프전을 취재하여 *Forlorn Journey*란 영문 소설을 쓴 작가가 있다. 대구 출신의 그가 일찍이 27세에 일본어로 쓴 「아귀도(餓鬼道)」(1932)는 1,200여 편의 작품이 응모한 일본 유명 잡지 〈개조(改造)〉의 현상 창작 공모에서 당당히 2등을 차지했다. 일본 샐러리맨 월급의 열다섯 배에 달하는 상금이 걸린 이 현상 모집에 조선인으로서 처음 이름을 올린 작가는 누구일까?

그 작가를 인터뷰한 〈조선일보〉 '이활' 기자는 "그의 눈은 이지(理智)에 타는 듯이 빛났다. 일본의 어떤 아나키스트가 '오스기는 눈[眼]의 사람'이라고 말한 바와 같이 우리 장(張)군은 확실히 눈의 사람인 모양이다"라고 소개했다. 기자가 근대 일본의 대표적 사상가이자 아나키즘의 상징적 존재였던 오스기 사카에(大杉榮)에 비견한 식민지 조선의 그 작가는 본명 장은중(張恩重), 창씨명 노구치 미노루(野口稔), 필명 노구치 가쿠추(野口赫宙)—장혁주(張赫宙, 1905~1998)다.

「아귀도」는 경북 예천군 지보면 일대를 무대 삼은 작품이다. 가뭄으로 아사 직전에 처한 이재민을 구제한다는 명목으로 군수는 저수지 공사를 벌인다. 이에 주변 농민들이 공사장에 모여드나 하루 삯은 한 끼 밥값에도 못 미칠 정도로 헐하다. 그런데도 감독과 십장은 공사 기일을 앞당겨 임금을 착복하려고 농민들을 잔혹하게 학대한다. 날로 극심해지는 그들의 횡포에 마침내 농민들이 개선을 요구하며 들고 일어난다.

장혁주는 「아귀도」 창작 이전에 예천군에서 교원으로 근무했다. 「아귀도」는 그때의 체험에 바탕한 창작이다. 「아귀도」와 그 공간적 배경이 같은 「분기하는 자(奮ひ起た者)」(1933) 역시 자전적 이력에 기댄 작품이다. 일제 식민화 교육의 폭력성을 폭로한 이 작품은 교사 '김철'의 시선으로 이야기를 풀어 나간다. '김철'은 사범학교 시절 정의감 넘치는 인물이었으나 현재는 불의한 교육 현실에 속으로만 비애를 느낄 뿐이다. 그러던 차에 일본인 교장 '하야시'가 무고한 학생에게 폭행을 저지르자 억눌렸던 '김철'의 분노가 폭발한다. 결국 '김철'은 주재소로 끌려간다. 이 두 작품에서 보듯 장혁주의 초기 단편들은 식민지 조선의 농촌을 배경으로 일제의 폭압적 지배와 조선인의 저항을 담아냈다.

신문소설 전형 세운 『무지개』 『삼곡선』

식민 시기 장혁주의 조선어 창작 가운데는 장편소설이 적지 않다. 『무지개(虹)』(1934), 『삼곡선(三曲線)』(1935), 『여명기』(1936), 『여인 초상』(1940)이 그것이다. 이들 작품은 하나같이 신문소설로서의 자격을 오롯이 갖추고 있다. '신문소설＝통속소설'이라는 통념이 굳는 데 장혁주의 기여가 적잖았다.

장혁주의 첫 조선어 장편소설이자 신문소설 『무지개』(1934)는 그를 일본 문단에 화려하게 데뷔시킨 「아귀도」, 그 후속작으로 조선 남부 소작민들이 동양척식주식회사에 소작지를 몰수당하고 간도 지방으로 이주하게 되는 이야기 「쫓기는 사람들」(1932)과 사뭇 다른 현실을 그리고 있다. 〈동아일보〉는 "지금 이 땅에서 어물거리는 사람들의 속마음을 날카로운 메스로 해부하여 놓았다. 우리는 이것을 보고 스스로 고소(苦笑)와 참회의 눈물과 새로운 결심과 세찬 힘을 얻을 것"이라며 『무지개』 연재를 대대적으로 홍보했다. 이에 부응하듯 작자 장혁주도 "민족도 사회도 다 돌아보지 않고 혹은 돌아볼 줄도 모르고, 개인의 욕망밖에는 눈에 보이지 아니 하고, 그것을 얻기에만 급급한 무리를 그려 그것을 읽음으로써 교훈을 얻을 수 있다면 가치가 있지 않을까"라는 출사표를 던졌다.

『무지개』는 조선민족과 근대 문명사회를 비판적으로 바라보는 지식인 '이남철'의 사회 변혁을 위한 도전과 좌절을 그린 작품이다. 보통학교 교사 '이남철'은 비밀 운동을 펼치다 체포되어 감옥에 갇힌다. 출옥 후 그는 고향에 내려가 야학을 개설하려 하지만 급진파 청년들의 습격에 뜻을 이루지 못한다. 이 일로 자기혐오에 빠져 있을 때, 한 여인이 그에게 찾아와 동경(도쿄)으로 팔려간 딸을 구해 달라는 부탁을 한다. 그는 동경으로 건너가 최선을 다하나 실패하고, 그동안 자신이 행한 모든 일이 환상이었다는 자각 속에서 귀국한다. 이처럼『무지개』는 양심적인 지식인과 부정적인 인물들을 대비하여 타락한 세태를 고발한다. 문제는 그 결말이 체념으로 귀착된다는 데 있다. 체제에 굴복할 수밖에 없었던 지식인의 변(辯)으로 읽힐 위험이 숨어 있는 것이다.

　『무지개』연재를 끝마치고 반년 후 같은 지면에 연재한『삼곡선』은 전작과 비교할 때 통속성이 한층 짙다. 신문소설 하면 으레 떠올리게 마련인 남녀의 애정 문제가 직접적인 소재라는 점부터가 그러하다. 신문사는 이 작품의 연재 광고에서, "세 쌍의 젊은 청춘을 등장시켜 오늘날 젊은이의 번민과 해결 못 지은 문제를 어떻게 해결할 것인가"라는 말로 독자의 기대를 한껏 추어올린다. 작자 장혁주 또한 "좀 더 재미있는 이야기와 형식으로 독자에게 실낱같은 위안이라도 드릴 수 있다면 이번 이 소설의 목적은 다하리라 믿는다"며 흥미 위주의 이야기 전개를 예고한다.

　『삼곡선』은 동경 유학생 '윤창진'을 두고 '김선희', '강정희' 그리고 '서영주' 세 여성이 벌이는 애욕의 이야기다. '삼곡선'이라는

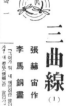

『삼곡선』연재 1회(《동아일보》 1934. 9. 26). 같은 지면에 강경애의 『인간문제』가 연재 중이었다.

제목이 상징하듯 이들 네 사람의 행보는 만남과 이별 속에서 교차한다. 이에 '이상수', '김종택', '채필수'가 가세하면서 각기 다른 욕망이 난마처럼 얽힌다.

대구의 여고보 교사 '강정희'는 문구점을 경영하는 유부남 '이상수' 그리고 부유한 난봉꾼 '김종택'으로부터 동시에 구애를 받는다. 그러나 정작 그녀가 연모하는 이는 연하의 '윤창진'이다. '강정희'는 '윤창진'에게 사랑을 고백하지만 거절당한다. 그런 가운데 모던보이 '채필수'와 약혼 관계에 있던 '김종택'의 여동생 '김선희'가 '윤창진'에게 적극적으로 애정 공세를 편다. 이때만 해도 '윤창진'이 마음에 둔 여인은 여고보를 이제 막 졸업한 고향 후배 '서영주'였다. 그녀 또한 어머니의 병구완에 쓸 돈을 빌려다 준 '윤창진'을 마음 깊이 존경하고 있었다.

그러던 중 '윤창진'이 고향에 내려와 수재민 구호 활동을 함께 펼치면서 두 사람의 관계는 연인 사이로 발전한다. 이를 계기로 귀농을 결심한 '윤창진'은 농촌 계몽 사업에 필요한 자금을 구하기 위해 '김종택'을 찾아간다. 그러나 거기서 '김선희'를 다시 만나 유혹에 넘어간 '윤창진'은 그녀를 배우자로 선택한다. 한편 이 두 사람의 결혼식을 눈앞에서 지켜보고 망연자실한 '강정희'는 '이상수'와 충동적으로 불륜 관계를 맺는다. 이후 그들은 평양과 서울 등지로 떠돌며 삶을 탕진한다. '이상수'가 돈이 떨어져 대구 집으로 잠시 간 사이 '강정희'는 극장에서 우연히 만난 '채필수'와 유흥에 빠지고, 마침내 '이상수'로부터 금전적 보상을 받는 조건으로 동거를 끝낸다.

모던보이와 모던걸로 불리는 『삼곡선』의 주요 인물들은 자유연애 사상의 실천가다. 그들에게 자유연애는 삶의 가장 중요한 내용이자 목표다. 그 실체는 성적 욕망이거니와, 그들은 굶주린 맹수처럼 서로에게 달려든다. 그들에게 윤리니 도덕이니 하는 규범은 전근대의 낡은 유물로 벗어던져야 할 구속일 뿐이다. 반면 건실한 청년 '윤창진'은 자신의 기생적인 과거 생활을 반성하며 농촌 계몽에 젊음을 바치리라 결심하지만, 그것은 어디까지나 '서영주'를 향한 연애 감정이 불러일으킨 일시적인 충동에 불과했다. 그 또한 도시 인텔리로서 누릴 안락한 삶을 끝내 포기하지는 못한다. 『무지개』의 주인공 '이남철'과 『삼곡선』의 '윤창진'은 그렇듯 한 사람이나 다름없다. 굳이 따지자면 '윤창진'이

자기 안의 세속적인 욕망을 좀 더 응시했다는 차이가 있지 않을까 싶다.

『무정』과 『상록수』의 가교, 『삼곡선』

『삼곡선』은 계몽소설의 색채 또한 지니고 있다. 그 원조격이라할 이광수의 『무정』에서 '이형식'과 '박영채', '김선형', '김병욱'은 유학을 떠나기 위해 탑승한 부산행 기차에서 우연히 만난다. 기차가 낙동강 범람에 막혀 삼랑진역에 일시 멈추고 그들은 수해 현장을 목격하게 된다. 이에 '이형식'의 주도로 수재민을 위한자선 공연이 열린다. 『무정』은 여기서 끝나지만, 『삼곡선』에는 그뒷이야기인 양 수해의 참상이 상세히 기록되어 있다. 매년 되풀이되는 홍수로 삶의 터전을 하루아침에 잃어버린 이들이 겪는 곤란이 생생히 묘사된다. 더불어 그들을 전염병에서 구하기 위해 펼치는 '윤창진'의 희생적인 활약상이 펼쳐진다.

여기서 특별히 주목되는 대목은 '윤창진'의 단상이다. 그는 대판(오사카) 지방이 풍수 재해를 입었을 때, 삼사일 만에 200만 원의 의연금이 모이는 것을 보고 기막혀 한다. 조선의 한 신문사가몇 달을 두고 모은 돈이 4만 원도 채 못 되는 사정과는 달리 양심이 바르고 애족심이 많은 일본 내지(內地)의 부호들은 거금을 선뜻 내놓은 것이다. 이 대조적인 현실에 '윤창진'이 느끼는 감정은슬픔보다는 부끄러움이다. 그의 민족적 열패감 한편에는 다음과 같은 자괴가 깔려 있다.

　　난 지금 같으면 도회에 나갈 생각은 조금도 나지 않아요. 내 주머니에는 한 푼도 돈도 없을 때가 많지마는 친구들 덕에 양요리다 중국 요리다 하고 먹구 다니고, 그뿐입니까. 배가 부르게 밥을 먹구도 카피―니 코코아니 케―키니 하구 군것질을 하구는 레코―트를 듣는다 영화를 본다 하면서 돌아다니던 것을 생각하니 정말……

　　나 같은 인테리야말로 한 푼 가치 없는 놈들이지오, 것두 제 돈푼이나 있는 사람이며는 용혹무괴라구도 할 수 있겠지마는 나같이 척푼없는 놈이 깃껏 한데야 밤낮 남의 덕에 얻어먹구만 다니였지 지가 뭐…….

이처럼 지난날을 반성하며 '윤창진'은 가난한 살림과 어쩔 수 없는 사정에 얽매여 있는 농민들 속에 들어가서 그네들의 살림이 조금이나마 편안해지도록 지도하고 싶다고 생각한다. 그러면서 이내 자신과 같은 인텔리야말로 한 달이나 옳게 그 일을 계속할 수 있겠느냐며 회의감에 젖는다. 이 솔직한 고백이 자기암시였을까. 고향을 다시 떠난 '윤창진'은 유학을 마치고 돌아와 레코드 회사에 취직한다. 그러나 그는 후일 자신의 변심을 뉘우치지 않는다. 한때 '윤창진'이 "현실을 리얼하게 관찰하지 못하는 것이 우리 민족의 결점이자 아름다운 정이 아닐까” 하고 자문(自問)하듯 ‘서영주’에게 물은 적이 있다. ‘서영주’는 민족의 결점이 맞는다고 단호히 답했다. 그녀의 말은 결국 이 작품의 복선이 되고 만다. ‘윤창진’의 탈향 후 ‘서영주’는 홀로 고향에 남겨진다. 작자 장혁주는 『삼곡선』에서 독자가 침 뱉지 못할 유일한 인물로 바로 ‘서영주’를 꼽는다. 이 작품을 계몽의 이야기로 확정 짓는 데 최적의 인물이라는 판단에서였을 것이다. 하여 그녀가 피날레 무대의 주인공으로 다음과 같이 초대된 사정은 마땅하고 지당하다.

그것은 어느 따스한 날 낮이다. 물에 휩싸여 떠나러가고 보잘 것 없이 황무지화된 벌판에 조그만한 함석집이 하나 지어저 있고 거기 수십 명의 어린 동무들이 현숙한 차림을 한 여자를 둘러싸고 자미있게 재저기고 있었다.
그것은 영주를 사모하고 모여든 어린 동무와 그들의 학교였다.
비록 좁은 바라크나마 그는 즐거이 아이들과 같이 교실에 뛰어들어 갔다.
그 교실은 밤이면 부녀들의 공부방이 되는 것이었다.
영주는 ‘이 땅에서 문맹자를 하나도 없이 하자!’
위선 그런 결심으로 몇 해를 나아가리라고 생각하고 있다.

『삼곡선』의 연재가 끝나던 달 〈동아일보〉는 창간 15주년을 맞이하여 상금 500원의 장편소설 특별공모를 행한다. 오해할 만한 사실은 당선작의 영예를 안은 심훈의 『상록수』에 『삼곡선』의 마지막 장면과 놀랍도록 흡사한 풍경이 나온다는 것이다. 좁고 후락한 예배당에 하얀 금을 그어 놓고 80명의 아동이 다 들어차 미처 들어오지 못한 아이들이 창문 밖 나무에 매달려 제비 주둥이 같은 입을 일제히 벌렸다 오므렸다 하며 "가갸거겨"를 목청껏 외치는 장면 말이다. 오늘날 같으면 표절 시비에 휘말렸을 이 우연의 일치는 『삼곡선』이 『무정』과 『상록수』로 이어지는 계몽소설의 계보에서 하나의 가교였다는 사실을 여실히 말해 준다. 마치 이를 예견이나 한 듯 작자 장혁주는 연재 마지막 회에서 "가장 존경하는 삶을 마지막 소개함으로써 이야기를 끝내려고 한다"며 '서영주'의 삶에 경의를 표한다.

『삼곡선』을 읽는 또 하나의 재미는 풍속사로서의 일면이다.

> "우리 종로에 나가 볼까 화신에 가서 런취나 먹고 교외로 나
> 가봅시다"

> "웨 그 접때 스끼야끼 먹든 집 말이오. 황금정에 말이어요."

> 그들은 운이동에서 조선극장 앞을 지나 종로에 나왔다.

"저 밀크허구 팡을 가저와", "팡은 빠타를 발러요?"

이 작품에 등장하는 모던보이와 모던걸은 미나까이(三中井)백화점 엘리베이터를 타고 옥상정원 카페에 들러 런치를 즐긴다. 그리고는 한강으로 드라이브를 나간다. 밤이 되면 황금정(지금의 을지로)에서 스키야키를 먹거나 방을 빌려주는 찻집 마치아이에서 기생을 불러 유흥을 즐긴다. 다른 날에는 토키(유성영화) 극장을 찾는다. 그 발걸음은 대구와 부산, 그리고 서울과 평양에 걸쳐 종횡무진이다. 작자 장혁주는 그네들이 연출하는 이 일상을 현미경 들이대듯 살핀다. 예컨대 고적함을 참지 못해 외출한 '이상수'는 길을 거닐다 닿은 극장에서 연극을 관람한다. 그리고 거기서 우연히 마주친 '강정희'와 외도에 들어선다. 오늘날의 독자는 '이상수'의 눈에 비친 다음과 같은 장면에서 1930년대 중반 식민지 조선의 극장 안 풍경과 대중극을 실감하게 된다.

그는 지금 「개화(開化)」란 예제에 문득 극장 앞에까지 들어가서 일등석 표를 샀고, 구두를 맡기고 쑥 들어가서 방석과 화로를 가져오라고 자리를 잡어버리었다.

무대는 어느 중류 이상되는 가정의 사랑과 그 앞뜰이 배경이 되었었고 바른편 사랑 마루턱 밑에 힌 옷을 입고 칼을 높이 빼어들은 장년 하나이 왼편에 역시 칼을 들어 거누고 섰는 동자 (童子)를 노리고 섰었다.

그다음은 양극이니 가극이니 레뷰—니 독창이니 하고 온갖 잡동산이를 뒤섞어서 저급한 관람객을 즐기게 하고 그렇게 하므로서 인기를 얻으랴고 하는 것이었다.

'이상수'가 사극과 함께 관극한 '레뷰(revue)'는 흥행을 목적으로 노래, 춤 따위를 곁들여 볼거리 위주로 꾸민 연극이다. 19세기 프랑스 파리에서 일 년 동안 일어난 일들을 연말에 풍자적으로 연출한 것이 그 유래다. 식민 시기 대중극단들은 본극 외에 레뷰와 같은 다양한 레퍼토리를 함께 공연했다. 악극단의 경우는 악극에 더하여 가수, 무용, 개그, 원맨쇼 등을 뒤섞은 소위 '버라이어티 쇼'로 무대를 꾸몄다. 이처럼 오로지 흥행을 목적으로 꾸려진 대중극단이 가장 선호한 통속극의 소재는 역사극이었다.『삼곡선』에 사극 〈개화〉가 비교적 소상히 소개된 것은 그 같은 당시 대중문화의 유행과 무관하지 않다.

조선인 작가에게 일본어 글쓰기란

장혁주의 조선어 글쓰기 저변에 도사린 의식이 무엇이었는지를 이해하자면 우선 그의 초기 일본어 단편소설을 유심히 들여다볼 필요가 있다. 작가로서 이름을 널리 알린 「아귀도」 창작을 전후

하여 장혁주는 「백양목(白楊木)」(1930), 「박전농장(迫田農場)」(1932), 「쫓기는 사람들(追われる人々)」(1932), 「분기하는 자」(1933) 등 경향성 강한 단편을 다수 발표했다. 민중의 비참한 생활을 세계에 널리 알리고 싶다는 명분에서 창작된 이들 일본어 작품은 하나같이 그 비판의 시선이 '제국'을 향해 있다. 그 때문에 검열당해 복자(伏字, 인쇄물에서 내용을 밝히지 않으려고 일부러 비운 자리에 '■', '×' 따위로 표를 찍음)된 어구가 부지기수였고, 게재 책자가 발행 금지당하기도 했다. 그럼에도 조선보다 일본 문학계에 발표할 때 검열이 관대할 것이라는 판단에서 장혁주는 일본어 글쓰기를 지속했다. 물론 그 이유만은 아니었다. 일본 본토, 내지 문단에서 작가적 명성을 얻으려 한 욕망이 어찌 없었겠는가.

결과적으로 그 시도는 성공적이었고, 조선 문단은 그가 거둔 성과에 찬사를 보냈다. 물론 이를 비판하거나 폄훼한 이 역시 적지 않았다. 장혁주는 「문단 페스트균」(1935)이란 글을 통해 "실력도 없이 질투나 일삼는 무리"로 조선 문단을 싸잡아 매도함으로써 그 역반응에 기름을 부었다. 그러한 공방을 떠나, 장혁주의 초기 일본어 단편이 당시 조선의 그 어떤 농민소설보다도 탁월하게 계급성을 구현했다는 사실을 부인하기는 어렵다.

그렇듯 일본의 일급 문예지에 당당히 입성한 장혁주가 조선어 신문소설을 쓰게 된 연유는 무엇이었을까? 무엇보다도 신문사 간 독자 유치 경쟁이 치열했던 이때 〈동아일보〉 입장에서는 장혁주의 명성이 상업적으로 요긴했을 것이다. 장혁주로서도 〈동아일보〉의 적극적인 청탁을 구태여 거절할 이유가 없었을 테다.

「아귀도」의 입선 후 장혁주는 세 편의 장편소설을 〈동아일보〉에 독점적으로 연재했다. 『삼곡선』의 연재 종료 이태 뒤 이 작품을 『현대조선장편소설전집』(1937)에 수록하면서 장혁주가 직접 밝힌 조선어 창작의 목적과 그에 임하는 태도는 이러했다.

> 조선문 소설을 쓸 때, 나는 동경문단에 발표하는 작품과는 태도를 전연 달리한다. 독자의 전부가 조선 사람이란데 나는 치열한 이상을 느낀다. 그것은 조선 민족이 우수한 민족이 되어지라는 욕망에서 나오는 이상이다.

이어 장혁주는 장점보다 단점이 더 많이 남아 있는 한 결코 일등 민족이 될 수 없기에 『무지개』와 『삼곡선』을 쓰면서 우리 민족의 결점이란 결점을 죄다 넣으려 했으며, 독자가 그 모자라는 점을 자신에게서 찾아 극복한다면 자기의 목적은 온전히 달성된 것이리라 말한다. 그 같은 견해는 『무지개』의 연재 광고에서도 피력된 바 있다. 오로지 재미만을 추구할 뿐 아무런 가치가 없다며 자신이 쓴 신문소설을 경멸하는 일부 작가들의 태도는 큰 잘못이라고 그는 지적한다. 그러면서 진정 재미있는 소설이 되려면 독자에게 오래도록 느끼게 할 뿐만 아니라 교훈을 주어야 한다고 말한다.

실제로 이러한 창작관은 장혁주의 조선어와 일본어 소설 모두를 관통한다. 신문사의 연재 요청에 그가 응한 것은 조선의 독자를 계몽의 대상, 곧 가르침이 필요한 존재로 여긴 시각과 무관하지 않다. 장혁주의 의식 안에서는 조선인이라는 태생적 열등감과 제국의 일등 신민이 되고픈 욕망이 내전 중이었다. 장혁주는 그 정신적 분열의 봉합책을 민족이라는 이름으로 자신을 붙들고 있는 조선인의 개조에서 찾았다. 자기 최면으로 들씌운 그와 같은 사명감의 발로가 조선어 소설 창작이었던 셈이다.

1911년 일제는 제1차 「조선교육령」을 포고한다. 이후 20여 년간 일본어는 조선반도의 국어였다. 그와 같은 교육적 환경에서 장혁주의 일본 문단 진출은 가능했다. 달리 말하면, 1905년생 장혁주가 식민지 교육의 수혜자 가운데 한 사람이었다는 이야기다. 장혁주 연구자 남부진의 설명대로 일본어 세대가 일본어로 소설을 쓰는 일은 근대 일본어에 축적된 사상성의 획득을 의미한다. 장혁주의 일본어 창작은 그 상징적 사건의 하나다. 이러한 맥락을 세심히 고려하지 않는다면 장혁주의 작품은 '변절' 혹은 '친일'의 틀을 벗어나 읽힐 수 없다. 비단 장혁주만이 아니다. 식민지 조선의 작가 대다수는 일본어로 사고하고, 이를 조선어로 변환한 글쓰기를 수행했다. 일본어가 국어였던 환경이 장혁주에게만 가혹한 운명은 아니었다는 말이다. 장혁주는 이를 동시대 여타 작가들보다 더 자발적으로, 그리고 더 적극적으로 끌어안았을 따름이다.

장혁주는 1933년 작 「분기하는 자」에서 식민지 조선의 일본어 교육이 어떻게 행해졌는가를 다음과 같은 장면을 통해 증언한다.

아동들은 아주 열심이다. 하루가 다르게, 낱말을 많이 외웠다. 외우고 싶다. 빨리 알고 싶다. 라는 강한 욕망이 그들의 얼굴 표정에 나타난다. 게다가, 일본어를 외우는 일에 일종의 자긍심을 가지고 모국어를 경멸하게 된다. 아 식민지 사람은 이렇게 해서 소년 시절부터, 자기 자신을 비굴하게 만드는 것이다.

장혁주 자신이 모델인 주인공 '김철'은 아이들이 무언가를 배우려고 진지하면 할수록 괴롭다. 수업료를 내지 못해서 퇴학당하고 가는 아이들의 뒷모습을 보면서 그는 무어라 말할 수 없는 감정으로 또한 괴로웠다. 아이들이 그렇게 필사적으로 오려는 학교에서는, "도덕, 역사, 지리, 그 외 기타 모든 교과서에 ××××은 예로부터 일본의 ×나라로 오늘날의 상태는 오히려 당연할 만큼 당연한 일이고, 성은(聖恩)을 입어서 세계의 문화에 접하게 되었던 것은 조선 민족에게는 무한한 영광이다. 따라서 모든 교훈을 달게 받아서 그냥 고맙다고 감사하고, 어떻게 ××되어 ××되어도 ×××××에게 순종하라고 가르쳤다." '김철'은 이 굴종의 교육을 극복하려면 부단한 노력으로 가르치고, 단결하도록 만들어야 한다고 생각한다. 그러나 그 일은 독서와 경험으로만 이루어질 수 없는바, 그들 속으로 뛰어들어야 그 방법을 찾아낼 수 있다는 사실을 깨닫는다.

장혁주는 이 이야기를 일본어로 전했다. 이십대 장혁주가 일본어와 그 배후를 대하는 태도는 그처럼 양가적(ambivalent)이었다. 모국어와 민족어를 동일시하는, 또는 그 둘이 일치해야 한다는 당위에 현혹될 때 우리는 장혁주의 이중어(bilingual) 글쓰기 의식의 모순을 결단코 이해할 수 없다.

이와 관련하여 눈길이 가는 장면이 있다. 〈동아일보〉가 『삼곡선』 연재를 광고하며 장혁주의 단편소설 「쫓기는 사람들」이 중국, 에스페란토, 파란(폴란드), 쏘베트(러시아) 등 각종 외국어로 번역되어 호평받은 사실을 부러 언급한 것이다. 그처럼 장혁주의 소설은 조선어와 일본어는 물론 그 어떤 언어로도 옮길 수 있는 글쓰기였다. 그 가능성을 옥죈 굴레는 다름 아닌 국가라는 경계였다. 바로 이 배제의 이분법이 그가 한국에서는 친일 작가로 비난받고 일본에서는 반도 작가로 비하되는 빌미를 제공한 것이다.

이를 당사자 장혁주는 어떻게 받아들였을까? 그 궁금증을 풀 단서가 그의 필명 '노구치 가쿠추(野口赫宙)'에 담겨 있다. 아내의 성 노구치에 자신의 조선 이름을 잇달아 쓴 이 필명은 그의 마지막 창작 여정이라 할 두 편의 영문소설 *Forlorn Journey* (New Delhi: Chansun International, 1991)와 *Rajagriha: A Tale of Gautama*

저자명이 'Kaku Chu Noguchi'로 표기
된 영문소설 *Forlorn Journey* (1991)
와 *Rajagriha: A Tale of Gautama
Buddha* (1992)

Buddha (Bombay: Allied Publishers Limited, 1992)에도 썼였다. 'Kaku Chu
Noguchi'. 그렇듯 영어는 장혁주가 유일하게 선택한 외국어였다.
그에게 일본어는 국어였고, 조선어는 번역된 모국어였다.

❋「아귀도」가 실린 〈개조〉 4월호는 하루 만에 절판될 정도로 그 인기가 대단했다. 〈조선일보〉 이활 기자가 「아귀도」를 일본어로 쓴 이유를 묻자 장혁주는 두 가지 이유를 언급한다. 하나는 조선의 사정을 잘 아는 조선인 작가로서 조선 사람의 생활을 소설로 써 내지에 소개하려는 의도에서였다. 다른 하나는 조선어로 쓰면 발표할 수 없는 현실 때문이었다. 그러나 정작 발표된 후에 보니 복자가 많아서 제대로 뜻이 전달되지 않았다고 장혁주는 아쉬움을 표했다.

기사에서 기자는 일본의 아나키스트 오스기 사카에의 눈을 보는 듯했다며 장혁주의 첫인상에 감탄한다. 실제로 장혁주는 아나키즘 단체 '진우연맹' 회원으로 활동한 바 있다.

일본어로 소설을 쓴 조선인 작가를 인터뷰한 이활 기자는 바로 「청포도」의 시인 이육사다. 기사를 쓴 직후 이육사는 의열단을 이끌며 무정부주의 투쟁을 전개하던 김원봉이 중국 국민당과 교섭하여 세운 조선혁명군사정치간부학교 입교를 위해 중국으로 떠났다. 장혁주와 이육사, 두 사람의 이념적 지향은 같은 듯했으나 그 길은 다른 세상을 향해 있었다.

장혁주를 인터뷰한 〈조선일보〉 1932년 3월 29일자 지면. "신진작가 / 장혁주군 방문기 / 개조사 입선 『아귀도』 작가 / 대구에서 이활." 사진 왼쪽이 이육사(기자명 이활), 오른쪽이 장혁주

일본에서 더 활발한 장혁주 연구

❀ 한국보다 일본의 문학사전에서 장혁주에 대한 정보를 더 상세히 확인할 수 있다. 따라서 그의 문학에 관한 연구 역시 일본에서 활발했으리라고들 짐작한다. 장혁주에 관한 연구를 본격적으로 처음 수행한 이는 일본인 학자 시라카와 유타카(白川豊)다. 그는 일본이 아닌 한국의 동국대학교에서 1990년 장혁주 연구로 박사학위를 취득했다. 그는 1982년 인사동의 한 고서점에서 장혁주의 일본어 장편소설 『아, 조선(嗚呼朝鮮)』을 처음 만났을 때 그 뛰어난 문장력에 충격받았다고 한다. 장혁주 연구의 길에 들어선 계기였다.

　식민 시기에 쓰인 장혁주의 소설은 장편 15편을 포함해 90여 편(조선어 작품 10여 편)에 이른다. 단행본으로도 30권 이상 출판됐

시라카와 유타카, 『장혁주 연구: 일어가 더 편했던 조선작가 그리고 그의 문학』(동국대학교 출판부, 2010)

다. 해방 이후의 작품은 일일이 다 세기 어려울 정도다. 그 수많은 작품의 실체를 확인하고 연보를 작성하는 일은 가히 중노동이다. 이를 감당한 성과가 시라카와 유타카의 『장혁주 연구』(2010)다. 필자도 이 노작을 열람하고 그 열정과 노고에 절로 고개를 조아리지 않을 수 없었다.

시라카와의 연구는 장혁주의 소설에 한정되지 않는다. 정확히 말해 그것은 한 인간의 일대기를 추적하고 있다. 장혁주에 관한 그의 인상기와 후일담을 읽다가 보면 복잡한 감정에 사로잡힌다.

시라카와는 일본에 귀화한 장혁주의 자택을 1986년 방문한 일이 있다. 그 후 몇 번의 편지 왕래가 있었으나 재회는 이루어지지 않았다. 여든을 막 넘긴 노대가가 마지막 창작에 몰두하느라 시간이 없다며 거절했다고 한다. 시라카와는 그 숨은 이유가 자신의 과거를 파헤치는 행위를 극도로 경계한 데 있지 않을까 추측한다. 1998년 장혁주의 타계 소식을 듣고 마지막으로 연락을 취했을 때는 자택이 이사해 버린 뒤였다고 한다. 소설 창작에 평생을 다 바친 장혁주 못지않게 그에 관한 연구에 오랜 시간을 쏟은 시라카와의 소회는 이렇다.

> 왕성한 창작활동을 하면서도 미묘한 언동으로 인해 어쩔 수 없이 줄타기 인생을 살게 된 장혁주의 만년은 고적하게 끝났다고 할 수밖에 없을 것이다.

장혁주와 이인성, 박노아, 백신애

❂ 1935년 장혁주는 두 번째 창작집 『인왕동시대(仁王洞時代)』를 동경의 하출서방(河出書房)에서 출간한다. 표제작 「인왕동시대」는 「영과 육(靈と肉)」이란 제목으로 일본 잡지 〈아동〉(1934)에 연재된 바 있다. 기생의 자식으로 태어난 주인공이 양반 가문에서 성장하며 받는 차별과 학대가 그 내용이다. 자전적 소설인 이 작품을 비롯해 「일일」, 「열정자」, 「십육야에」, 「산견」, 「장식노야노출래사」, 「우열한」이 창작집 『인왕동시대』에 수록되었다. 그 장정은 화가 이인성이 맡았다.

잘 알려진 대로 이인성은 요절한 조선의 천재 화가다. 정규 미

장혁주 두 번째 창작집 『인왕동시대』(河出書房, 1939)

이인성, 〈경주의 산곡에서〉(1935)

술 교육을 받지 못한 그는 조선미술전람회(선전) 6회 연속 특선과 최고상인 창덕궁상을 수상함으로써 '조선의 보물', '조선의 고갱'으로 불렸다. 수채화로 표현하기 어려운 강렬한 원색과 뚜렷한 명암, 짧고 촘촘한 붓 터치는 그만의 독창적인 화법이었다. 인상주의와 야수주의, 표현주의를 한국적 향토와 서정으로 재해석하여 식민지 조선인의 비애를 미적으로 승화시켰다는 게 화단의 대체적인 평이다. 1930년대 경주의 풍광을 담아낸 〈경주의 산곡에서〉는 이인성의 대표작 가운데 하나다. 헐벗은 조선인 뒤로 멀리 보이는 첨성대와 민둥산, 그리고 깨져 널브러져 있는 돌조각 풍경에서 식민지 조선의 현실을 직관하게 된다. 일각에서는 이인성이 관전(官展)인 선전을 통해 명성을 얻은 사실을 들어 그의 친일을 논한다. 이와 별개로 당대 최고의 화가 이인성이 장혁주의 창작집 장정에 나섰다는 사실은 특기할 만하다. 둘은 동향의 절친이었다.

❀ 장혁주는 〈조선일보〉 인터뷰 당시 가장 친한 사람이 누구냐는 이육사의 질문에 "박노아(朴露兒)"라 답한다. 경주에서 청년운동을 할 때 매우 사이가 좋았다는 것이다. 장혁주가 언급한 이 박노아는 후일 필명 조천석(朝天石)으로 활동한 연극인으로 추정된다. 박노아는 러시아에서 공부했다고만 알려져 있을 뿐 연극계 진출 이전의 이력은 거의 밝혀진 바 없다. 1944년 현대극장의 〈무장선 셔먼호〉 공연을 통해 처음 이름을 알린 박노아는 1945년 조선총

극단 예술극장의 박노아 작 〈녹두장군〉 공연 광고(《독립신보》 1947. 6. 14)

독부 후원 제3회 연극경연대회 출품작 〈개화촌(開化村)〉 공연에 원작자로 참여했다. 극단 황금좌의 이 공연은 친일 색채가 농후했다. 해방 후 박노아는 보도연맹에 가입했고, 다수의 작품을 발표하며 활발히 활동하다 한국전쟁 중 행방불명된다.

박노아의 대표작 가운데 하나가 〈녹두장군〉이다. 그의 작품은 애정 문제가 주요한 모티프인데, 우연의 남발과 과장된 대사가 특징이다. 상업성을 의식한 통속극을 주로 창작한 것이다. 〈녹두장군〉 역시 이러한 경향에서 벗어나 있지 않다. 특히 이 작품은 전봉준을 과도하게 미화하고 있다. 해방기 영웅대망론으로 대표되는 대중 심리에 영합한 셈이다. 장혁주가 박노아와 젊은 시절 좋은 관계였다는 사실이 예정한 것일까, 두 사람의 이념적 행보와 굴곡진 생은 꽤 닮았다.

✿ 1936년 장혁주는 본처와 헤어지고 일본으로 건너가 후일 아내가 되는 게이코와 동거를 시작한다. 이러한 개인사를 담은 작품

이 『편력의 조서(編曆の調書)』(1954)와 「다른 풍속의 남편(異俗の 夫)」(1958)이다. 이들 작품에서 장혁주는 백신애와의 연애가 그녀 남편에게 들켜 피신차 도일했다고 말한다. 그런데 장혁주의 글 외에 그와 백신애의 간통 사건을 입증할 만한 객관적인 물증은 없다.

백신애는 신춘문예 출신의 첫 여성 작가다. 뛰어난 미모에 재력 가 외동딸이었던 그녀는 경북도 공립학교 교사 1호라는 기록의 소유자이기도 하다. 백신애는 자신의 문학을 식민지 여성들의 비 참한 삶과 타국으로 떠도는 이들의 참상을 그리는 데 바쳤다. 스 스로 자처한 그녀의 고행은 순탄치 않은 결혼 생활과 이혼, 그리 고 건강 악화로 이어졌다. 결국 그녀는 32세에 생을 마감했다. 한 순간 강렬하게 타오르다 명멸한 불꽃에 비할 삶이었다.

다수의 남성 작가들이 백신애의 행보를 주목했다. 그런 만큼 악의적이며 근거 없는 소문이 그녀 주위를 늘 맴돌았다. 장혁주 역시 그 출처 가운데 한 사람이다. 중요한 것은 백신애를 모델 삼 은 장혁주의 글이 창작이라는 점이다. 사실을 각색 혹은 윤색하 지 않는다면, 다시 말해 허구의 이야기가 아니라면 이미 그 글은 스스로 소설임을 부정한 것이나 진배없다. 따라서 장혁주의 글을 소설로 읽는 독자라면 그 진위를 부러 따질 일이 아니다.

오사카와 교토에서 잇따라 공연한 신협 극단의 〈춘향전〉 전단. "신협극단 / 조선 고담 춘향전 / 조선의 〈주신구라(忠臣藏)〉, 반도의 대고전"

소설과 연극 사이

❀ 장혁주는 희곡도 썼다.『춘향전』이 그것이다. 이 작품을 신협 극단이 〈대판조일신문〉 사업단 주최로 경도(교토)와 대판의 조일 회관에서 사흘씩 공연했다. 1938년 일본 신조사가 이 작품을 단 행본으로 출판했다. 세 해 뒤 신조사는 이를 다시 문고판으로 간 행했다.『춘향전』은 장혁주의 일본어와 조선어 문체의 공모를 보 여 주는 작품으로 평가된다. 신조사 초판 표지 삽화에는 단아한 춘향의 모습이 등장한다. 당시 일본의 유명 화가이자 광복 전후 한국 연극계 활동을 주도한 일본인 문화운동가 무라야마 도모 요시(村産知義)가 그린 것으로 알려져 있다.

❀『삼곡선』에서 '이상수'가 ×× 극장에서 극단 '취성좌'의 〈개화〉

극단 성극좌의 〈개화〉 공연 광고(《매일신보》 1937. 4. 23)

를 관극하는 대목을 앞에서 소개했다. '이상수'는 첫째 날 예제의 하나가 〈개화〉란 사극임을 보고 극장 쪽으로 발길을 향한다. 그 때 그의 머리에는 옅은 역사 지식이나마 '김옥균'에 관해 이러저러한 환상이 떠올랐다. 그는 '김옥균'으로 분장한 배우가 얼마나 훌륭히, 또는 어떻게 연극을 하나 생각하며 자리를 잡는다. 그러나 '김옥균'이 나오지 않았다. 갑신정변이 있던 날 밤 '김옥균'의 동지들이 모반자와 싸운 후 우정국으로 달려가는 장면에서 극은 끝났다. 『삼곡선』에서 '이상수'의 시선을 통해 작자 장혁주가 전하는 〈개화〉의 대략적인 내용이다.

재미있는 사실은 〈개화〉라는 역사극이 실재했다는 것이다. 극단 성극좌는 사극 〈개화〉(1막 2장)를 1937년 4월 23일부터 3일간 광무극장에서 상연했다. 물론 『삼곡선』의 연재 시기(1934~35)가 성극좌의 〈개화〉 공연보다 앞선다는 점에서 극단 성극좌와 소설 속 '취성좌'의 공연은 다르다. 그러나 『삼곡선』이 연재될 무렵 다른 극단이 〈개화〉를 공연했을 가능성은 충분하다. 광고되지 않았을 뿐 어쩌면 그 이전부터 극단 성극좌가 이 작품을 무대에 올렸을 수도 있다. 당시 그 같은 사례는 비일비재했다.

화랑과 학병

❀ 장혁주의 친일 행적과 관련하여 가장 빈번하게 거론되는 글의 하나가 1943년 〈매일신보〉에 기고한 「화랑도정신의 재현: 학도의 갈 길은 하나다」이다. 특별지원병제와 징병제가 중요한 정치적 이슈였던 당시, 이를 지지하기 위해 화랑도를 역사적 근거로 든 글이 여러 매체에 다수 게재되었다. 이에 가세한 장혁주는 위의 글에서 신라의 화랑도 정신을 계승한 조선의 청년들이 태평양전쟁에 용감히 참전할 것을 권유했다. 그 일이 마땅한 이유를 장혁주는 다음과 같이 이야기한다.

조선인이 황도화(皇道化)할 것은 기정의 사실이다 지금은 무어 갑을(甲乙)을 논할 째가 아니라 대동아를 미영란(米英蘭)의 마수에서 쏩아내고 대동아 본연의 자태로 도라보낸다는 것은 우리가 이미 아는 바이며 희망하야 마지안튼 바가 아니냐 이상(理想)이 아니엿드냐 그 이상이 착착 실현되고 잇는 이째에 이 발표

「화랑도정신의 재현: 학도의 갈 길은 하나다」(《매일신보》 1943. 11. 12)

를 보고 기뻐일어나지 안는 자 잇다면 그것은 너무나 사람답지
안흔 사람이다 이 인류가 생긴 이래 처음 볼 거룩한 전쟁이 전
개되고 잇는 사이에 조선의 황도화가 더욱더 촉진을 보게 되는
것은 가장 행복한 위치에 조선이 노힌다는 것이라고 나는 자각
하고 잇다 쏘한 조선의 황도화에 의하야 조선 자체가 본연의 자
태로 돌아갈 것이다

화랑도를 역사적 전범(典範)으로 내세우며 조선의 청년 학도들
에게 지원을 권유한 위의 글이 발표되기 한 해 전 장혁주는 일본
잡지 〈월간문장(月刊文章)〉에 「화랑(花郞)」(1942~43)이란 소설을 연

재했다. 화랑 '김원술'을 주인공 삼은 이 작품을 장혁주가 일본어로 창작한 이유는 능히 짐작된다. 그런데 그 지면이 왜 굳이 일본의 잡지였을까? 몇 가지 추측되는 바가 있으나, 속단을 삼가기로 한다.

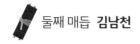

둘째 매듭 **김남천**

기억을 허무는
허구는 힘이 세다

야, ○○○○○ 참 훌륭하구나. 이십 년간 ○○○○나 했기에 그 모양인 줄 안다.

질투심. 시기심. 파벌 심리. 허영심. 굴욕. 허세. 비겁. 인치키 (いんちき, 협잡). 브로커. 네 몸을 흐르는 혈관 중에 민중을 위하는 피가 한 방울이래도 남아서 흘러 있다면 내 목을 바치리라.

정치담이나 하구 다니면 ○○○○인가. 시국담이나 지껄이고 다니면 ○○○○인가. 백년이 하루같이 밥 한술 못 벌고 십여 년 동안 몸을 바친 제 여편네나 때려야 사상간가. 세월이 좋아서 부는 바람에 우쭐대며 헌 수작이나 지껄이다가 감옥에 다녀온 게 하늘 같아서 백년 가두 그걸루 행셋거릴 삼아야 ○○○○○든가.

위 인용문의 빈칸을 채울 낱말은 무엇일까?

실마리를 보이면 이렇다. 우선 그 작자는 김남천(金南天, 1911~1953)이며, 인용은 「처를 때리고」(1937)라는 단편소설의 한 토막이다.

사회운동에 참여하여 6년의 감옥살이를 한 '차남수'는 출옥 후 3년이 다 되도록 직장을 얻지 못한 채 방황하다 출판사를 세워 볼 요량으로 변호사 '허창훈'과 기자 출신의 '김준호'에게 도움을 구한다. 그런데 '차남수'가 잠시 지방에 가 있는 동안 아내 '최정숙'과 '김준호'가 저녁을 같이 먹고 산책한 사실이 밝혀지면서 부부 사이에 큰 싸움이 벌어진다. '최정숙'은 생활고에 돈을 빌리고자 변호사 '허창훈'을 찾아갔다가 성희롱을 당한 일을 폭로한다. 그런 후 후배 '허창훈'에게 비굴하게 끌려다니는 남편을 향해 억눌러 온 분노를 위와 같이 토해 내며 울부짖는다. '차남수'는 그런 '최정숙'의 얼굴을 피로 낭자하게 물들인다. 이 작품에 '처를 때리고'라는 제목이 붙은 사정이다. 과거 몸담았던 사회운동의 이념이 도대체 무엇이었길래 '차남수'는 자신의 옥바라지와 생계를 책임져 온 아내에게 당당히 폭력을 행사한단 말인가?

위의 빈칸으로 복자된 낱말은 '사회주의자'와 '사회주의'다. 근한 세기가 지난 지금 이들 단어만이 그 답일 성싶지는 않다. 오늘날 보수주의자를 자처하는 이들의 시선에서 그 빈칸은 '진보주의자'와 '진보주의'로 채워져야 자연스러울 수도 있을 것이다. 어쩌면 그게 놀랍도록 더 적확하지 않나도 싶다.

1935년 진보적 문학예술운동 단체 조선프롤레타리아예술가동맹, 약칭 카프(KAPF)가 해산되면서 그 조직원들의 전향이 뒤따랐다. 당시 카프의 견결(堅決)한 이론가이자 실천가였던 김남천은 계급문학으로서 프로문학의 새로운 방향 모색에 골몰했다. 그가 찾은 대안은 조직 중심의 문학운동에서 벗어나 개인 주체의 재건을 내건 고발문학론이었다. 작가 자신의 소시민 의식에 대한 철저한 비판과 현실의 객관적 재현이 그 요지였는데, 「처를 때리고」는 그 시험으로 창작한 단편이다.

『사랑의 수족관』, '찐' 통속소설 그 이상

그로부터 이태 뒤 김남천은 『사랑의 수족관』(1940)을 발표한다. 그의 유일한 신문 연재 장편소설이다. 당대 독자는 이 작품을 대중소설로 즐겼고 지금의 비평가들 역시 이에 이의를 제기하지 않는다. 그 같은 인상비평이 너무나 강렬했던 탓일까, 안타깝게도 『사랑의 수족관』은 그간 그 진가를 인정받지 못했다. 더욱 아쉬운 것은 일반 독자가 이 작품을 접할 길이 난망하다는 사실이다. 『사랑의 수족관』은 1940년 단행본 간행 이후 재출간의 기회를 얻지 못해 일반 독자의 시야에서 완전히 사라졌다.

『사랑의 수족관』은 한마디로 연애담 소설이다. 연인 '김광호'와 '이경희'가 방해자들 때문에 이별 아닌 이별을 한 후 조력자의 개입으로 재회하여 결혼을 약속하는 이야기다. 전형적인 혼사장애담인 셈이다.

　사랑하는 남녀 주인공이 고난을 이겨 내고 행복한 결말을 맞는 혼사장애담의 역사는 실로 유구하다. 일례로 『사랑의 수족관』과 비교적 가까운 시간적 거리에 있는 신소설 『장한몽(長恨夢)』(1913)이 그 같은 계보에 속하는 작품이다. 『장한몽』은 일본 메이지 시대 소설가 오자키 고요(尾崎紅葉)의 『곤지키야샤(金色夜叉)』(1899)를 조중환이 번안 및 각색한 것이다. 대중에게는 〈이수일과 심순애〉라는 연극으로 더 잘 알려진 작품이다.

　'이수일'과 혼인을 약속한 '심순애'는 어느 보름날 '김소사'의 집에 윷놀이를 갔다가 대부호의 아들 '김중배'를 만난다. '심순

오자키 고요의 『곤지키야샤(金色夜叉)』(왼쪽)와, 이를 번안한 조중환의 『장한몽(長恨夢)』

애'에게 첫눈에 반한 '김중배'는 선물 공세를 앞세워 그녀를 유혹한다. 이에 마음이 흔들린 '심순애'를 '이수일'은 달래도 보고 꾸짖어도 보지만 소용이 없다. 그 후 애인의 배신으로 울분에 차 있던 '이수일'은 고리대금업자 '김정연'의 서기가 되어 많은 유산을 물려받는다. 한편 '심순애'는 자기의 잘못을 뉘우치며 대동강에 몸을 던져 자살을 기도한다. 때마침 이를 목격한 '이수일'의 친구 '백낙관'이 그녀를 구한다. 마침내 '백낙관'의 설득으로 '이수일'과 '심순애'는 재결합한다. 혼사장애담의 요건을 정확히 충족시킨 결말이다.

비단 일본 소설의 영향이 아니더라도 혼인을 둘러싼 갈등은 우리 고소설에서 선호된 모티프의 하나였다. 특히 연적(戀敵)이 개입된 혼사 장애와 그 극복을 통해 사랑을 성취하는 이야기 전개는 흔한 고소설의 문법이었다. 작자 미상의 『채봉감별곡(彩鳳感別曲)』이 그 대표적인 예다.

'김진사'의 딸 '채봉'은 '장필성'과 혼인을 약속한다. 그러나 '허판서'의 권력을 빌려서 벼슬을 얻으려는 '김진사'는 만 냥의 돈과 함께 '채봉'을 그의 첩으로 보내려 한다. '김진사'는 재산을 처분한 후 가족을 이끌고 서울로 향한다. 그러나 중도에 '채봉'이 부친 몰래 평양으로 되돌아온다. 한편 '김진사' 부부는 서울에 도착하기 전 도적에게 돈을 모두 빼앗기고 만다. 이 사실을 알게 된 '허판서'는 '김진사'를 옥에 가둔다. '채봉'은 아버지를 구할 일념

『채봉감별곡』의 필사본. 표지(왼쪽)엔 '채봉감별록'으로 되어 있다.

으로 기생 '송이'가 된다. 그녀는 뛰어난 글재주로 '이감사'의 총 애를 받아 서신과 문서를 처리하는 일을 맡는다. 이때 '장필성'이 '채봉'을 만나고자 이방 자리에 자원한다. 그들의 지난 사연을 알 게 된 '이감사'는 두 사람을 재회시킨다. 그 후 '허판서'가 역모죄 로 파직되면서 '김진사' 내외는 자유의 몸이 되고, '채봉'과 '장필 성'의 혼사가 성사된다.

『채봉감별곡』의 '채봉'이 그러하듯 혼사장애담 소설의 경우 대 개 주인공은 주체적인 여성이다. 김남천의 『사랑의 수족관』 역시 혼사장애담 고소설의 이러한 인물 성격과 이야기 얼개를 고스란 히 따르고 있다. 『사랑의 수족관』에 등장하는 여주인공 '이경희' 가 '채봉'의 환생인 셈이다. '채봉'은 양반가의 규수였다가 기생으로 일시 전락하나, '이경희'는 재벌가의 딸로서 신분상의 큰 변동을 겪지 않는다는 점이 다를 뿐이다. '이경희'는 '채봉'보다도 더 주체적으로 삶을 개척해 가는 신여성이다. 그녀는 부친의 권유를 고사하고 자신의 의지로 배우자를 선택한다. 자선사업가로서 과감한 추진력과 실행력 또한 보여 준다.

그렇다고 해서 '이경희'가 마냥 꽃길만 걷는 것은 아니다. 『사랑의 수족관』이 근대적인 혼사장애담의 면모를 보이는 대목은 여주인공 '이경희'와 그녀의 연인 '김광호'에게 드리운 음모의 실체가 드러나는 장면에 이르러서다. 그것도 그녀가 결혼을 결심하고 부친에게 알리려는 순간에 말이다. 『채봉감별곡』의 '허판서'와 『장한몽』의 '김중배' 같은 악인이 『사랑의 수족관』에도 어김없이 등장한다. 기생의 신분에서 대부호 '이신국'의 두 번째 아내가 된 '은주부인'과, 빈민의 아들에서 재벌 총수의 비서 자리에 오른 '송현도'가 그들이다.

'은주부인'은 현재 '이경희'의 서모요, '송현도'는 '이경희'의 부친 '이신국'이 딸의 배우자로 염두에 둔 인물이다. 그 '은주부인'과 '송현도'가 부정한 관계라는 사실을 꿈에도 알지 못하는 '이경희'와 '김광호'가 닥칠 곤경은 필연이다. '은주부인'은 '김광호'를 유혹하는 데 실패하자 그 사실을 거꾸로 왜곡하여 '이경희'에게 전하고, '송현도'는 비리에 연루되어 있다는 누명을 퍼뜨려 연적 '김광호'를 멀리 길림(지린)성 철도 공사 현장으로 내쫓는다.

한편 『채봉감별곡』의 '이감사'와 『장한몽』의 '백낙관'과 같은 조력자가 『사랑의 수족관』에도 등장한다. '강현순'이 바로 그 인물이다. 그녀는 '김광호'의 추문에 대해 '이경희'가 오해를 풀도록 결정적 역할을 한다.

『장한몽』과 『채봉감별곡』처럼 선과 악의 진영으로 뚜렷이 갈라 세워 인물 간 갈등을 조장하기는 『사랑의 수족관』도 마찬가지다. 그렇듯 시대를 넘어 혼사장애담은 한 편의 멜로드라마였다. 독자에게 도덕적 선택을 당당히 요구하고, 그에 편승하여 감정의 정화를 경험케 하는 일종의 수신서(修身書)였던 것이다. 사건 전개의 우연성과 고정불변의 인물 성격에서 드러나는 이들 작품의 취약성이 너그러이 용인되어야 마땅한 이유를 굳이 찾자면 이에 있을 테다.

선한 인물이 사악한 사람에 의해 파란곡절을 겪다 마침내 승리한다는 이른바 전통적인 격정극(激情劇), 곧 멜로드라마의 면모를 『사랑의 수족관』의 경우 장 제목에서부터 보여 준다. 그 마디마디가 상징적 이미지의 통일성을 갖춘바, 이들 제목은 전체 이야기를 하나로 잇는 걸쇠가 된다. 하여 해당 장의 내용을 바탕으로 각각의 제목에 담긴 의미를 새겨 보는 데 색다른 재미가 있다.

주요 장 제목을 이야기 순으로 간추리면 이렇다(괄호는 단행본 간행 과정에서 바뀐 제목).

은어(銀魚)는 산(山)속에서

백은탄(白銀灘)

부어(鮒魚)가 사는 세계(世界)

심해어(深海魚)

은주(銀珠)부인(열대어熱帶魚)

수족(水族)의 훈련원(訓練院)

쌍어삽화(雙魚挿花)

장경(長鯨)의 현실주의(現實主義)

범선(帆船)(관상어觀賞魚)의 낭만주의(浪漫主義)

난류(暖流)·한류(寒流)

담수어(淡水魚)의 시력(視力)

어형수뢰(魚形水雷)(검어劍魚)

물고기의 근하신년(謹賀新年)

미꾸리와 용(龍)과

방황(彷徨)하는 금붕어

봄은 수족관(水族館)에서

은어는 여주인공 '이경희'를, 부어(붕어)는 남주인공 '김광호'를 가리키며, 백은탄은 그들이 사는 맑은 여울을 뜻한다. 「쌍어삽화」 장의 쌍어는 본시 그릇에 한 쌍의 물고기 무늬를 새긴 중국 청자인데, 여기서는 주인공 '이경희'와 '김광호'의 연인 관계를 암시한다. 이에 덧붙은 삽화(唼花)의 꽃[花]은 '강현순'을 가리킨다. 삽(唼)은 '쪼다', '헐뜯다'라는 뜻이다. 따라서 '쌍어삽화'는 '김광호'와 '이경희', '강현순' 간 삼각관계 갈등을 예고하는 제목이다. 이어지는 장 「장경의 현실주의」에서 장경, 큰 고래는 조선 최고의 친일 대기업 '대흥콘체른'의 총수 '이신국'을 상징한다. 한편 어형수뢰는 물속에서 발사되어 목표물에 부딪히면 폭발하는 무기, 곧 어뢰다. '김광호'와 '이경희'에 대한 '은주부인'과 '송현도'의 음모를 암시하는 제목인 셈이다. 단행본으로 간행되면서 이 장 제목은 칼과 같은 물고기라는 검어(갈치)로 바뀌는데, 야심가 '송현도'를 가리킨다. 그와 불륜 관계의 '은주부인'은 물질적, 성적 욕망에 강하게 이끌리는 인물이라는 뜻에서 화려한 열대어에 빗대어져 있다.

이처럼 작자 김남천은 주요 등장인물의 성격을 다양한 수족(水族, 물살이동물)에, 그리고 이야기 흐름을 여울, 난류, 한류 등 생태계 환경에 비유한다. 그 결과 마치 수족관 속 여러 물고기의 유영을 들여다보는 듯한 환상이 연출되고, 독자는 그 다채로운 어족 이미지의 등장인물이 벌이는 사랑과 질투, 협잡과 갈등의 파노라마를 완상하게 된다.

물론 이 같은 이야기 구성을 독창적이라 칭찬하기엔 약점이 적잖다. 기계적인 비유와 그에 연동된 장 배치가 서사적 개연성을 적잖이 해치고 있기 때문이다. 혹자는 문학청년의 습작에서나 볼 만한 치기라 혹평할 수도 있으리라. 그러나 독자의 편의와 재미를 최우선으로 고려하라는 당대 신문 연재소설의 지엄한 요구를 생각한다면 그 애씀이 가상하지 않은가. 『사랑의 수족관』은 '신문소설≒대중소설≒통속소설'이라는 등식에서 벗어나지 않은 작품이다. 요즘 말로 '찐' 통속소설이다. 그러면서도 당대 여느 통속소설과는 차원이 다른 시대감각을 보여 준다. 이를 확인할 만한 장면 몇을 들추어 보자.

낮과 밤, 그리고 '개와 늑대의 시간'

처음 만난 '김광호'와 '이경희'는 평양역에서 서울행 노조미(の
ぞみ, 열차)를 기다리기 무료해 대동강 뱃놀이에 나선다. 흔들리는 보트에서 '이경희'가 핸드백을 강물에 빠뜨리자 '김광호'는 옷을 훌훌 벗어 던지고서 강물에 뛰어든다. '이경희'는 배가 흐르는 것도 모르는 채 이상한 흥분에 싸여 '김광호'가 뛰어든 소용돌이에서 눈을 떼지 못한다. 푸른 물속에서 생선처럼 날쌔게 뒤채기는 까맣고 붉은 '김광호'의 커다란 살덩어리가 시선을 붙들어서다. '김광호'는 물에서 몸을 뽑고 머리를 흔들어 얼굴에서 물을 털고 난 뒤 두 팔을 번갈아 뽑아 능숙한 크롤(crawl)을 치며 핸드백이 떨어진 곳까지 거슬러 올라간다. 이윽고 물 위로 솟아올라 잉어처럼 공기를 마신 뒤 물밑을 향하여 파고들 듯이 헤치고 가라앉는다.

『사랑의 수족관』 연재 제10회분(《조선일보》 1939. 8. 12)

　　광호의 머리가 다시 물 우에 솟아오른 것을 보고 비로소 경
히는 『뽀―트』가 여러 간통이나 흘러내린 것을 깨달았다. 노를
저어 그곳까지 가까이 가는데 침착한 평영(平泳)으로 광호가 이
편으로 헤어온다. 그의 입에는 꺼먼 『핸드빽』이 물려 있었다.
이윽고 광호는 뱃전에 매어 달린다.

　　손에 들고 혹은 겨드랑 밑에 끼고서 학교를 졸업해서 반년이
넘도록 제의 살냄새에 젖은 『핸드빽』이 광호의 입에 물리어 있
다는 것을 생각해보고 경히는 이상스런 흥분과 감격이 가슴속
에 끌어오르는 것을 느꼈다. 한 손에 『핸드빽』을 받아서 옮겨
쥐고 그는 바른팔을 내밀어 광호의 팔을 잡아끌려 한다.

　'김광호'의 입에 물려 있는 자기의 핸드백을 보며 '김경희'는

묘한 기분에 사로잡힌다. 반년 이상 자신의 살 냄새가 밴 핸드백이라서다. 그녀는 남모르게 솟은 성적 흥분에 내심 감격한다. 그녀의 눈길은 '김광호'의 몸짓에 끌린 지 이미 오래다. 짜장 몸에 대한 페티시즘(fetishism)이다. 정신에 비해 열등한 대상으로 취급받던 육체의 진가가 발견되는 순간이다.

그 놀라운 본능의 발현이 '이경희'에게만 벌어진 사태는 아니다. '이경희'의 서모 '은주부인'은 한층 도발적인 눈길로 남성의 육체에 감응한다.

> 두 사람의 체격은 어떨까? 송현도는 물론 저렇게 황소처럼 튼튼하다. 그러나 김광호의 체격 역시 불건강하거나 그런 몸이 아니었다. 태양 빛에는 송현도보다도 오히려 세례를 받았고 몸은 훌쩍 커서 다부진 맛은 없으나 근육은 강잉하여 스포 ― 츠로 단련한 것 같은 날쌘 육체라는 인상을 주었다. 경히 같은 풋내기가 나이는 스물이 넘어서 네 살이나 먹었다 해도 송현도 같은 사내가 가지고 있는 무진장의 정력과 야심에 대해서 흥미를 느낄 것인가?

위에서 보듯 '은주부인'은 '송현도'와 '김광호' 두 사람을 견준다. 그것은 여자대학 출신의 처녀 '이경희'의 시선을 빌린 '은주부인'의 욕망이었다. 단지 그들 사내의 육체를 탐닉하기 위해 행한 비교였을 뿐이다. '은주부인'은 그 생각에서 머리를 털고 발딱 일어서 곁에 서 있는 '송현도'를 향해 돌진한다. 이후 펼쳐질 장면은 상상만으로도 충분하리라. 공습경보의 사이렌이 울리는 와중에 치른 그들의 정사(情事) 아닌 교합(交合)은 거리에서 화재 경보의 경적이 요란스레 울리고서야 멈춘다. 작자는 그날 밤의 진상을 다음과 같이 전한다.

암흑이란 사람에게 때때로 뜻하지 않았던 용기를 일으켜 주는 힘을 가지고 있다. 그러나 지금 지척을 가릴 수 없는 이신국 씨 저택 안에 자옥히 내펴 덮인 암흑은 그 이상의 것을 만들어 내고 있는 것 같다. 그것은 지금 사람의 마음속에 남아 있던 한 가닥의 도덕적인 흔적조차 빼어서 가고 있지는 아니한가. 수치심이 없어지고 그 대신에 다른 욕망이 가슴을 점령하였고, 위선적이나마 양심(良心)을 방송하던 입은 그대로 추잡스런 노골적인 감정의 『마이크』로 화해버리지는 아니하는가.

두 사람의 공모는 몸을 섞고 난 뒤 이내 그 민낯이 드러난다. '은주부인'의 욕망에 감염되어 버린 '송현도'는 자신에게 묻는다.

'성공만 하면 그곳까지 이르는 과정이 아무리 더럽고 추잡해도 모든 것은 아름다운 미덕(美德)이 된다고 처음 가르쳐 준 건

누군데?'

그의 이런 속내를 모를 리 없는 '은주부인'은, "경희와 결혼한 뒤에두 나를 버리지 않을 것!"과 "나에게두 재산의 지배권을 분배할 것!"을 '송현도'에게 요구하며 불륜의 파국을 앞서 매조진다.

'은주부인'과 '송현도'가 밤의 세계를 연출한다면, 낮의 세계에서는 '이경희'와 '김광호'가 주인공으로 등장한다. 작자는 두 세계를 악과 선의 뚜렷한 명암으로 맞세운다.

'김광호'는 어떤 인물인가? 그는 일본의 일급 대학 중에서도 가장 많은 이공계 조선인 졸업생을 배출한 교토제국대학 출신의 인재다. 당시 만선(滿鮮)경제블록에 참여한 일본 기업을 연상시키는 '니시다구미'의 직원으로 철로 부설 공사와 지도 제작을 맡은 엔지니어다. 그 '김광호'에게 재벌 총수의 첫째 딸 '이경희'는 첫 만남의 순간 호감을 느낀다. 둘은 연인 사이로 발전한다.

어느 가을날 '이경희'는 자기 집 정원으로 생각해 달라며 '김광호'를 덕수궁으로 이끈다.

가을날의 햇살을 받고 있는 낡은 궁터는 식사한 뒤에 찾아오는 가벼운 피곤을 떨쳐버릴 수 있도록 맑고도 눈부시게 아름다워 보였다. 푸른 잔디판, 정원사가 정성드려 다듬고 다스리고한 나무, 구름의 그림자를 한편 구석에 안고 있는 유리알 같은

이왕가미술관이던 시절의 덕수궁과 석조전

못, 그리고 낡아서 까마특한 단청도 고아한 조선식 건물, 무대
가 한번 바뀌면 이번에는 푸른 풀판 우에 직선과 곡선으로 설
계된 히고 눈부시는 석조의 미술관, 단풍이 물들려고 하는 언
덕 우의 시대기, ⋯⋯

1939년 가을 청춘남녀 '김광호'와 '이경희'가 바라본 덕수궁의
한낮 풍경이다. '김광호'는 블랙과 블루가 섞인 양복을, '이경희'
는 에메랄드 복색을 갖춰 입고 각각 까만 구두와 푸른 구두를 신
었다. 녹색의 풀밭을 걷는 두 남녀는 강렬한 색으로 그려 놓은 유

화처럼 아름다웠다. 담 너머 멀리 푸른 하늘에서 펄럭이는 영사관 깃발의 기폭처럼 그들의 마음 또한 유쾌하다.

몰락한 왕조의 궁궐터를 거닐며 '이경희'는 '김광호'에게 장차 펼칠 자선사업 문제를 상의한다. 그녀는 미국 유학을 포기하고 대신 다음과 같은 청사진의 탁아소를 구상 중이다.

> 푸른 잔디판과 힌 백사장이 있는 아름다운 운동장. 울타리는 곱게 다드문 노가지와 향나무. 총때처럼 하늘을 찌르는 포풀라가 두세 그루. 건물은 단층 목제로 힌 펭끼와 푸른 지붕이 운동장을 앞에 끼고 디귿자로 배치되어 하나는 식사장(食事場) 하나는 오수장(午睡場) 또 하나는 집합장(集合場). 운동장 옆으로 이것들과는 뚝 떨어져서 붉은 벽돌의 이층집. 밑은 사무실 이층은 위생실과 도서실과 오락실…… 가을하늘에 만국기가 편편히 나붓기고 방방이 재깔대는 어린아이들의 웃음소리, 은은히 들려오는 오르강의 음률……

'이경희'는 여성 노동자 자녀를 위해 탁아소를 설립하는 일이 곧 지상천국의 건설이라 믿었다. 이에 '김광호'는 순정에 가까운 인도주의라 말하며 냉소적인 태도를 보인다. 사상운동에 투신했으나 결국 그 뜻이 좌절되어 카페 여급과 동거 중에 서른 나이로 죽음을 맞은 형에 대한 기억을 부채로 안고 있는 '김광호'다. 그런 그에게 친일 자본가의 딸 '이경희'가 설립을 추진 중인 자선사업은 현실과 동떨어진 낭만적 이상일 따름이다. 그러나 '이경희'가 이를 구체적인 실행으로 옮기자 '김광호'는 그 진정성에 신뢰를 보낸다. 기술이 하나하나 자연을 정복해 가는 과정에 흠뻑 반한 근대 과학기술의 신봉자가 '김광호'다. 석탄으로 석유를 만드는 것이 신기술이거니와, 그 석탄을 운반하는 데 철도가 제 역할을 다하게 만드는 일을 '김광호'는 자신의 의무라 생각한다.

애초에 계몽소설로 기획되었다면 『사랑의 수족관』은 이러한 지식인 남녀의 의기투합으로 끝났어야 옳을 일이다. 그러나 『사랑의 수족관』은 신문 연재소설이었다. 그러니 독자 대중의 눈과 귀를 자극할 만한 선정적인 에피소드쯤은 곁들여야 마땅했다. 작자 김남천은 '이경희'의 서모 '은주부인'을 등장시켜 주인공 남녀의 사랑을 위기로 몰아간다. '은주부인'은 '김광호'를 성적으로 유혹한다. 그 시도가 좌절되자 '이경희'에게 사건의 전모를 뒤집어 전하며 '김광호'를 비방한다. 이를 계기로 '이경희'는 '김광호'로부터 일시 멀어진다. 그 오해의 실타래를 풀어 주는 이가 '강현순'이다. '은주부인'과 '송현도'가 밤의 세계에, '이경희'와 '김광호'가 낮의 세계에 머물고 있다면, '강현순'은 그렇듯 밤과 낮의 경계, 곧 개와 늑대의 시간(l'heure entre chien et loup)에 서 있다.

'이경희'는 백화점의 '쏩껄'이나 전화교환국의 교환수나 '뻐스·껄'이나 혹은 타이피스트나 '강현순' 같은 이전에 볼 수 없던 중간층 직업여성에 대해 관심이 컸다. 이 두 신여성은 단골 양장점의 손님과 양재사로 만나 친구가 된다. '강현순'의 성실한 모습에 반한 '이경희'는 그녀에게 탁아소 사업 참여를 권한다. '이경희'의 요청엔 일종의 연민의 정이 담겨 있었다. 그녀는 '강현순'의 처지를 헤아렸다.

> '봉급은 얼마나 되는 것일까? 오십 원 아니면 육십 원이 고작일 것이다. 그중에서 집세를 제하고 먹고 입고 신고…… 날이 추어지면 방안의 온도도 유지해야 할 것이고…… 그렇게 생각하면 화장품값도, 한 달에 한두 번 사진구경 갈 것도 남을 것 같지 않다. 그런대로 신변에 사고나 없으면 다행이지만 한번 병이라도 생기면 어떻게 할 것인가?'

그러나 운명의 시샘은 잔인했다. 한 사내를 동시에 사랑하는 애정의 경쟁자라는 사실을 그들은 꿈에도 몰랐다.

결국 '김광호'를 향한 이혼녀 '강현순'의 짝사랑은 조력자의 역할로 승화된다. 그럼으로써 멜로드라마의 해피엔딩 문법에 마침표가 찍힌다. 『사랑의 수족관』이 통속소설로 완성되는 지점이다.

통속소설의 역설, 리얼리즘의 승리

김남천은 자전적 소설 「등불」(1942)에서, "쓰고 싶지 않은 잡문을 쓰고 마음에 내키지 않는 통속소설에 붓을 들고 때로는 신문 기자도 꺼리는 명사 방문에까지 나섰습니다. 지금 돌이켜보아, 우리(나)의 써버린, 오륙 년 동안의 소설과 논문과 잡문 중에서 몇 편이나 골라잡아 부끄러움이 없을는지 볼 편에 불이 붙는 듯합니다"라고 술회한다. 『사랑의 수족관』을 신문에 연재한 일에 대한 자책이다. 하지만 아내와 자식을 거느리자면 매문(賣文)은 피할 수 없는 일이었다. 하여 그는 하늘에서 추방되어 지상에 귀양 온 사내로 자신을 상상하며 '남천(南天, 남녘 하늘. 본명은 김효식)'이라 칭한다. 그러면서도 단 하나 아름답고 높은 문학에 대한 이상만은 끝내 포기하지 않는다.

펜을 드는 일이 얼마나 따뜻한 행복인지 김남천은 「등불」의 끝자락에서 이렇게 고백하고 있다.

> 나는 창이만을 자리 속에 남겨두고 혼자서 일어나 다시 옷을 가라입고 책상 앞에 앉씁니다. 아이의 숨 쉬는 소리가 들립니다. 큰 불을 끄고 스탠드의 불만 켭니다. 책상과 책과 글자만이 불광 안에 듭니다. 그 불광이 별로히 따스한 것 같은, 그런 포근한 느낌을 가슴으로, 온몸으로 느낍니다.

문학 자체로 보나 작자의 정신생활로 보나 틀림없는 타락의 길이었다고 연재 이태 뒤 김남천이 회고한 『사랑의 수족관』이 그러나 필자에게는 남다르게 읽힌다. 그 이유가 무엇일까? 필자가 예외적인 독자여서일까?

소설을 픽션(fiction)이라 칭함은, 혹은 픽션을 소설이라는 말로 옮기는 이유는 그 속에 담긴 이야기가 꾸며 낸 것이기 때문이다. 그 세계 전체가 거짓이라는 뜻이 결코 아니다. 당대 현실이 날것으로 따리 튼 픽션이 바로 대중소설이다. 그 가운데서도 단연 으뜸이 신문소설이다. 신문소설은 짐짓 허구임을 내세워 당대의 공기를 호흡하는 가운데 당대인이 배설하는 욕망을 생생히 기록한다. 따라서 과거의 신문소설을 읽는 독자는 과거의 현실이 오롯이 재현된 세계로 떠나는 시간 여행자가 된다. 그 타임 슬립(time slip)의 여정에서 독자는 역사라는 이름의 거대 이야기가 뒷날 주입된 허상에 불과하다는 사실을 마침내 깨닫는다. 집단 기억의 신화가 허물어지는 순간이다.

『사랑의 수족관』은 1940년 전후 식민지 조선의 '기억'이 아닌 '기록'이다. 허구를 빌려 사실을 새긴 작품이다. 이 역설이 대중소설 『사랑의 수족관』이 지닌 현재의 가치이자 문학사적 의의다. 김남천은 동시대 그 어느 작가보다도 치열하게 리얼리즘 창작 방법론을 고민했다. 그런 그가 수치스러운 이력으로 고백한 『사랑의 수족관』이 오늘의 독자에게 가장 정직한 기록으로 읽힌다는 사실은 아이러니다. 그렇듯 기억을 허무는 허구는 힘이 세다.

❊ 『사랑의 수족관』에 다음과 같은 장면이 나온다.

　　황금정 네거리로부터 부청(俯聽) 앞까지 가는 중턱에 남쪽을
향하여 육중한 『크림』 빛깔의 사층 양옥이 광대한 터전을 잡고
앉아있다. 지붕에는 기빨도 아무것도 없으나 건물이 묵에도 있
고 깊이도 있어서 사방형의 길쯤한 모습이 첫눈에 대회사의 관
록을 나타내이고 있다. 중턱에 현관이 있었으나 그 우에 『대흥
상사주식회사』의 여덜 자의 까만 글자가 씨어 있을 뿐 아물런
장식도 『마=크』도 보이지 않았다. 그러나 현관 안에 들어서면
양쪽에 방의 위치를 가리치기 위하여선가 『대흥콘체른』을 이
루고 있는 회사의 명칭이 주석 간판에 색이여서 쭈르르니 매어
달려 있었다. 『대흥상사』를 위시하여 『대흥공작』 『대흥신탁』
『대흥토지개발』 『대흥광업』 등등이 눈에 띠인다. 이경희의 아
버지 이신국씨가 총괄하는 『대흥』 재벌의 총본영이었다.

　여기 보이는 익숙한 듯 생소한 낱말이 재벌(財閥)이다. 세계 학
계에서도 쓰는 이 용어는 위의 글에도 등장하는 콘체른(Konzern)

의 번역어다. 그 어원은 일본어다. 2차대전을 전후해 일본에서 재벌은 두 가지로 구분되었다. 소유·지배구조의 차이가 그 기준이었다. 전전(戰前)의 재벌은 자이바쓰(재벌), 전후(戰後)의 기업집단은 게이레쓰(계열)로 불렸다. 자이바쓰의 경우 재벌가가 실질적인 대주주로서 계열회사의 독점적 지배권을 행사했다. 반면 게이레쓰는 사장회를 중심으로 상호주식보유제도를 갖고 있고 실질적인 대주주는 없었다. 오늘날 한국의 재벌은 자이바쓰에 가깝다. 거대 자본을 가진 동족(同族)의 혈연적 기업체군인 것이다. 식민 시기 우리 소설 가운데 이 재벌의 실태와 그 일가의 내밀한 생활상에 대해 『사랑의 수족관』만큼 상세히 서술하고 있는 텍스트는 흔치 않다.

예술성과 통속성의 기묘한 동거

❂ 『낭비(浪費)』(1940~41), 「경영」(1940), 「맥(麥)」(1941)은 김남천의 대표적인 전향 소설이다. 이 중 장편소설 『낭비』는 「맥」의 앞부분 이야기로, 세 작품은 연작이다. 특히 『낭비』는 통속성이 대단히 짙은 작품이다. 인물들 간의 얽히고설킨 애욕 갈등만으로도 현기증이 날 정도다.

청의양장점 주인 '문난주'는 강사 임용을 앞두고 논문을 쓰고 있는 경성제국대학 영문학도 '이관형'을 유혹한다. 그러나 '이관형'은 미망인 '문난주'를 단지 성적 대상으로만 생각한다. 그가

광복 후 발간된 김남천 창작집 『맥』(을유문화 사, 1947)

애정을 느끼는 대상은 남동생 '이관국'의 친구 '김연'이다. 한편 '이관국'은 유부녀 소설가 '한영숙'과 사랑에 빠진다. 그리고 '문 난주'의 친구이자 동양은행 본점 지배인의 첩인 '최옥엽'은 '이 관형'의 외삼촌 '윤갑수'와 불륜을 저지른다. '이관형'은 '김연'이 '이관국'을 사랑하고 있다는 사실을 알게 된 후 부친 '이규식' 소 유의 원산 별장을 떠나 양덕으로 향한다. 그곳에서 논문을 마무 리한 '이관형'은 상경길에 우연히 '김연'과 그녀의 약혼자를 만나 게 된다. 이를 계기로 '김연'을 마음에서 떠나보낸 '이관형'은 임 용 심사를 기다리던 중 지도교수의 집에 초대받는다.

　『낭비』의 연재는 여기서 중단되었다. 연재가 계속되었다면 또 다른 애욕이 펼쳐졌을 것이다. 물론 그러한 애정 갈등의 연쇄가

『낭비』의 전모는 아니다. 일각에서는 한국문학에서 유일하게 사상 문제를 다룬 전향 소설의 최고봉이라는 찬사를 보낸다. 예술성과 통속성의 혼탁이라는 대체적인 평가가 『낭비』에 담긴 양면성을 말해 주는 적확한 워딩일 듯싶다. 통속적인 면에서만 단순 비교하자면 『낭비』는 『사랑의 수족관』을 능가하고도 남음이 있다.

최정희와 김유영, 김동환, 김남천

❀ 1930년 신학문 공부를 위해 도일한 최정희는 유치진이 이끄는 학생연극운동에 참여한다. 거기서 시작된 김유영과 최정희의 인연은 결혼으로까지 이어진다. 김유영은 카프의 맹원으로 〈유랑(流浪)〉,〈혼가(昏街)〉,〈화륜(火輪)〉 등을 감독하면서 무산계급 영화 제작에 전념한 인물이다. 김유영의 끈질긴 강요로 시작된 결혼 생활은 최정희에게는 비극이었다. 김유영을 사랑하지 않았음에도 그의 아들을 출산한 탓에 어쩔 수 없이 하게 된 결혼이었다. 결혼 생활 내내 김유영은 가정을 돌보지 않은 채 최정희에게 폭력을 일삼았다. 결국 두 사람은 이혼한다.

그 후 최정희는 잡지 〈삼천리〉에 기자로 입사하면서 그 발행인인 시인 김동환과 사랑에 빠져 살림을 차린다. 김동환은 자녀가 있는 유부남이었다. 이들 사이에서 후일 이상문학상의 유일한 자매 수상자가 된 김지원과 김채원이 태어난다.

문단의 많은 남성 작가들이 최정희를 연모했다. 시인 백석이 눈

젊은 시절의 소설가 최정희

오는 밤에 홀로 소주를 마시다 최정희가 너무 보고 싶어서 고개를 넘어가 그녀의 얼굴만 보고 다시 돌아와 남은 소주를 마셨다는 일화는 그 진위와 상관없이 최고의 낭만적 일탈로 알려져 있다. 거기에 2014년 이상이 최정희에게 보낸 연서로 알려진 친필 서한이 공개되면서 최정희는 사후에 또 한 번 유명세를 단단히 치렀다. 필자 역시 세 해 전 발간한 책에서 이를 언급한 바 있다. 그러나 최근 김주현이 사실관계를 바로잡았다. 그 편지를 쓴 이는 이상이 아닌 여성 작가 지하련(본명 이현욱)이다. 이상의 여성 편력에 관심이 컸을 이들은 다소 실망스러웠으리라. 하지만 여성 작가로부터 받은 편지가 연서로 오해될 만큼 최정희의 인간적인 매력이 치명적이었다는 사실만은 분명해졌다.

최정희는 김남천과도 교유했다. 비평가로서 김남천은 「흉가」

와 「지맥(地脈)」 등 최정희의 소설에 대해 기대와 비판을 함께 피력한 바 있다. 동료 문인으로서가 아니라 이성으로서 최정희를 향한 김남천의 마음을 엿볼 수 있는 단서가 앞서 소개한 단편 「처를 때리고」 아닐까 싶다. 이 작품의 주인공 '최정숙'과 '차남수'의 실제 인물이 최정희와 그의 첫 번째 남편 김유영이었으리라는 추측을 쉬 내려놓기 어렵다. 물론 최정희에 대한 연민과 연모의 심사가 자기 고발의 전향 소설을 가장해 표출되었다는 필자의 비합리적인 의심이지만 말이다.

❂ 한 여인을 고통 속에 빠뜨린 영화감독 김유영은 1993년 그 행적이 항일 문화운동으로 인정받아 건국훈장 애족장을 추서받았다. 전향에 앞서 생을 마감한 덕택에 김유영은 독립유공자로 남을 수 있었던 것일까? 그의 아내 최정희를 구원했던 김동환은 2005년 『친일인명사전』에 이름이 올랐다. 김동환과 같은 길을 걸었던 최정희 역시 그 오명을 피할 수 없었다.

김동환의 셋째 아들 김영식은 1994년 『아버지 파인 김동환: 그의 생애와 문학』을 출간하면서 다음과 같이 썼다.

아버지가 일제 말엽에 한때 저지른 치욕적인 친일 행위를 뉘우치고 변절 고충을 고백하면서 '반역의 죄인'임을 자처했던 바 있음을 되새겨 보면서, 저는 가족을 대신하여 국가와 민족 앞에 깊이 머리 숙여 사죄합니다.

김영식은 부친 관련 자료를 10년 넘게 수집해 『파인 김동환 전집』(전5권), 『삼천리』(전32권), 『파인 김동환 문학 연구』(전30권), 『언론인 파인 김동환 연구: 신문기자, 잡지인』(전15권), 그리고 김동환과 최정희가 보관해 온 서한을 묶어 『작고문인 48인의 육필서한집』을 펴냈다. 전문 연구자들도 엄두가 나지 않을 방대한 학술 자료를 구축해 낸 것이다. 역사의 농간이라는 말로 치부하고 말기엔 그들 사이의 연이 난마와 같다.

"자유 없이 예술 없다"

⚙ 10여 년 전 〈미래문화신문〉은 창간호에 「큰 문학자가 있어야 큰 나라」라는 제하의 자료 발굴 기사를 게재했다. 부제가 '작가 강용흘의 63년 전 메시지'다.

좌우 이념 대립이 극한으로 치닫던 1946년 8월, 서울 모처에서 잡지 〈민성(民聲)〉이 주관한 문학 좌담회가 열렸다. 미군정청 출판부장 자격으로 일시 귀국한 강용흘을 환영하는 자리였다. 영문소설 『초당(草堂, The Grass Root)』의 저자 강용흘은 한국인 최초로 미국 문단에 진출한 인물이다. 좌담회에는 정지용, 설정식, 박계주, 채정근, 김남천 등 좌익 계열 작가들이 대거 참석했다. 그런데 국내외 문학 현상을 주제로 행해진 이 좌담회의 분위기를 주도한

한국 작가 최초로 미국 문학계에 등단한 강용
흘(1903~1972)

이는 유일한 우익 문인 강용흘이었다. 그는 민족문학을 "장래에
는 사라져야 할 필요악"이라 단언했다. 다소 의외의 사실은 강용
흘의 그 같은 주장에 조선문학가동맹 서기장 김남천이 이의를 제
기하지 않았다는 것이다. 반론은커녕 강용흘이 제기한 셰익스피
어 최고봉론에 마르크스의 인식까지 원용하며 동조하는 기미마
저 보였다. 당시는 김남천이 민족문학 건설을 조선문학의 지상과
제로 한창 역설하던 때다. 강용흘은 좌익 문인들을 향해 "진정한
자유가 없는 곳에 진정한 예술가가 있을 수 없다"며 일침을 가했
다. 김남천을 비롯해 참석한 좌익 문인 모두는 이를 묵묵히 듣고
만 있었다.

다른 이들의 속내는 알 수 없으나 김남천만은 강용흘의 말에
공감했으리라 필자는 확신한다. 해방되기 세 해 전 발표한 자전

적 소설 「등불」이 그 물증이다. 김남천의 심경이 어떠했는지 궁금하다면 「등불」을 찬찬히 다시 읽어 볼 일이다.

체코어로 번역된 『대하』

❀ 양문규 교수에 따르면 식민 시기 작품 중 가장 먼저 서양에 소개된 작품이 김남천의 『대하(大河)』다.

1939년 최재서 주관의 출판사 인문사는 전작 장편소설 총서를 기획한다. 그 첫 번째로 『대하』가 출판되었다. 이 『대하』가 1947년 체코슬로바키아에서 체코어로 번역 출간된다.

번역자 한흥수는 일찍이 오스트리아 빈 대학으로 유학을 떠난 인물이다. 그는 나치 독일이 오스트리아를 합병하자 스위스의 프리부르(Fribourg) 대학으로 옮겨 인류학 박사학위를 취득했다. 1942년 체코슬로바키아 동양학연구소 일에 관여하면서 한국어 제자 풀트르(A. Pultr)와 함께 『대하』를 번역한다. 표면상 한흥수와 김남천의 개인적인 친분의 결과였다. 기독교 및 서구문명과 맞닥뜨린 평안도 전통사회의 풍속을 다채롭게 그린 『대하』에 서양인의 오리엔탈리즘을 충족시킬 만한 요소가 다분했던 점이 그 이면의 요인이었을 테다.

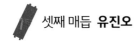

내가 조선인인지
말할 수 있는 자는 누구인가

벌판 이곳저곳에 맘모스 같은 거대한 건축물이 우뚝우뚝 보이더니 인해 웅대한 근대 도시가 벌어지기 시작하였다. 아즉도 건설 도중이라는 느낌은 있었으나 갓 나온 연녹색 버들 사이로 깨끗한 콩쿠리―트의 주택들이 깔리고, 멀리 보이는 큰 건축물들의 동양적인 지붕도 눈에 새로웠다. ―이 건축의 새로운 양식도 동양이 서양의 영향에서 벗어나서 자기의 것을 창조하려는 노력의 한 나타남일까 하고 철은 생각하였다.

「신경(新京)」(1942)의 주인공 '철'이 대면한 1940년대 초 만주국 수도 신경에 대한 인상기다.

1931년 만주사변을 일으켜 중국의 동북 지역을 점령한 일제는 이듬해 청의 마지막 황제 푸이(溥儀, 선통제)를 허수아비로 내세워 만주국을 세우고 장춘(창춘)을 신경으로 개명하여 수도로 삼는다. 그 신경은 1945년 만주국이 해체되자 장춘으로 명칭이 되돌려진다. 만주국 시절 신경의 주요 행정기관 건물을 팔대부(八大部)라 부른다. 이들 건물은 대부분 서양 스타일의 본체에 동양식 기와 지붕을 얹은 흥아식(興亞式)이라는 독특한 건축양식을 띠었다.

「신경」의 '철'은 신경이 장춘이던 시절을 기억한다. 그때의 장춘은 정거장만 커다란, 초라한 시골 도시였다. 일본과 노서아와 장학량(장쉐량)의 세 세력이 부딪트리는 지점이라 정거장에는 낫과 마치가 엇질린 모표를 단 중동철도(中東鐵道)의 사원과 피스톨을 찬 장학량의 헌병 및 만철(滿鐵, 일본이 만주 침략을 위해 세운 남만주철도주식회사의 약칭) 사원이 제각각 어깨를 뻐기고 활보했다. 어지럽고 무시무시한 분위기의 그 도시는 곧장 시베리아 본선으로 연결되는 침대차, 인터내셔널 왜건리가 들이닿는 중동철도의 종점이었다. 한 발짝 정거장 문을 나서면 도시계획의 실패를 말하는 듯 납작한 집들의 넓은 마당에 잡초가 우거져 있었다. 그 장춘을 일제는 근대적인 도시 신경으로 변모시켰다. 열두 해 후 그곳을 다시 찾은 '철'은 동양적 근대의 실체를 목격한 듯 새로 들어선 건축물에 매혹된다. 그리고 거기에서 동아(東亞)협동체 이념으로 무장한 일본인들을 만난다.

제자들의 취직을 부탁하기 위해 '철'이 만나는 중요 회사 간부와 고급 관리는 두 부류였다. 어떤 중역은 책임감이 없고 윗사람에게 아첨하며 아랫사람에게는 건방지게 군다고 한 시간이나 조선인을 격렬히 성토했다. 반대로 어떤 관리는 같은 일본 사람을 가지고 내지인과 조선인을 구별할 것이 무엇이냐, 팔굉일우(八紘一宇. 온 세상이 하나의 집안이라는 뜻으로, 일본이 침략전쟁을 합리화하기 위하여 내건 구호)의 나라를 새로 세우는 데 동아 십억의 민중이 한집안 식구요, 나아가서는 왼 세계가 다 한 이웃이니, 하물며 조선인과 내지인 사이에는 그저 잘못이 있어도 서로 용서해 주고 부족함이 있어도 서로 도우며 힘을 합해 대동아 건설의 큰 사업을 향해 나가야 할 것이라며 웅대한 포부를 들려주기도 했다. 신경은 그렇듯 겉으로는 일본제국의 2등 신민 조선인이 민족 차별의 굴레를 벗고 세계인으로 다시 태어날 수 있는 이상적인 공간이었다.

「창랑정기」가 예언한 「신경」 그 후

유진오는 단편 「창랑정기(滄浪亭記)」(1938)에서 「신경」의 주인공 '철'의 미래를 예언한다.

선전관으로 이조판서 벼슬까지 지낸 서강대신 '김종호'(주인공 '나'의 삼종증조부)는 쇄국의 꿈이 부서지고 대원군도 세도를 잃게 되자 당인정 부근 강가에 있는 옛날 어떤 대관의 별장을 사들여 '창랑정'이라 이름 붙인 후 우울한 말년을 보낸다. 바로 눈 아래 보이는 검푸른 물결, 그 건너로 눈에 가득 들어오는 넓고 넓은

週間短篇(八)

滄浪亭記

(2)

俞鎭午 作
都相鳳 畫

「청랑정기」 연재 제2회(《동아일보》1938. 4. 20)

백사장, 그리고 멀리멀리 하늘 끝단 데까지 바닷물결 치듯 울멍줄멍한 산이 아득히 보이는 창랑정은 '나'에겐 마음의 고향이다. 7~8세 때 아버지를 따라 처음 가 머문 며칠, 열여섯 살 때의 두 번째 방문, 거의 20년이 지난 후의 마지막 방문까지 기억을 징검다리 삼아 '나'는 창랑정과 그곳에 살았던 이들을 회상한다.

첫 방문 때 창랑정은 신비한 가구와 장식들로 가득 차 있는 저택이었다. 집안 곳곳이 많은 식구로 북적였고, 색시들은 잔치 음식 준비로 분주했다. 그러나 두 번째 방문 때 창랑정은 이미 남의 손에 넘어간 빈 껍데기였다. 처음 타 보는 당인리행 기동차를 타고 옛 기억을 더듬어 마지막으로 찾아갔을 때, 창랑정은 자취마저 사라졌다. 대신 그 자리에 큰 공장이 들어섰고, 하늘을 찌를 듯한 굴뚝은 검은 연기를 토하고 있었다. '정경부인'과 '서강대신', 그리고 '노할머니'(증조모)는 유명을 달리했고, 조부의 신념에 갇혀 신식 교육의 대열에 끼지 못하고 집에 들어앉아 한문책만 읽던 증손자 '종근'은 '서강대신'이 죽자 머리를 깎고 양복을 입고서 기생 오입쟁이로 나섰다. 그렇게 가세를 기울게 한 '종근'은 마지막에는 서울 살림을 다 파헤치고 시골 일가로 낙향했다.

작자 유진오의 자전적 기록이나 다름없는 「창랑정기」의 가계사는 조선 근세사의 은유이자 축소판이다. '서강대신'의 대상(大祥, 죽은 지 만 두 해 만에 삼년상을 벗으며 지내는 제사)이 있던 날 '나'의 아버지와 집안 어른들은 창랑정의 현재를 외면하려는 듯 그 영욕의 역사를 애써 불러낸다. 임진란에 창랑정 근처가 진터가 되었다는 이야기로부터 대원군 시절에 선교사를 학살한 것 때문에 불란서 해군 제독 '로-즈' 장군이 '프리모게' 이하 군함 세 척을 거느리고 강화도로부터 한강을 거슬러 올라와 조정을 발끈 뒤집히게 하며 여러 날을 정박하던 곳이 바로 창랑정 사랑 마당 앞이었다는 이야기, 그리고 그때 조정에서 가장 맹렬하게 양이(洋夷) 배척을 주장하던 이가 선전관 '서강대신'이었다는 이야기를 밤이 이슥하도록 주고받는다.

그러나 「창랑정기」에서 창랑정의 몰락과 그로써 암시되는 조선의 패망사는 조연이자 배경일 뿐이다. '나'의 가장 소중한 기억은 '을순'이란 소녀와의 인연이다. 두 사람 사이의 아릿한 교호(交

好)가 사실상 이야기의 주연으로 작품 전면에 그려진다. 유년 시절 '을순'과 단 한 차례 만나 보낸 시간은 어른이 된 지금도 '나'의 꿈속에서 생생하다. 그때마다 창랑정을 향한 그리움은 애틋하기 그지없다.

'을순'은 종근 형의 아내, 곧 '나'에게 형수 되는 이의 교전비(轎前婢, 혼례 때 새색시를 따라온 계집종)였다. '노할머니' 생신을 맞아 처음 창랑정을 방문한 날 '나'는 열두 살쯤 된 '을순'을 만난다. 이내 가까워진 둘은 뒷동산에 올라가 냉이도 캐고 메도 캐 먹으며 즐거운 한때를 보낸다. 그러나 두 번째 창랑정에 갔을 때 '을순'은 보이지 않았다. 달덩이같이 환하던 '형수'만이 까만 생쥐같이 초라해져 늙은 어멈 하나를 데리고 제수를 차리고 있었다. '을순'과 즐겁게 놀던 동산은 볼만한 나무 한 주 없이 황량했다. 예전에 그곳에서 '을순'과 '나'는 우연히 칼 한 자루를 캐낸 적이 있다. '서강대신'은 그 칼을 앞에 놓고 감개무량해 눈을 감았다 떴다 했다.

'나'에게 그 일이 여태 잊히지 않는 이유는 보검이 '서강대신'에게 과거의 영광을 일깨워 줘서가 아니다. '을순'과 쌓은 추억의 한 자락이기 때문이다. '을순'과 '나'가 보낸 시간과 창랑정의 과거는 그 보검에 대한 기억을 매개로 이어진다. 도로 일곱 살의 소년이 된 꿈속에서 '나'는 노을이 뜬 창랑정 앞 하늘과 '서강대신'의 은실 같은 수염, 그리고 황촉 불 켜진 창랑정의 큰 사랑채를 단장(短杖)으로 가리키시는 아버지를 만난다. 그러다 '을순'과 저녁

햇빛을 받으며 뒷동산에서 노는 순간에 이르러 잠이 깬다. 그처럼 '을순'은 창랑정에 대한 '나'의 향수의 시작점이자 끝점이다. 「창랑정기」에 담긴 '나'의 사연은 이쯤에서 마무리된다.

그런데 작품 끄트머리에 난데없이 다음과 같은 르포르타주 한 토막이 등장한다. 마치 새로운 이야기의 시작처럼 말이다.

> 문득 강 건너 모래밭에서 요란한 푸로페라 소리가 들린다. 건너다보니 까맣게 먼 저편에 단엽 쌍발동기 최신식 여객기가 지금 하늘로 날러 올으려고 여의도 비행장을 활주 중이다. 보고 있는 동안에 여객기는 땅을 떠나 오십 메돌(미터) 백 메돌 이백 메돌 오백 메돌 천 메돌 처참한 폭음을 내며 떠올라 갔다. 강을 넘고 산을 넘고 국경을 넘어 단숨에 대륙의 하늘을 뭇찌르려는 전금속제(全金屬製) 최신식 여객기다.

이 르포르타주로 작자 유진오는 과거의 '나'를 구해 낸다. 현실로 무사히 복귀한 '나'가 지금 마주하고 있는 풍경은 강 건너 여의도비행장이다. 거기서는 최신의 여객기가 이제 막 이륙 중이다.

소설, 근대를 이야기하다

식민 시기 창랑정과 여의도 사이에는 그처럼 다른 시간의 강이 흘렀다. 그 내막은 이렇다. 익히 알려진 대로 1937년 중화민국의 수도 남경(난징)을 점령한 일제는 수십만의 양민을 잔인하게 살육하고 약탈했다. 이른바 '난징대학살'이다. 그 뒤 일제의 광기는 광동(광둥), 산서(산시)를 포함하여 남북 10개 성(省)과 주요 도시의 점령으로 이어졌다. 1938년 10월 마침내 무한(우한) 함락의 승전보가 모든 신문의 1면을 장식하기에 이른다. 「창랑정기」는 바로 이 중일전쟁이 절정에 이른 시점에 창작되어 신문에 연재되었다. 일제는 민간 항로 개설이라는 명분을 내세워 여의도비행장을 만들었다. 실제로는 대륙 침략을 위한 교두보가 필요해서였다. 「창랑정기」의 '나'가 본 금속제의 그 최신 여객기는 언제든 군용기로 바뀔 것이었다. 이를 모를 리 없기에, 아니 이를 의식해 작자 유진오는 비행기의 날아오르는 형세가 단숨에 대륙의 하늘을 무찌르려는 듯하다는 묘사를 애써 「창랑정기」 끝머리에 덧붙인 것이다.

겉으로 「창랑정기」의 화자 '나≒유진오'는 선대의 일을 자신의 향수로 호출한다. 그러나 그것은 엄밀히 말해 창랑정과 함께 쇠락해 간 이들의 이력일 뿐 '나'와 무관한 과거사다. 유진오의 속내는 그들이 지나온 시간과의 거리를 실감케 함으로써 세칭 현타(현실 자각 타임)로 '나'를 이끄는 데 있다. 스물일곱 해가 지난 '을순'과의 추억 역시 같은 맥락에서 소환된 것이리라. 과거와 결별하기 위한 하나의 의식으로서 말이다. 창랑정 이편은 퇴락한 과거의 공간이요, 강 건너 저편의 비행장은 신세계로 열린 미래의 공간이다. 지금 '나'의 시선은 과거를 박차듯 빠른 속도로 날아오르는 여객기에 붙들려 있다. 그리고 그로부터 네 해 뒤 드디어 「창랑정기」의 '나'가 「신경」의 '철'이 되어, 여의도에서 이륙한 비행기가 향하던 만주 출장길에 오른 것이다. 이 같은 전후 사정에 아랑곳없이 고등학교 교실에서 「창랑정기」는 '산업화로 인해 잃은 소중한 가치에 대한 향수'를 그린 소설로 읽힌다. 과연 온당한 독해이자 감상인가?

　과거는 늘 제물로 바쳐진다. 현재는 과거라는 무덤을 구름판 삼아 도약을 꿈꾸기 마련이다. 『삼국지연의(三國志演義)』의 저 유명한 대목이 이를 증언한다. '제갈량'은 오장원에서 '사마의'와 대치하다 죽음을 맞는다. 이후 촉(蜀)군은 '제갈량'의 유언에 따라 퇴각한다. '사마의'는 촉군을 추격하기 시작했다. 그때 '한 승상 무향후 제갈량(漢丞相武鄕侯諸葛亮)'이라 쓴 깃발을 펄럭이며 산 뒤편에서 촉군이 쏟아져 나온다. 그 한가운데에 사륜거를 탄 '제갈량'이 있었다. '제갈량'의 계략에 말려들었다고 판단한 '사마의'는 후퇴한다. 이로부터 '죽은 공명(제갈량)이 산 중달(사마의)을 쫓다(死孔明走生仲達)'라는 말이 생겨났다. '중달'이 본 '제갈량'은 그가 생전에 나무로 깎아 놓은 조각상이었다. '제갈량'이 미리 이야기 그물로 자신의 사후를 포획해 놓은 것이다. 그렇듯 현재의 승리는 이야기(서사, narrative) 세계의 지경(地境)을 넘어서는 법이 없다.

　시간을 초월한 최후 승자인 '이야기'의 계승자이자 근대적 전파자가 소설이다. 그 허구의 이야기는 현실에 존재하지 않는 신기

루인 듯하나, 죽은 '제갈량'이 그러했듯이 앞서서 현실을 조작해낸다. 특히나 감정이 깃든 이야기로 현실이 재연될 때, 과거는 노예 꼴을 면치 못한다. 현재가 과거를 부려 쓰는 방법이다. 학자들은 '역사의 전유(appropriation)'라는 다소 현학적인 표현을 동원해 이 같은 사태를 일컫곤 한다.

고색창연한 창랑정에서 강 건너 이륙하는 여객기를 선망의 눈으로 바라보던 '나'는 이제 첨단의 도시 신경에 진출한 '철'이라는 이름의 교사로 성장했다. 비록 비행기는 아니나 '철'은 급행열차 이등차 쿠션에 몸을 묻고 만주로 향한다. 출발에 앞서 스스로 황국신민이자 일본인이라 최면을 걸었건만, 그가 도착한 신경에는 일본계와 만주계 외에 조선계라는 구별이 존재했다. 일본인과 만주인 중간 그 어디에 놓여 있는 조선인의 지위는 복잡 미묘했다. 그 예상치 못한 상황에 당한 '철'에게 다음의 질문을 던지면, 그는 무어라 답할까?

"내가 조선인인지 말할 수 있는 자는 누구인가?"

❀ 유진오는 식민 시기 문인의 전형적인 행로를 밟아 간 인물이다. 문단 데뷔 초기 유진오는 카프에는 가입하지 않았으나 프롤레타리아 문학관에 동조한 동반자작가(同伴者作家)였다. 당시 그는 빈민 계층의 생활상을 사실적으로 그린 경향문학 계열의 작품을 다수 창작했다. 대학 재학 중 발표한 「스리」(1928), 「복수」(1928), 「삼면경(三面鏡)」(1928), 「갑수의 연애」(1929), 「가정교사」(1929), 「빌딩과 여명」(1929), 「귀향」(1929), 「여직공」(1929), 「송군 남매와 나」(1929) 등이 이에 속한다.

소설가로서뿐만 아니라 비평가로서도 유진오의 활동은 두드러졌다. 유진오가 '순수문학'의 실체를 놓고 김동리와 벌인 세대 논쟁은 한국 근대 비평사에서 빠뜨릴 수 없는 사건이다. 이 논쟁에서 유진오는 후일 김동리 비평의 타이틀이 된 '순수문학'이란 용어를 처음 발기한다. "모든 비문학적인 야심과 정치와 책모를 떠나 오로지 빛나는 문학정신을 옹호하려는 의열한 태도"가 유진오가 정의한 문학의 '순수'였다. 이 같은 전제 아래 그는 순수의 문학정신은 본질적으로 인간성 옹호에 있어야 한다고 주장했다. 이에 김동리가 이의를 제기하면서 신구 작가 간 세대 논쟁이 불붙은 것이다.

작가, 비평가, 다시 법학자·정치인으로

❁ 유진오는 중일전쟁 발발 이후 친일의 길에 본격적으로 들어선
다. 일제의 중국 침략과 징병제를 지지하는 선전문을 다수의 지면
에 발표하는가 하면, 친일 단체 조선문인협회와 조선문인보국회
임원으로도 활동한다. 그 와중에도 소설 창작은 왕성했는데, 도
시적 정서가 주조를 이루는 시정문학(市井文學)의 영역을 개척한
이가 바로 유진오다. 「가을」(1939), 「이혼」(1939), 「나비」(1940),
「봄」(1940) 등이 그 대표작으로 자신의 주변사와 과거에 대한 회
상이 주요한 소재였다.

❁ 유진오는 여타 문인에게서 볼 수 없는 독특한 이력도 지니고
있다. 우선 그는 공식적으로 문학 수업을 받은 바 없다. 경성제국
대학 예과 수석 입학과 법문학부 법학과 수석 졸업이 그의 학력
이다.

법학도로서 그의 행보는 해방기 들어서 활발해진다. 아이러니
하게도 그 계기는 해방 직후 임화의 청으로 문인 회합에 나갔다
가 이태준 등의 항의로 쫓겨난 일이었다. 그 길로 유진오는 문단
과 절연한 뒤 대한민국 헌법 기초위원으로, 초대 법제처장으로,
고려대학교 총장으로, 민중당 대통령 후보로, 다시 신민당 총재

로 거듭 변신한다. 그가 마지막까지 몸담은 사회활동은 대한민국 학술원 법학부 회원이었다.

　고려대학교 총장 시절 유진오는 새삼 소설집 『창랑정기』(1963)를 출간한다. 문학에 대한 미련이 여전했다는 증거일 테다.

「김강사와 T교수」 속 경성의 두 얼굴

❀ 유진오의 대표작 「김강사와 T교수」가 발표된 1935년은 카프가 해산된 해다. 사실상 프로문학이 막을 내릴 무렵 창작된 이 작품이 동반자작가로서 유진오의 대표작이 된 사연은 아이러니하게도 그 이전의 작품들에서 보였던 경향성을 탈피한 데 있다.

　동경제국대학 독일문학과를 졸업한 수재 '김만필'은 'H'과장의 소개를 받아 S전문학교에 강사로 취직한다. 그곳에서 알게 된 일본인 교수 'T'는 '김만필'에게 친절을 베풀며 학교의 은밀한 사정을 말한다. 그 무렵 S전문교수회는 파벌 갈등이 심했다. 'T'교수와 교장은 그 가운데 가장 강력한 한 무리였다.

　어느 날 'H'과장 집을 예방했다가 거기에서 만난 'T'는 돌아오는 길에 과거(대학 시절 문화비판회 서클 활동과 독일 좌익계 작가에 관한 글을 신문에 게재한 사실)를 알고 있다는 말로 '김만필'을 넌지시 겁박한다. 그러면서 자기 파에 들어오라 종용한다. 그러나 이후 '김만필'은 'T'를 찾지 않는다. 몇 달이 지나 'T'는 '김만필'에게 'H'과장이 한번 만나고 싶다고 하니 찾아가 보라 말한다. 그렇게 만난

'H'과장은 '김만필'에게 취직 전 사상 문제를 은폐하여 자신을 기만했다며 격하게 화를 낸다. 그제야 '김만필'은 'T'가 'H'과장에게 자신의 과거를 폭로했다는 사실을 알아차린다. 얼마 지나지 않아 '김만필'은 S전문학교에서 쫓겨난다.

이처럼 「김강사와 T교수」에서 유진오는 부정한 권력과의 타협을 거부한 소시민 지식인의 고뇌에 주목한다. 빈민 계층의 생활상이 주를 이뤘던 이전 작품들과 분명 다른 면모다. 특히 주인공 '김만필'의 내적 갈등의 섬세한 묘사는 초기 경향소설로부터 진일보한 창작 기법을 보여 준다. 이 작품을 사실주의 심리소설의 대표작으로 꼽는 이유다. 이후 세간의 사소한 일상에 대한 관찰과 그에 대한 정서적 감응을 그린 시정소설 계열의 작품들과 견주더라도 「김강사와 T교수」는 유진오의 창작 성과 중 단연 돋보이는 작품임이 분명하다.

「김강사와 T교수」는 크게 세 판본이 존재한다. 가장 앞선 『신동아』(1935) 판본, 1937년 2월 일본어로 발표된 문학안내(文學案內) 판본, 그리고 『유진오단편집』(1939)에 수록된 판본이 그것이다. 이 가운데 제국의 변방, 곧 식민지의 과거 수도이자 근대적인 도시 경성의 이중성이 가장 잘 드러난 텍스트가 마지막 판본이다.

「창랑정기」와 <아비정전>의 '새'

❀ <아비정전(阿飛正傳)>은 왕가위(왕자웨이) 감독의 두 번째 장편영

화다. 장국영(장궈룽), 장만옥(장만위), 유가령(류자링), 장학우(장쉐위), 유덕화(류더화), 양조위(량차오웨이) 등 홍콩 영화의 전성기를 이끈 배우들이 대거 출연했음에도 흥행엔 참패했다. 러닝셔츠를 입은 장국영이 맘보춤을 추는 장면은 지금도 패러디되며 이 작품의 상징처럼 대중의 기억에 강렬히 새겨져 있다.

유진오는 「창랑정기」에서 "향수란 높은 사람의 마음을 재리재리하게 좀먹어 들어가는 우수의 사자(使者)인 것 같기도 하나 다시 생각하면 의지할 바를 잃은 심정을 부드러운 손길로 쓰다듬어주어 위대한 안심의 길로 인도해 주는 거룩한 어머니의 손길"이라 말한다. 그러면서 그는 도연명(도잠) 「귀거래사(歸去來辭)」의 한 구절, "새는 날다 고달프면 돌아올 줄을 안다(鳥倦飛而知還)"라는 말을 인용한다. 본시 이 시구는 벼슬에 나아간 이가 물러날 때를 안다는 뜻의 관용적 표현이었다. 과거 청운의 꿈을 안고 넓은 세상으로 향했던 사람의 귀향은 그러했다.

〈아비정전〉에도 주인공 '아비'(장국영 분)의 운명을 암시하는 새가 언급된다. '아비'는 어린 시절 어머니에게 버림받은 탓에 사랑을 믿지 않는다. 그는 시계를 가리키며 '수리진'(장만옥 분)에게 말한다.

너와 나는 1분을 같이했어. 난 이 소중한 1분을 잊지 않을 거야. 지울 수도 없어. 이미 과거가 되어 버렸으니까.

후일 그녀는 그 순간을 이렇게 기억한다.

　　1분이 쉽게 지날 줄 알았는데 영원할 수도 있더군요. 그는
　　1분을 가리키면서 영원히 날 기억할 거라고 했어요.

　그처럼 영원은 시간의 무한이 아니라 찰나의 기억이었다. '루루'(유가령 분) 역시 그런 바람둥이 '아비'에게 속절없이 빠져든다. 하지만 '아비'는 그녀들을 단지 유혹했을 뿐이다. 어머니를 향한 대리복수였다. 결혼을 원했던 '수리진'과 헤어진 뒤 만난 '루루'와의 연애마저 시들해지자 '아비'는 어머니를 찾아 필리핀으로 날아간다. 어머니는 만남을 피하고, '아비'는 끝내 그녀를 용서하지 못한 채 죽음을 맞는다. 영화에서 '아비'는 방황이 거듭될 때마다 유언처럼 발 없는 새에 관한 이야기를 읊조린다.

　　발 없는 새가 있지. 날아가다가 지치면 바람 속에서 쉰대. 평
　　생 딱 한 번 땅에 내려앉을 때가 있는데 그건 죽을 때지.

　「창랑정기」의 '나'가 창랑정에 대한 향수에 젖어 인용한 「귀거래사」의 새와 〈아비정전〉에서 '아비'가 자신을 빗댄 새의 여정은 그렇듯 달랐다. 앞의 새는 과거에 둥지를 튼다. 그러나 그 세계는 마모된 시간이 사후에 빚어낸 허상이다. 반면 뒤의 새는 과거에

붙들려 현실에 내려앉지 못한다. 그가 지상에 도달할 수 있는 유일한 방법은 오직 죽음으로써 과거와 결별하는 길뿐이다.

창랑정, 다시 80년 후

❀「창랑정기」의 '나'가 처음 방문하고서 이십여 년이 지난 뒤 다시 찾았을 때 창랑정은 뽕밭이 산호 숲이 된 듯 변해 있었다. 아름다웠던 하늘은 공장 굴뚝 연기로 어두웠고, 마당에는 석탄재가 쌓여 있었다. 이 풍경은 1930년 경성전기주식회사가 설립한 최초의 석탄화력발전소, 곧 '당인리발전소'를 묘사한 것이다. 현재는 '서울화력발전소'로 그 명칭이 바뀌었고, 발전 방식도 열병합으로 개조되었다.

차가 놓이면서 이 지역은 급속도로 개발되었다. 경성 서남부로 명명된 이곳에는 대규모 주택단지가 들어섰다. 오늘날 젊은이들이 가장 즐겨 찾는 핫 플레이스 망원동 일대의 기원은 그처럼 오랜 역사를 지니고 있다. 지금의 6호선 지하철 노선과 겹치듯 다른 당시의 전차 노선도가 시간의 단층을 보여 준다.

❀「창랑정기」의 결말에는 창랑정 아래 강 건너 여의도비행장에서 최신식 여객기가 하늘로 날아오르는 장면이 등장한다. 여의도비행장은 한국 최초의 비행장으로 1916년 개장한 후 1958년까지 존재했다. 건설 당시 이곳의 주소명은 경기도 고양군 용강면이

1929년 개통 당시의 당인리발전소(위)와, 식민 시기 당인리·신촌·마포 전차 노선이 그려진 '경성 서남부 안내' 지도

었다. 1922년 12월 10일 한국 최초의 비행사 안창남이 시범 비행한 곳도 여기다.

1953년 여의도공항은 국제공항으로 승격된다. 그리고 이듬해 마릴린 먼로가 미군 위문 공연을 위해 한국을 방문할 때 이곳을 통해 입국했다. 1964년 국내외 항공노선이 모두 김포공항으로 이전하면서 그 역사는 마감된다.

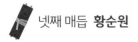

하위주체는
말할 수 있는가

윤동주의 처음이자 마지막 시집 『하늘과 바람과 별과 시』를 연희전문 후배이자 글벗 정병욱이 고향 집 마루 아래 숨겨 두었다가 해방 후 정식으로 출간하여 세상의 빛을 보게 한 일은 널리 알려진 사실이다. 이에 비견할 만한 문단 일화가 또 하나 있다.

1940년 들어서면서 일제는 언론 매체를 통해 전시 동원 체제 선전에 열을 올린다. 동시에 언론 및 출판에 대한 검열과 통제가 강화되는데, 그 결과 다수의 신문 및 잡지가 강제 폐간된다. 이미 국어의 지위를 일본어에 빼앗긴 조선어로 글을 쓰던 작가들의 무대도 일순간 사라지고 만다. 노골적인 친일의 맹세가 아니라면 조선어 문장이 허락될 리 만무했다.

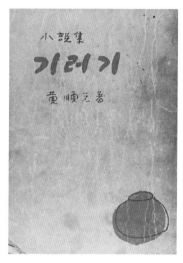

황순원 두 번째 창작집 『기러기』(명세당, 1951)

　　강요된 절필의 그 시기에 모국어 창작을 멈추지 않고 석유 상자 밑이나 다락 구석에 몰래 보관한 이가 황순원이다. '명멸하는 생명의 불씨'로 간직했다는 그의 대표작 「독 짓는 늙은이」는 그렇게 탄생했다.

　　해방되고 한참 뒤 잡지 〈문예〉(1950년 4월호)에 처음 발표된 「독 짓는 늙은이」의 실제 창작 시기는 1944년이다. 해방 후 발간된 황순원의 두 번째 창작집 『기러기』(1951)에 「별」, 「산골아이」, 「기러기」 등과 함께 수록되었다.

내면의 자화상 「독 짓는 늙은이」

　　불온 문서를 작성하듯 숨어 쓴 「독 짓는 늙은이」에는 작자 황순원의 내면의 자화상이라 할 만한 인물, 곧 '송영감'이 등장한다. 아내가 조수와 눈이 맞아 어린 자식을 남겨 둔 채 도망간 후 늙은 몸에 병까지 깊어진 '송영감'은 아들 '당손이'를 '방물장수 할머니'에게 딸려 보낸다. 그리고 흐르는 눈물 속에서 다음과 같이 최후를 맞는다.

　　송영감은 한옆에 몸을 쓰러뜨렸다. 우선 몸이 녹는 듯해 좋았다.

　　그러나 송영감은 다시 일어나 가마 안쪽으로 기기 시작했다. 무언가 지금의 온기로써는 부족이라도 한 듯이. 곧 예삿사람으로는 더 견딜 수 없는 뜨거운 데까지 이르렀다. 그런데도 송영감은 기기를 멈추지 않았다. 그렇다고 그냥 덮어놓고 기는 것은 아니었다. 지금 마지막으로 남은 생명이 발산하는 듯 어둑한 속에서도 이상스레 빛나는 송영감의 눈은 무엇을 찾고 있는 것이었다. 그러다가 열어젖힌 곁창으로 새어들어오는 늦가을 맑은 햇빛 속에서 송영감은 기던 걸음을 멈추었다. 자기가 찾던 것이 예 있다는 듯이. 거기에는 터져나간 송영감 자신의 독 조각들이 흩어져있었다.

　　송영감은 조용히 몸을 일으켜 단정히, 무릎을 꿇고 앉았다. 이렇게 해서 그 자신이 터져나간 자기의 독 대신이라도 하려는 것처럼.

'송영감'의 자기번제(燔祭)는 식민 시기 말 황순원이 상상할 수 있었던 유일한 정신 승리였다.

유폐된 가운데 침묵의 시간을 견딘 황순원이 다시 펜을 들어 기록한 해방기의 풍경은 어떠했는가? 그의 첫 번째 창작집 『목넘이 마을의 개』(1948)에 수록된 두 편의 단편소설 「아버지」(1947)와 「술」(1945)에 그 생생한 현장이 기록되어 있다.

「아버지」는 해방기의 혼란한 정치 현실을 고발한 작품이다. 화자의 아버지는 3·1운동에 참여한 일로 1년 반 동안 서대문형무소에 투옥된 적이 있다. 아버지는 같은 죄로 끌려온 '박목사'와 남도 출신의 농촌 청년, 그리고 만주에서 독립운동을 하다 잡혀온 청년 등과 같이 수형 생활을 했다. 해방되고서 아버지는 남도 출신의 '김아무개'를 길에서 우연히 만난다. 아버지는 자기의 회고를 자료 삼아 3·1운동에 관한 글을 쓰려는 아들에게 그 사내의 사연을 다음과 같이 전한다.

그르다가 무슨 말끝엔가 그이가 이번 서울 올라온 건 신탁통티 문데 때문이라 거야. 시굴서는 어드케 종잡을 수가 없다구 하드군. 신탁통틸 찬성해야 할디 반대해야 할디 말이야. 그걸 분명히 알아가지구 내레가서 자기 사는 고당에서 운동을 닐으키겠다는 거야. 결국 어느 모루든 왜놈식의 무단정티가 이땅에 다시 활개를 테서는 안된다는 거디. 그래 자꾸만 삼일운동 때

일이 생각나 못겐디겠드라나.

　황순원이 바라본 1947년의 조선은 해방이 되었다고는 하나 이전과 크게 다를 바 없는 세상이었다. 보통 사람들의 일상에까지 번진 좌우익의 갈등은 식민 시기 무단정치가 남긴 내상을 오히려 덧나게 했다. 한 세대 이상을 식민지 2등 신민으로 살아온 조선인들에게 도둑처럼 찾아온 해방은 당혹 그 자체였다.

　한편 「술」은 앞선 시대의 관성에서 벗어나지 못한 '준호'라는 인물의 욕망과 정신적 분열을 그린 작품이다. 나카무라양조장에 처음 사환으로 들어와 마흔이 갓 넘을 때까지 성실히 일한 덕에 주임서기가 된 '준호'는 해방이 되자 그 적산(敵産)을 경영하는 대표로 뽑힌다. 비로소 자기들의 소유가 되었다는 감격에 '준호'와 종업원들은 '나카무라' 패의 유혹에도 꿋꿋이 양조장을 지켜 낸다. '준호'의 주도하에 그들은 왜색풍의 물건들을 모두 치워 버리고 일본인 지배인의 사택을 접수한다. 심지어 돌사람 조각이니 석등이니 하는 정원의 조경물들마저 부숴 버린다. 그러나 '준호'는 어느 순간 허전함에 치웠던 가구를 다시 들이고 깨뜨렸던 석상을 제자리에 맞춰 놓는다. 그렇게 그 집에 익숙해진 그는 고향 친구인 피복업자 '필배'에게 돈을 빌려 양조장을 개인적으로 불하받으려 한다. 이에 조합에 위탁하여 종업원 모두가 공동으로 운영하자는 '건섭'과 대립하게 된다. '건섭'은 조선 사람이 공장이나

회사 책임자가 되는 순간 일본인 '나카무라'와 똑같은 행태를 보이리라 예견했다. 결국 술 취해 반실성한 '준호'는 회의 자리에서 식칼을 들고 난동을 피우다 '건섭'의 손에 고꾸라진다.

이러한 결말이 암시하는 바 황순원의 생각에 해방은, 결과로 주어진 국권의 회복 혹은 적산 회수에 그쳐서는 안 될 일이었다. '건섭'의 말마따나 제도적 차원에서 온전히 식민성을 극복하지 못한다면 제이, 제삼의 '나카무라'와 같은 존재가 언제든 등장하여 굴종의 역사가 되풀이될 것이기 때문이다.

민족 수난을 여성의 삶에 투영

해방기에 창작된 황순원의 작품 가운데 단연 이채로운 소설이 그의 첫 장편 『별과 같이 살다』이다. 1946년 창작된 이 작품을 황순원은 단편 「암콤」(1947), 「곰」(1947), 「곰녀」(1949)로 나누어 발표한 후 12장으로 재구성하여 단행본으로 출간했다.

여주인공 '곰녀'는 대구 인근의 샘마을 농부 '곰'의 딸이다. '곰녀'가 어릴 적 그녀의 아버지는 일본 구주(규슈) 탄광에 돈을 벌기 위해 갔다가 갱이 무너져 생을 마감한다. 과부가 된 '곰녀'의 어머니는 농사일이 버거워 주변의 권유로 재가한다. 그러나 얼마 지나지 않아 아이를 낳다 죽고, '곰녀'는 어머니를 수양딸로 들였던 '배나뭇집 할머니'에게 맡겨진다. '곰녀'가 열두 살 되던 해 지주 '김만장'이 그녀를 대구 자기 집으로 데려간다. 힘겨운 하녀 생활을 꿋꿋이 견디던 '곰녀'는 '김만장'과 그의 막내아들에게 겁간 당하고, 이를 알게 된 주인마님에 의해 쫓겨난다. 서울로 올라온 '곰녀'는 공장에 취직시켜 준다는 중년 사내에게 속아 유곽이나 다름없는 술집으로 팔려간다. 그 후 평양의 청루로 다시 팔려 간 '곰녀'는 끝내 성병에 걸리고 만다. 그곳에서 '곰녀'는 자신과 동 향의 '산옥', 충청도 출신의 '주심'을 만난다. 하지만 어느 날은 인 물이 좋지 못하고 손님을 끄는 재주가 없다는 이유로, 또 어느 날 은 병이 들었다는 이유로 청루 주인에게 온갖 구박과 매질을 당 한다.

'곰녀'의 인생에 잠시나마 빛이 든 것은 일본인이 운영하는 신 탄상회에서 서사 일을 보던 '하르반(할아버지)'을 만나고서다. 그는 '배나뭇집 할머니' 이후 처음으로 '곰녀'를 살갑게 대해 주었다. 해방이 찾아와 신탄상회의 주인이 된 '하르반'은 '곰녀'에게 살림 을 내준다. 그리고 '산옥'과 '주심'은 '민호단'이라는 구호소로 옮 겨 간다. 그러나 민호단 생활에 적응하지 못한 '산옥'은 한겨울 대동강에 몸을 던진다. 이에 충격받은 '곰녀'는 '하르반'의 마음 이 변했음을 알게 되자 장작과 쌀을 지고서 민호단으로 향한다.

『별과 같이 살다』에는 여러 편의 설화가 등장한다. 그 가운데 어린 시절 '배나뭇집 할머니'가 들려준 이야기는 '곰녀'의 미래를 반어적으로 암시한다.

옛날 한 농부가 길을 가다 쇠쪼가리를 하나 주워서 낫을 벼렸다. 그 낫으로 산에 가서 싸리를 쳐다가 삼태기를 하나 엮었다. 농부는 삼태기로 개똥을 주워 거름 삼아서 보리를 심고, 방망이 크기의 이삭이 나자 나라님께 진상 보내려 서울로 떠난다. 날이 저물어 주막 주인에게 하룻밤만 재워 달라 하니 쥐가 야단이라 못 재워 준다고 했다. 보리 이삭을 맡기고 겨우 하룻밤을 자고 나니 쥐란 놈이 이삭을 다 먹어 버렸다. 주인은 쥐라도 잡아가라 했다. 농부는 쥐를 잡아 진상 가는 길에 나섰고, 다음 날에는 괭이가 쥐를 잡아먹어 대신 괭이를, 그리고 또 다음 날에는 괭이를 개가 잡아 죽여서 개를 데려갔다. 그렇게 잡아간 개가 말이 되고, 말이 말괄량이 처녀애로 바뀐다. 마지막으로 머문 주막에서 그 처녀애는 주인집 총각과 혼인하였다. 농부는 다음 날 주인이 준 두부와 처녀애를 궤짝 안에 한데 넣어 길을 나섰다. 궤짝 안에서 비지물이 흘러내리자 농부는 오줌은 누어도 똥은 누지 말라며 처녀애를 달랬다.

희극적인 이 옛이야기는 '곰녀'의 비극적인 생과 대비된다. 아들을 낳기 위해 부모가 처음 지어 준 '후남이', 사내처럼 못생겼다 하여 바뀐 이름 '곰녀', 지주 '김만장'네 하녀로 들어가 받은 이름 '삼월이'와 서울의 술집 진주관에서 받은 이름 '유월이', 평양의 아랫거리 청루에 와 얻은 이름 '복실이', 그리고 마지막으로 가루고개로 팔려 가 붙여진 일본 이름 '후꾸꼬'. '곰녀'는 삶의 터전이 달라질 때마다 달리 불렸다. 그렇다고 해서 처지가 달라진 건 아니다. 농사꾼의 딸로 태어나 하녀로 성장한 후 창녀로 전락했을 뿐이다. 작자 황순원은 이러한 '곰녀'의 삶이 곧 식민과 해방에 이르는 오욕의 한국 근대사임을 암시한다. 그녀가 민족의 건국신화 속 '웅녀'의 순 한글 이름 '곰녀'로 불린 사정이다.

민족의 수난사에 대한 은유로 희생양 여성을 불러낸 이야기는 『별과 같이 살다』 이전에도 숱했다.

일찍이 박화성은 이광수 작 『무정』의 역사소설 판본이라 할 『백화(白花)』(1932)에서 기생 '백화'의 인생 유전을 민족 시련의 역사로 치환하여 구원의 여성상을 제시한 바 있다.

극작가 박영호 역시 역사극 〈목화(木花)〉(1935)에서 유사한 이야기 전략을 구사했다. 무능한 개로왕과 고구려의 지속적인 남진 정책, 그리고 신라의 배신으로 풍전등화에 처한 백제를 구원하기 위해 좌평이었으나 지금은 역신(逆臣)으로 내몰린 '우인'은 태자 '문주'의 애인이자 자기의 딸인 '목화'를 신라의 성주에게 바친다. 그리고 그 대가로 얻은 황금 일천만 냥을 조정에 헌납한다. 나라의 아름다움을 대표하는 여인의 정조를 희생하여 신성한 백제의 재도약을 꿈꾼 것이다.

1930년대 리얼리즘 문학을 대표하는 채만식의 『탁류』(1938) 역시 다르지 않다. 청순한 처녀 '초봉'은 군산 미두장에서 가산을 탕진한 아버지 '정주사'의 손에 여러 남자에게로 팔려 간다. '초봉'은 곱사인 '장형보'에게 강간을 당하고, 아버지의 친구이자 약국

주인인 '박제호'에게 속아 첩이 되지만 그에게서마저 버림받는다. 그녀는 결국에 임신한 아이의 아비 '장형보'를 죽인다. '초봉'의 이 시련이 식민지 조선의 여인네가 피해 갈 수 없는 운명이었음을 부정할 수 없으리라. 이렇듯 식민 시기 조선의 여성은 곧 나라 잃은 민족의 기표였다.

리타 펠스키(Rita Felski)에 따르면, 근대국가에서 여성은 인종적, 민족적, 문화적 집단들 간 경계를 재생산해 내는 존재이자 이데올로기와 문화의 전파자로 재발견된다. 자민족 중심의 근대국가는 모든 원시적 흔적을 인종적, 문화적 타자성의 지대로 추방한 후 전근대적인 것을 상징하는 암호로 여성의 형상을 끌어들임으로써 그 여백을 채우려 했다. 고상한 미개인이나 다름없는 존재로 여성을 간주한 결과다. 바로 이러한 맥락에서 해방기에 창작된 황순원의 『별과 같이 살다』는 『백화』, 〈목화〉, 『탁류』 등의 계보를 잇는다. 여주인공의 간난신고라는 상투적 모티프 면에서 그러하다. 『별과 같이 살다』를 두고 신파소설에 불과하다는 일각의 혹평이 수긍되는 이유이기도 하다.

그러나 다른 한편으로 『별과 같이 살다』는 오늘날 새로운 역사학의 한 분야로 주목받는 미시사(微視史)의 기록에 값한다. 특히 여성 인물들에 주목하건대, 그 형상에 독자는 당혹스럽기 그지없다. 우선 비루한 처지에 놓인 '곰녀'의 현실 응대가 인지상정을 넘어서 있다.

「그르트래두 값이 좀 센 것같디 않아?」

하는 한 사나이의 말에 이어,

「애만은 쓰가써, 값이 좀 세드라두 쓸 만한 걸 사가야 해, 저 아까 문쪽으루 둘짼가 앉았든 거야 어디 거저 준대믄 갖다 뭐 해? 받을래는 소같은 것…… 참, 갈보 고르기란 소 당에 가서 소 사는 눈치루 봐야 해, 부리기 동은 소란 헨둥하디 않아? 대가리 두 과히 크디 않구, 몸집두 알맞은 거…… 사람두 같애, 대가리 크구 목이 밭구 한 년은 받는 소겉에서 부리기 힘들거등, 만주 서 그런 엠나이 하나 만냈다가 정 뽕빠뎄대서, 받는 소터럼 증 만 부리구 어디 손님을 끌어줘야 말이디, 즘생 말 안 듣는 건 잡 아나 먹디, 사람 말 안 듣는 건 잡아두 못 먹구 야단이야, 아까 그런 거 사가는 사람 정말 큰일나디 않으리……」

청루 포주들의 위 대화를 우연히 엿듣게 된 '곰녀'는 "받으려 는 소 같다"는 갈보가 자기를 두고 한 말임을 이내 알아차린다. 보통의 사람이라면 모멸감을 느꼈을 성싶은 그들의 수작에 '곰 녀'는 방 안의 애들이 모두 자기보다 잘나 보인다는 생각과 함께 내심 다음과 같이 다짐한다.

'이 애들뿐만 아니라 세상 사람이 모두 자기보다는 잘났다고 생각되니 자기는 못생긴 값을 해서라도 받는 소처럼 증을 부리

거나 하지 말고 부지런히 일해야 한다.'

이처럼 겸허히(?) 생의 의지를 다진 인물을 한국문학사에서 만난 적 있던가? 비평가 김현은 황순원이 창조한 인물 중에서 희귀하게 타인과 현실 앞에 자기를 열어 놓은 인물로 '곰녀'를 바라본다. 그녀는 자신만의 신화 속에 칩거하지 않고 타인 앞에 과감하게 자신을 열어 놓는다. 그것이 그녀가 식민지 치하에서 우민화 교육을 받지 않은 탓인지 아니면 그녀의 선천적인 성품 탓인지는 알 수 없는 노릇이다. 외로움, 불안, 고통은 술로 극복되지 않는다. 그것은 타인 앞에 자신을 열어놓았을 때 극복된다. 그것이 '곰녀'가 주는 교훈이라고 김현은 말한다.

하위주체의 자기결정

『별과 같이 살다』에는 '곰녀'와 상반된 성격의 인물이 등장한다. '곰녀'가 청루에서 만난 '산옥'이다. 그녀는 '곰녀'와 달리 주체적으로 삶의 행로를 찾아 나선다. '산옥'은 '곰녀'를 찾아와 민호단 생활의 답답함을 다음과 같이 하소연한다.

「나도 지금 우리가 하고 있는 일이 나쁘다고는 생각 안한다. 거저 내가 몬 전디겠다는 것뿐이지 뭐. 아무리 존 일이라도 내가 몬 전디는 걸 어짜노. 전디다 몬해 주심이한테, 몬 전디겠다

고 바람 쫌 씨고 온다캤드이, 주심이 하는 소리 좀 보래이. 어려
운 대로 쫌더 꾹 참아보라 앙카나. 그래 정 몬 참겠다캤드이 그
라믄 한 시간 안으로 꼭 돌아와야 한다는 기라. 내 하도 기가 차
서…… 할 수 없이 그라께 하고 오래간만에 강까로 나갔재. 강까
에 나앉으이까 그제사 살거같드만. 강물은 얼어붙었다캐도, 다
시는 주심이 있는 데로 안 돌아가고 싶드라. 그 까막소 같은 데
로……」

이 같은 고백대로 '산옥'에게는 청루 생활이 민호단에서보다
훨씬 자유로웠다. 청루 시절 '산옥'은 기계기름 냄새 풍기는 사내
들의 싸움에 왈패처럼 뛰어들곤 했다. 당시 그녀의 심사는 일본
이 미국과 전쟁을 일으켜 병기창을 확장하고 수많은 조선 청소년
을 동원하고서부터 청루에 와서 주먹다짐이라도 하지 않고는 견
딜 수 없어 하는 사내들과 다르지 않았다. 그런 '산옥'에게 '주심'
이 시어머니처럼 자신을 감시하는 민호단 생활은 까막소(감옥소)
나 다름없었다. 그곳에 모인 사람들을 연민의 시선으로 바라보며
'산옥'은 순간 자기연민에 빠진다. 그러다 '주심'의 눈을 피해 민
호단을 잠시 빠져나온 '산옥'은 사내를 만나 술을 마시거나 대동
강가로 나가 하염없이 강물을 바라본다. 마침내 그녀는 대동강에
몸을 던져 현실로부터 영구히 탈주한다.
　처음 '산옥'이 청루에 몸을 담게 된 깃은 스스로 내린 결정이었

다. 역설적이게도 그런 그녀가 마지막으로 선택한 저항은 죽음이었다. 그 자살은 생의 포기가 아닌, 자기 의사결정의 행위였다. 그렇게 그녀는 자신의 실존을 이야기한다.

가야트리 스피박(Gayatri Chakravorty Spivak)은 「서발턴은 말할 수 있는가」라는 글에서 자기 목소리를 내지 못하는 사람들을 '서발턴(subaltern)', 곧 하위주체로 호명한다. 그 대표적인 이들이 여성이다. 본시 안토니오 그람시가 지배계층의 헤게모니(Hegemonie)에 종속되어 권력이 없는 하층 계급을 지칭하기 위해 사용한 '서발턴'이라는 용어를 스피박은 취약한 여성 집단을 가리키기 위해 끌어들인다. 그러면서 이 여성 하위주체를 위해 재현하거나 기술하는 대신 그들에게 말을 걸어 스스로 목소리를 내도록 하는 전략의 필요성을 역설한다.

식민 시기 조선의 가부장제 아래 이중의 억압에 처한 여성들이 스피박이 말하는 바로 그 서발턴이다. 그들은 자신의 목소리를 낼 수 없는 존재였다. 해방이 왔다고 해서 달라졌던가? 잠복해 있던 이념 갈등이 남성 중심의 권력투쟁의 장에서 폭발했을 뿐 여성은 여전히 주변인이었다. 그 가운데서도 특히 『별과 같이 살다』의 '곰녀'와 '산옥'처럼 창녀로 낙인찍힌 이들은 삼중의 차별 속에 갇힌 존재였다. '산옥'은 말한다.

「흥, 해방됐다꼬. 사회부서 나왔다느카는 여자가 말했것다.

지끔 당장 여서 나가도 좋다꼬. 그래 우리가 나와서 갈 데가 어딨노. 해방됐다카는 것도 빛존 개살구지 머꼬.」

남성 작가 황순원은 『별과 같이 살다』에서 그녀들의 삶을 재현하고 있는가, 아니면 그들이 자신을 이야기할 수 있는 무대를 단지 차려 놓았을 뿐인가? 그 판정은 독자의 몫일 터, 이 작품의 독서를 굳이 권하는 이유다. 그리고선 다시 묻고 싶다. 진정 '곰녀'는, '산옥'은 우리에게 어떤 말을 걸고 있는가?

매듭풀이

❀ 황순원은 1935년 모더니즘과 초현실주의 경향의 '삼사문학 (三四文學)' 동인으로 참여했다. 이듬해엔 '창작(創作)' 동인으로, 그리고 1937년에는 평양 문인들 중심의 '단층(斷層)' 동인으로 모더니즘 지향의 시 창작에 주력했다.

황순원이 소설 창작에 처음 발을 들여놓은 것은 1937년이다. 일본에서 발행된 동인지 〈창작〉 제3집에 단편 「거리의 부사(副詞)」를 발표하면서다. 그러다 1940년 단편집 『늪』의 발간을 계기로 소설가의 길로 나선다. 그러나 식민 시기 말 일제의 한글 말살 정책이 극에 달하면서 낙향한 황순원은 해방 때까지 공식적으로 작품을 발표하지 않았다.

영화 <독 짓는 늙은이>와 <취화선>

❀ 황순원의 「독 짓는 늙은이」를 최하원 감독은 1969년 동명의 영화로 제작했다. 황해, 윤정희, 남궁원, 허장강, 김정훈, 김희라 등이 출연했는데, 흥행 성적이 좋았다. 에로틱한 요소를 강화한 것이 그 비결이었다.

영화는 소설과 결말이 달랐다. 정확히 말하면 소설에 없는 후일

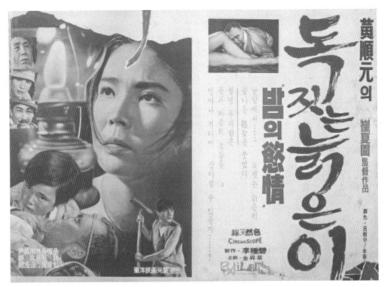

최하원 감독, 〈독 짓는 늙은이〉(1969)

담이 영화에 덧붙여졌다. '송영감'이 죽고 세월이 흘러 장성한 '당
손'은 아버지의 친구로부터 집안의 과거사를 전해 듣는다. 그 무
렵 '당손'의 어머니는 지난날을 참회하며 거지꼴로 가마에 머물
고 있었다. '당손'이 어머니를 한 번만이라도 만나보고 싶다고 말
하는 순간 기적처럼 그녀가 나타나 극적인 상봉이 이루어진다.

터져 버린 독을 막기 위해 '송영감'이 가마 속에서 최후를 맞는
소설의 결말은 영화 〈독 짓는 늙은이〉에도 등장한다. 후일 이 상
징적인 사건과 흡사한 장면을, 화가 장승업의 일대기를 그린 임권
택 감독, 김용옥(도올)·강혜연 공동 각본의 〈취화선〉(2002)에서 만

나게 된다. 홀연히 세상을 등진 장승업이 불타고 있는 가마로 들어가 막사발에 신선인 듯 새겨지는 마지막 장면 말이다. 그것이 소설 혹은 영화 〈독 짓는 늙은이〉의 오마주(hommage)인지 모를 일이나, 영화 촬영 중반까지도 마지막 장면이 미정인 상황에서 임권택 감독이 내린 결정이었다고 한다.

『별과 같이 살다』의 민호단은 실존 단체

✿ 『별과 같이 살다』에 '민호단'이라는 단체가 나온다. 이와 관련하여 잘 알려지지 않은 사실이 있다.

해방 후 북한 지역에 집중되어 있던 개신교 정치세력의 주류는 조만식을 중심으로 한 '평안남도 건국준비위원회'로 집결했다. 이 위원회는 소련군 진주 직후 '북조선공산당 평남지구위원회'와 합작하여 '평안남도 인민정치위원회'를 구성했다. 그러나 북조선 공산당과 갈등을 겪으면서 독자적으로 '조선민주당'을 건설하여 정치세력화를 꾀했다.

해방된 뒤 북한에는 일제의 압박을 피해 만주 등지로 떠났던 주민들이 줄지어 들어왔다. 그들은 굶고 병들었으며 지쳐 있었다. 안기석은 당시 북한 지역의 통치를 임시로 맡고 있던 조만식의 협력을 얻어 민호단(民護團)을 조직했다. 조국으로 돌아오는 난민들을 구호하는 단체였던 민호단은 평양에 있는 7개의 건물을 접수하여 난민을 수용했다. 친할머니가 조만식의 부친과 오누이 간이고 도산 안창호가 8촌 오빠였던 김신옥 목사의 증언에 따르면, 안기석은 조만식 선생이 도와준 백미 2천 석을 풀어 굶주린 사람들을 먹이고 병든 사람들을 치료하는 일에 앞장섰다. 그는 난민들을 물질적으로만이 아니라 영적으로 도와야 한다며 교회를 설립했다. 그리고 사람들을 모아 예배를 드렸다. 그렇게 탄생한 민호단은 모금 운동을 해서 모은 돈과 외국에서 보내온 구호품으로 난민을 구제했다. 단원들은 난민과 함께 생활하며 "주권을 빼앗기는 힘없는 국민이 되어서는 안 되며 내일을 위해서는 오늘의 고생을 참고 견디면서 살아가자"고 외쳤다. 실재했던 이 민호단이라는 단체가 『별과 같이 살다』에 주요 배경으로 등장한 것이다. 소설과 현실 간의 팽팽한 긴장을 확인할 수 있는 단적인 물증이다.

❀ 해방 후에 발간된 황순원의 두 번째 창작집 표제작인 단편 「목넘이 마을의 개」는 어느 날 목넘이 마을에 버림받은 암캐 한 마리가 나타나면서 이야기가 시작된다. 굶주림에 헤매던 그 암캐를 마을 사람들은 미친개라 생각하여 몽둥이로 때려죽이려 한다. 그러나 '갓난이 할아버지'의 도움으로 암캐 '신둥이'는 목숨을 부지하고 새끼까지 낳는다.

우연만은 아닌 듯 「목넘이 마을의 개」 '신둥이'의 처지는 『별과 같이 살다』에 등장하는 '홍도'라는 인물의 삶을 떠올리게 한다.

청루에서 몸을 파는 '홍도'는 그 아비를 정확히 알 수 없는 아이를 갖는다. 뒤늦게 임신 사실을 알게 된 포주는 아이를 떼기 위해 '홍도'에게 약을 먹이고 심한 매질을 한다. 주인의 포악을 막아선 동료들의 도움으로 마침내 '홍도'는 사내아이를 출산한다. 여기까지의 사연은 '신둥이'와 다르지 않다. 하지만 '신둥이'가 낳은 새끼들이 동네 사람들에게 건네져 그 핏줄을 이어가는 것과 달리 '홍도'의 아이는 포주에 의해 팔려 간다. 잘 키워 줄 집으로 입양 보내자는 포주의 강권을 거절할 수 없었던 '홍도'는 아이를 떠나보낸 후 청루의 동료들이 사다 준 베이비옷을 붙들고 하염없이 눈물을 흘린다.

❋『별과 같이 살다』는 학계에서 크게 주목받지 못한 텍스트였다. 일각에서는 주인공이 여성이라는 점, 장편소설에 요구되는 '삶의 총체성'이 발견되지 않은 점, 그리고 해방기 작품이면서도 이데올로기 대립의 정치 현실이 반영되지 않은 점 등이 그 이유로 거론된다. 이 가운데 필자는 두 번째 사실에만, 그것도 부분적으로 동의한다. 『별과 같이 살다』는 연대기적 흐름 위에서 펼쳐지는 한 여성의 일대기다. 주인공 '곰녀'의 생애에 견줄 만한 곁가지 서사(digression)가 이 작품에는 등장하지 않는다. 심지어 그 흔한 시간의 역전적 배치도 찾아보기 어렵다. 세 개의 단편을 기계적으로 이어 놓은 결과다. 엄밀히 말해 장편이 아니라는 말이다. 문체 역시 장

편소설에 어울리는 호흡이 아니다. 시와 산문의 경계를 허문 황순원의 소설 문체는 단편소설에서 그 장점이 최고조로 발휘된다. 유장한 서사의 장편소설에서는 간결하면서도 감각적인 황순원의 문체가 때론 약점이 된다.

중요한 사실은 『별과 같이 살다』가 황순원의 장편소설 창작의 마수걸이였다는 것이다. 세 해 뒤에 발표한 그의 두 번째 장편소설 『카인의 후예』에서는 위의 문제들이 거의 해소된다. 그렇다고 해서 『별과 같이 살다』가 이후 작품들과 비교해 열등하다거나 문학사적 의의가 소소하다고 말할 수는 없다. 오히려 여성 주인공을 내세웠다는 점이 『별과 같이 살다』가 갖는 가장 큰 미덕이자 성과다.

황순원, 등단은 시인으로

❀ 황순원의 행적에서 특히 주목되는 대목은 그가 한국 근대 모더니즘 문학을 주도한 '단층파'의 일원이었으며, 1930년 신문에 시를 발표하면서 문단에 처음 이름을 알렸다는 사실이다. 이어 1931년 숭실중학교 재학 시절 잡지 〈동광〉에 「나의 꿈」과 「아들아 무서워 말라」 등의 시를 발표함으로써 정식 등단했다. 이후 총독부의 검열을 피하려 거리낌 없이 크게 노래 부른다는 뜻의 표제를 내건 첫 시집 『방가(放歌)』(1934)를 동경에서 출간했다. 이 시집에는 「나의 꿈」, 「우리의 가슴은 위대하나니」, 「젊은이여」 등 27편의 시가 수록되었다. 민족적 자긍심을 향한 젊은이들의 의식

고취가 주조를 이룬 시집이다. 황순원은 자서(自序)에서, "이 시집은 나의 세상을 향한 첫 부르짖음이다. 나는 이 부르짖음을 보다 더 크게, 힘차게, 또한 깊게 울리게 할 앞날을 가져야 하겠다"고 말한다. 시집 서문을 써 준 이가 향가 연구로 이름 높은 국문학자 양주동이다.

후일 "모든 예술은 시의 상태를 동경하고 그것은 궁극적으로 시적 근원에 도달한다"고 말한 황순원 소설 문체의 뿌리를 알려 주는 이력이다. 이에 필자 개인적으로 가장 인상 깊게 읽은 그의 시 한 편을 적어 본다.

세레나데

버스에서 혹은 어느 집회소에서
당신은 내가 앉았던 자리에 와 앉는다
하지만 당신은 내가
누구라는 걸 몰라도 좋다
밤거리를 또는 어두운 다리 위를
당신은 내가 거닐던 곳을 지나간다
하지만 당신은 내가
누구라는 걸 몰라도 좋다

그러면 그런대로 좋은 이여
우리 서로 이렇듯 가깝고도 먼 서러운 별들

나도 당신이 앉았던 자리에 와 앉고
당신이 거닐던 곳을 지나쳐도
당신이 누구란 걸 모르고 지내리

그러면서 때로 나는 술을 마시며 살리
그리고 때로는 웃기도 하며 살아가리.

황동규 거쳐 황시내까지

❀잘 알려진 대로 황순원의 맏아들 황동규는 한국 현대시를 대표하는 시인이다. 그가 고등학교 3학년 때 연상의 여성을 사모하여 썼다는 「즐거운 편지」(1958)와 황순원의 「세레나데」의 시적 화자는 사실상 도플갱어다.

즐거운 편지

내 그대를 생각함은 항상 그대가 앉아있는 배경에서 해가 지고 바람이 부는 일처럼 사소한 일일 것이나 언젠가 그대가 한없이 괴로움 속을 헤매일 때에 오랫동안 전해오던 그 사소함으

로 그대를 불러 보리라

　진실로 진실로 내가 그대를 사랑하는 까닭은 내 나의 사랑을
한없이 잇닿은 그 기다림으로 바꾸어 버린 데 있었다. 밤이 들
면서 골짜기엔 눈이 퍼붓기 시작했다. 내 사랑도 어디쯤에선 반
드시 그칠 것을 믿는다. 다만 그때 내 기다림의 자세를 생각하
는 것뿐이다. 그동안에 눈이 그치고 꽃이 피어나고 낙엽이 떨
어지고 또 눈이 퍼붓고 할 것을 믿는다.

　화자와 시적 대상 간 심리적 거리에서 연출되는 그리움의 정조
가 「세레나데」와 너무나 흡사하다. 놀랍게도 황동규는 이 작품
을 부친 황순원의 「세레나데」에 두 해 앞서 발표했다.

● 황순원·동규 부자는 비공식적이기는 하나 문단 데뷔 나이가
같다. 황동규는 「즐거운 편지」보다 3년 앞서 「망부석」이란 작품
을 학생잡지에 발표했다. 정확히 말하면 〈학원(學園)〉(1953년 7월호)
에 투고한 작품이 심사를 거쳐 게재된 것이었다.

망부석
- 석굴암 가는 길에 -

아 얼마나 아름다운 노을입니까

학생잡지 〈학원〉 1953년 7월호 표지와, 여기 실린 '서대문중학
교 3학년 황동규'의 시 「망부석」

내 볼에 그리고 당신 볼에 잠뿍 피어진 그 노을 말입니다

보입니까 보입니까 저 출렁대는 동해 바닷물이. 네, 무엇이
라고요. 천여 년 비바람 무릅쓰고 그 바다만 바라보며 살아왔다
고요

성낸 바닷물이 크게 울고, 천둥 번개가 머리 위에서 마냥 우
릉댈 때에도 그리고 우람찬 서라벌의 성문이 제 힘에 지쳐 쓰러
질 때에도, 오직 검은 목을 느리우고, 한치 한치 애타게 느리우
고, 하얀 돛 높이 달고 오실 님을 기다렸나이다

바라보면 꼬불꼬불 토함산 고개 타니 가을바람은 새파란 하

늘에 조각조각 붉은 구름을 날리는데

　아 얼마나 아름다운 노을입니까

　내 볼에 그리고 당신 볼에 잠뿍 피어진 노을 말입니다.

「망부석」에는 중학생 솜씨라고 믿기지 않을 만큼 성숙한 시적 화자의 목소리가 등장한다. 어느 면에서는 「즐거운 편지」와 연작의 분위기를 풍긴다. 이 작품을 뽑은 이는 시인 조지훈이었다. 공교롭게도 이 무렵 황순원과 조지훈은 공군 종군문인단 '창공구락부'에서 같이 활동했다. 물론 황동규가 황순원의 아들이라는 사실을 조지훈이 알았을 것 같지는 않다.

❃ 유사한 사건이 후일 재현된다. 시인 마종기는 미국 유학 중인 황동규의 장녀 황시내를 만난다. 절친 딸의 글재주가 범상치 않다는 사실을 익히 알고 있던 마종기는 그녀에게 그간 쓴 글의 출판을 권했다. 본래 작곡과 음악학, 미술사를 전공한 황시내는 대학 시절 교내 문학상에 도전해 보려 했으나 아버지가 심사위원이어서 포기한 적이 있다. 그런 그녀의 재능을 안타깝게 여긴 마종기의 응원에 힘입어 황시내는 첫 산문집 『황금 물고기』(2007)를 출간한다. 3대 문인 집안은 그렇게 탄생했다.

　『황금 물고기』는 유학 시절 여러 에피소드를 한데 묶은 에세이

집이다. 조부에서부터 이어오는 필력, 그 이기적 유전자가 확인되는 이 책의 한 단락이 눈에 띄어 소개한다.

> 기다림이 충족되는 순간은 언제나 갑자기 찾아온다. 해는 서서히 기울다 눈 깜짝하는 새 숲 너머로 모습을 감추고, 기나긴 사유(思惟)의 틈새 사이로 잠은 소리 없이 밀려든다. 새벽이면 새들은 한순간 잠을 깨어 지저귀기 시작하고, 퇴근하여 들어선 책상 위에는 주문하고 잊은 책이 기다리고 있다. 어느 순간 우리는 갑자기 사랑이 시작되었음을 깨닫고, 또 갑자기 사랑이 끝나버렸음을 알게 된다. 기차가 플랫폼에 들어오고, 은행 전광판에는 기다리던 번호가 떠오르며, 잊었던 유년의 기억은 순식간에 섬광처럼 형체를 드러낸다.

마종기와 황동규는 1968년과 1972년에 김영태와 3인이 함께 출간한 공동시집 『평균율』 동인으로 막역지우다. 마종기의 부친인 동화작가 마해송 역시 한국전쟁 당시 창공구락부 소속이어서 황순원과 친분이 있다. 두 문인 집안의 오랜 인연이 있었기에 황 시내가 글 쓰는 길로 들어선 것일까, 아니면 자신의 목소리를 내기 위해 스스로 문인의 길을 선택한 것일까? 70여 년 전 조부가 하위주체 여성의 생에 대해 기록한 『별과 같이 살다』를 문인 황 시내가 어떻게 읽었을지 자못 궁금하다.

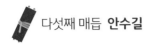

민족,
디아스포라의 유토피아

최근 한국사회의 뜨거운 이슈 가운데 하나가 '기본소득'이다. 보편적 복지의 최정점이라 할 이 제도의 도입을 놓고 정치권은 물론 사회 전체가 술렁이고 있다.

재산 혹은 노동의 유무와 관계없이 모든 국민에게 일괄적으로 일정 금액을 국가가 지급한다는 개념인 기본소득은 사실 새로운 용어가 아니다. 그 역사가 무려 500여 년에 이른다. 기본소득을 처음 도입한 나라 국민의 생각은 이러했다.

그들은 밤하늘에 바라다볼 아름다운 별들이 무수히 많은데도 누군가 작은 돌덩어리의 흐릿한 빛깔에 매료되는 것을 보면 의아해합니다. 또 자기 옷이 다른 사람 옷보다 더 좋은 양모로

지어졌다는 이유로 자신이 더 훌륭하다고 생각하는 사람이 어떻게 있을 수 있는지 이해하지 못합니다. 그들은 금처럼 아무 짝에도 소용없는 물질이 왜 지금 전 세계적으로 사람보다 더 소중하게 여겨지고 있는지도 이해할 수 없습니다.

토머스 모어의 소설 『유토피아』(1516)의 한 대목이다.

그렇다. 위의 글에 등장하는 그들은 유토피아인이다. 기본소득이란 개념의 기원에는 바로 이들 유토피아인이 자리하고 있다. 사람들이 더 유용한 쇠보다도 금이나 은을 좋아하는 이유는 희소성 때문이다. 유토피아에서는 이런 잘못된 생각을 교정하려 요강을 금으로 만들고 거기에 오줌을 눈다. 모어가 이처럼 희극적인 상상의 세계를 그린 것은 시대적 상황으로부터 영향받은 바크다. 『유토피아』 창작 당시는 자본주의가 출현해 적지 않은 부작용이 생겨나던 때다. 가장 큰 문제는 수많은 농민이 토지를 잃고 부랑자로 전락한 것이었다. 그로부터 파생되는 사회문제도 빈발했다. 모어는 부르주아 계급으로 구성된 지배층의 무능에서 그 원인을 찾았다. 하여 이에 대한 비판으로 『유토피아』를 쓴 것이다.

모어의 유토피아인은 너나 할 것 없이 노동 후에 지적인 쾌락을 즐긴다. 건강 유지에 힘을 쓰는가 하면 진리를 찾기 위한 명상에 잠긴다. 아름다운 과거의 추억을 떠올리고 동시에 큰 기쁨이 찾아오리라는 확신에 차 미래를 기대한다. 『유토피아』의 주인공 '라파엘'이 전하는 행복한 삶이다. 그러나 유토피아라고 해서 규율이 없는 것은 아니다. 유토피아에서는 하루 단 6시간의 노동만 하면 되지만 최소한의 상품을 소비하는 데 만족해야 한다. 예컨대 옷은 1년에 한 벌씩만 주어진다. 그것도 모두에게 같은 모양과 색깔의 옷이. 가정이 아닌 공적인 공간에서 단체로 식사해야 하며, 허가를 받지 않은 여행은 허락되지 않는다. 혼전 성관계를 가진 사람은 평생 독신으로 지내야 한다. 간통죄를 처음 범한 자는 노역형에 처하고, 재범시 사형에 처한다.

공상소설 『유토피아』 속 세계가 과연 이상향인지 아니면 디스토피아인지 그 판단을 잠시 접고 볼 일은, 이제 막 한 세기의 연륜을 쌓은 우리의 소설문학사에서 나름의 유토피아를 꿈꾼 작품을 만나기 때문이다. 안수길의 대표작 『북간도』다.

한국판 유토피아 서사 『북간도』

『북간도』는 조선인의 만주 개척사(1870년경부터 해방까지)를 다룬 대하소설이다. '역사소설'이라는 타이틀이 무색하지 않을 만치 이 작품은 시대적 배경의 기록에도 충실하다.

모어의 『유토피아』에 견줄 한국판 유토피아 서사로 『북간도』를 불러낸 소이를 밝히기 위해서라도 독자에게 그 줄거리를 다소 장황하게 소개함이 예의일 성싶다.

1대 '이한복'은 죽음을 무릅쓰고 두만강을 넘어가 비옥한 토지를 개간한다. 그러나 감자를 숨겨 들여온 사실이 발각되어 관가에 붙들려 간다. 이때 종성부사 '이정래'는 '이한복'으로부터 '백두산정계비'에 대해 듣게 된다. 그는 현장 답사를 통해 비석의 실체를 확인한 후 조정에 장계를 올린다. 그 결과 월강령(越江令)이 해제되고 조선인의 북간도 이주가 시작된다. 그렇게 정착한 북간도에서 조선인은 청국 관헌과 토호들의 횡포에 시달린다. 이에 비봉촌 사람들은 저항을 이어간다.

어느 날 2대 '이장손'의 아들 3대 '이창윤'이 청국인 지주의 밭에서 감자 서리를 하다 붙잡힌다. 지주는 변발에 청국인의 옷을 입혀 '이창윤'을 돌려보낸다. 분노한 '이한복'은 손자의 변발을 자른 후 이내 쓰러져 생을 마감한다.

한편 토지소유권을 인정받으려면 입적 귀화하라는 청국 정부의 강요에 비봉촌 사람들은 내분에 휩싸인다. 변발과 흑복을 강고하게 거부하던 '이한복'이 죽자 '최칠성'이 자신의 아들 '최삼봉'과 '노서방'을 마을을 대표할 귀화자로 지명한다. 얼되놈(중국인 앞잡이)이란 비난을 받던 그들은 차츰 청국인에게 동화되어 간다. 그 와중에 '윤서방'이 또한 청국인 토호 '동복산'의 양자가 되어 '복동예'를 아내로 맞는다. 그녀는 일찍이 '이창윤'이 배우자로 마음에 둔 처자다. 그 후 '동복산'의 앞잡이로 비봉촌의 실질적인 권력자가 된 '최삼봉'은 그의 송덕비를 세우는 일에 앞장선다. 이를 마뜩잖아 한 '이창윤'은 송덕비가 세워지던 날 비각에 불을 놓고 마을에서 사라진다.

'이창윤'은 용정에서 곡물상 사환으로 일하고 있던 '장현도'를 찾아간다. 두 사람은 청인들의 불법 착취에 항거하기 위해 '신용팔' 대장이 만든 사포대(私砲隊, 개인이 관리하는 군대)에 지원한다. 아버지 '이장손'이 병으로 눕자 '이창윤'은 집으로 돌아와 '정세룡'과 함께 비봉촌에 사포대를 조직한다. 그 후 '동복산' 토호 세력이 물러가고 비봉촌은 잠시 평화를 맞는다. 그러나 무기력해진 사포대가 해체되고 얼마 지나지 않아 러시아가 일본에 패하자 '동복산'과 그 일족(최삼봉, 윤서방, 노서방)이 다시 돌아온다. 설상가상 마적이 들이닥쳐 마을은 큰 화를 입는다. 점점 잦아지는 지주의 압력을 견디기 어려워지자 '이창윤'은 아들 '이정수'에게 신학문 교육이 필요하다고 판단하여 대교동으로 이사한다. 그는 그곳에서 기와를 구워 팔아 생계를 유지한다.

용정(룽징)의 신명학교에 입학한 4대 '이정수'에게 교사 '주인태'는 민족의식을 심어 준다. '이정수'는 스승 '주인태'를 도와 용정 3·13만세운동에 적극적으로 가담한다. 그러나 '이정수'에 비해 자기 아들의 학업 성적이 떨어지는 것이 '주인태'의 편애 때문이라 생각한 '박만호'는 그를 음해한다. 결국 경찰서에 불려간 '주인태'는 머리를 깎고 종적을 감춘다. 이에 '이정수'는 독립군에 가담해 홍범도 장군의 전령이 된다. '주인태' 사건을 계기로 일본영사관 경찰로부터 감시를 받게 된 '이창윤'은 아내 '쌍가메'가 청국 여인과 다툰 일을 계기로 남은 가족과 함께 그의 외삼촌 '정세룡'이 먼저 가서 자리 잡은 해삼위(블라디보스토크)로 떠날 결심을 한다. 하지만 러시아 정세의 불안으로 '정세룡'의 처지가 예전 같지 않다는 소식을 들은 '이창윤'은 해삼위행을 포기하고 대신 훈춘 거리에 국숫집을 차린다.

그 무렵 '이정수'는 봉오동전투에서 공을 세운다. 청산리전투에서 대패한 일본군이 그 보복으로 간도 전역에 걸쳐 대토벌작전을 펴자 그는 쫓기는 신세가 된다. 신분을 숨기고 남만의 봉천(펑텐, 지금 선양)에서 조선어 선생을 하던 '이정수'는 상해(상하이)로 떠나기 전 가족을 만나러 간도에 들른다. 그의 지난 행적을 알게 된 아버지와 주위 사람들, 특히 연인 '임영애'의 설득으로 '이정수'는 자수한다. 심문 과정에서 옛 동지가 검거되는 바람에 그의 독립군 활동이 세세히 드러나 '이정수'는 5년형을 받는다. 출옥 후 그는 '임영애'와 결혼하여 다시 교사가 된다. 그런 가운데 겉으로 청림교라는 종교단체를 내걸고서 지하 독립운동을 펼친다. 이 사실이 일본 경찰에 발각되어 '이정수'는 다시 6년을 복역한다. 마침내 해방되던 날 '이정수'는 풀려난다.

이렇듯 이한복, 이장손, 이창윤, 이정수 4대 일가를 중심으로 우리의 근대사를 조망한 소설 『북간도』를 창작하면서 작자 안수길이 목격한 유토피아는 어떤 세상이었을까?

1935년 북간도 명동촌에 있던 예수교회 신자들이 공동 농작하는 모습

    19세기 말 두만강 인근의 조선인들은 '사잇섬[間島]' 너머의 땅을 갈망했다. 그들이 사잇섬이라 부르는 곳은 종성부중에서 동쪽으로 십 리쯤 떨어진, 동네 앞을 흐르는 두만강 흐름 속에 있는 섬이다. 청국과 조선 사이의 경계를 지으며 두 나라 사이에 있는 섬이라는 뜻이 그대로 이름이 된 것이다. 그 사잇섬을 건너면 원시의 대지가 펼쳐진다. 오랜 시간 만주에 머무르며 곳곳을 체험한 작자 안수길은 『북간도』에서 그 땅을 이렇게 묘사한다.

> 쟁기나 보습, 괭이로 파 뒤집으면 시커먼 흙이 농부의 목구멍에 침이 꿀꺽 하고 삼켜지게 했다. 씨를 뿌리기만 하면 곡초가 저절로 쑥쑥 소리라도 들릴 듯이 자라 올라갔다. 거름이 필요 있을 까닭이 없었다. 한두 번 기음만 매어 주면 다듬잇방망이만큼 탐스러운 조 이삭이 머리를 수그렸다. 옥수수 한 자루

가 왜무같이 컸다. 감자가 물씬한 흙 속에서 사탕무처럼 마음
놓고 살이 쪘다.

그곳은 땅에 붙박인 자라면 도무지 거부할 수 없는 천혜의 옥
토였다. 하여 목숨을 걸고 사잇섬을 징검다리 삼아 조선인들은
주야로 그 땅을 넘나들었다. 그리고 드디어 정주에 성공한다.

안수길은 『북간도』 창작 한참 전, 그러니까 해방 이전 오늘날
만주라 불리는 북간도가 조선인들에게 어떠한 표상이었는지를
단편 「원각촌(圓覺村)」(1942)에서 다음과 같이 전한다.

이곳은 연길현 승예향 운츨라즈 청상동 윤 모와 소 모의 소
유 토지였다. 운츨라즈에서 삼십 리 조고만 냇물을 연하여 북
으로 넓은 들을 자서 올라가면 항구와 같이 동서북방이 산으로
뱅 둘러싸인 곳에 자리 잡은 동리였다. 삼면이 산으로 둘러쌔였
기에 겨울에 바람막이가 좋았고 오십여 상 산림에는 이깔나무
의 고목이 자옥이 들어앉어 큰 집 기둥감은 물논 겨울 화목에
아무 부족됨이 없었다. 평지 오백여 상 토지에는 기경지는 얼마
되지 않았으나 조곰만 힘드리면 높은 곳은 밭 낮은 곳은 냇물
을 이용하여 논도 백여 상 풀 수 있었다. 농호는 백여 호는 넉
넉히 입식할 수 있었으며 그 백여 호가 법당과 학교를 중심으로
모다 남향작의 집을 짓고 앉게 되면 그 골 전체가 한 가족 한 덩

어리가 되어 여기에 원각교 이상의 촌낙을 전술할 수 있으리라
는 것이었다. 여름이면 농사 겨울이면 숯도 구울 수 있고 산 옆
초원을 이용하면 목축도 할 수 있었다.

두만강 연안의 함경도 주민들에게 간도는 이처럼 낙원이나 다
름없었다. 고향을 등지고서 이주를 열망할 정도로 매력적인 신천
지였다. 『북간도』가 증언하듯 실제로 많은 조선인이 두만강 건너
로 월경했다. 디아스포라(diaspora)를 자처한 것이다. 물론 그들 이
전에도 '애니깽(Anniquin, 에네켄)'이라 불린 이들의 멕시코 이주가
앞선 역사로 자리하고 있다. 그러나 애니깽은 어디까지나 국가적
차원에서 공인된 이주자였다. 비록 그 사업이 예견된 사기극이었
다 할지라도 말이다. 이와 달리 간도 이주는 고토 회복이라는 암
묵적 명분 아래 자발적으로 행해진 디아스포라의 행렬이었다. 소
설 『북간도』는 그 사정을 낱낱이 고증한다.

민족 고토(故土)에서 이방인으로 살아간 사람들

디아스포라는 본시 팔레스타인을 떠나 세계 각지에 흩어져 살
면서 유대교의 규범과 생활 관습을 유지하던 유대인을 지칭했다.
그러다 본토를 떠나 타지에서 자신들의 규범과 관습을 유지하며
살아가는 민족집단 또는 그 거주지를 가리키는 말로 지평이 넓
어졌다. 이 단어의 뜻을 정확히 새기자면 고대 그리스어에서 '~너

머'를 뜻하는 '디아(dia-)', 그리고 '씨를 뿌리다'를 뜻하는 '스페로 (spero)'라는 어원에 주목할 필요가 있다. 말하자면 이산(離散) 또는 파종(播種)이 그 말뿌리인 셈이다. 기원만 놓고 보면 국외로 추방된 공동체나 정치적 난민, 이민자, 소수인종 등과 같은 다양한 범주의 사람들을 가리키는 오늘날의 개념과는 상당한 거리가 있다. 애써 구분하건대 1900년대 초 멕시코의 사탕수수 농장으로 팔려간 조선인 애니깽은 '노동 디아스포라'다. 그에 비해 이보다 한 세대 앞서 이루어진 간도 이주민이 그 본래의 뜻에 더 가까운 디아스포라였다고 할 수 있다.

저마다 출발점이 다를지라도 디아스포라는 민족적(民族籍)과 국적(國籍) 사이의 불일치를 감내해야 하는 운명을 지녔다는 점에서 다르지 않다. 안수길의 『북간도』는 이 모순으로부터 빚어지는 이야기다. 조선인과 청국인의 대립, 중국과 일본 및 러시아 간의 무력 충돌, 그리고 조선인과 중국인이 연대하여 일본에 맞서는 상황에 이르기까지, 민족적과 국적 간의 갈등이 모든 비극의 빌미였다. 초기 간도 이주 조선인은 청국인에게 이국인으로 백안시되었고, 그 땅이 일본에 점령당한 순간부터는 피식민지 2등 신민 이민족(異民族)으로 관리되었다. 『북간도』에서 안수길은 말한다.

간도협약(1909)과 함께 북간도의 조선 농민들은 완전히 남의 나라에 온 '이미그런트' 유랑의 이주민이 되고 말았다.

그러면서 국권을 상실하기 전이나 그 후나 간도 조선인이 자신들의 정체성을 확인하기 위해 비빌 언덕은 오로지 '민족'이었다고. 그런 의미에서 『북간도』는 '민족 이야기'다. 그것도 민족의 고난을 읊은 서사시다. 안수길에게 간도는 민족의 옛 땅이었고, 한반도는 고국이었다. 두 땅은 그렇듯 다른 공간이었다.

『북간도』의 '이창윤'은 고향 종성에 가 있는 훈장 '조선생'을 다시 모셔 오기 위해 두만강을 잠시 넘는다. 그것은 엄밀히 말해 귀국이 아니었다. 3대 '이창윤'은 간도에서 태어나고 컸다. 한반도는 선대의 모국일 뿐이다. 그럼에도 작자 안수길은 '이창윤'의 그 행보를 고향 땅을 밟은 일로 서술한다. 그 첫인상에 '이창윤'은 탄성을 지른다.

> 그러나 고향의 나무와 숲속엔 평화와 그윽한 것이 깃들어 있는 것 같았다.
> "부드럽다."
> 같은 하늘의 푸르름도 북간도의 것과는 다른 맑은 푸르름이었다.
> "아늑하다."
> 강을 건너 고국에 발을 들여놓으면서 창윤이는 산과 들과 마을을 싸돌고 있는 공기마저 아늑한 것이라고 느꼈다. 살얼음이 졌을 뿐, 아직 딴딴히 얼지 않은 냇물도 맑았다.

깨끗한 인상! 그리고 따뜻하기도 했다.

감격도 잠시, '이창윤'은 고국 사람들의 궁핍한 삶과 그로 인해 팍팍해진 인심에 실망한다. 그 회의감은 이내 간도 예찬으로 바뀐다. 비봉촌처럼 살기 좋고 인심이 후한 곳은 없다는 생각이다. 그는 되뇐다.

"그래두 우리 게가 제일 좋아."

안수길은 『북간도』 창작 이전에도 간도를 여러 작품에서 이상향으로 소환했다. 「여수(旅愁)」(1949)의 주인공 '철'의 다음과 같은 회고가 이를 잘 보여 준다.

넓은 만주, 툭 티인 만주, 활개를 치고 다녔자 거칠 것이 없었던 만주, 우리 민족정신이 맥맥히 깃드려 있고 선열의 핏방울이 엉켜 있는 만주, 거기가 철에게는 요람의 땅이었고 젊음의 정렬을 쏟았던, 아름답기도 하려니와 추억도 많은 만주였다.

민족, 실재와 관념의 불화
『북간도』의 '이한복'네가 발 딛고 있는 땅은 간도였다. 그 간도와 한반도를 잇는, 그 둘을 하나의 고국이자 고향으로 상상케 만드는 매개는 '민족'이다. 안수길은 이 실재와 관념 사이의 불화로써 잊힌 민족사에 대한 향수를 불러일으킨다. 독자는 그와 같은 이야기 전략에 포획될 공산이 큰데, 『북간도』에 대한 오독 혹은 과대평가는 이에서 비롯한다. 분명한 사실은 적어도 해방 전 안수길의 소설에 나타난 '만주'의 문학적 표상에서 '저항'을 읽어내기 어렵다는 점이다. 그의 문학을 범(汎)친일문학으로 간주하는 사정이 이와 무관하지 않다.

일제가 괴뢰국으로 세운 만주국 이념에 동조를 표하며 이를 소설 창작을 통해 선양했던 과거 행적을 참회하듯 안수길은 해방 이후 창작에서 자신의 만주 체험과 민족주의를 강렬히 연결짓는다. 『북간도』가 그 부인할 수 없는 하나의 증거다. 『북간도』에는 다음과 같은 문제의 장면이 등장하는데, 항일투쟁사의 이면이 적나라하게 드러나는 대목이다.

> "동무 아주 틀렸소. 피르 앙이 보구 어떻게 혝명이 되오? 동포끼리의 피라지마는, 혝명 위해서는 동포의 피두 필요한 기오. 더군다나 일본 제국주의의 주구(走狗)나 농민의 피땀으 착취해 먹구 뱃굽에 지름이 져 있는 자본가 지주의 피는 혝명에는 약이 되는 기오."
>
> 수돌이 동무 한 사람이 노기 찬 목소리로 정수를 보았다.
>
> "동무, 민족주의 투쟁의 경력을 갖고 있다는 동무의 말로서

는 너무 부기력하오. 그건 패배주의요. 적 앞에 백기를 드는 것
과 꼭 같소.”

또 한 사람의 동무의 말이었다.

“일본 제국주의의 감옥제도라는 것이 그렇게 사람을 무기력
하게 만들고, 감상(感傷)에 빠지게 만드는 건가요? 동무의 생각
은 민족주의의 감상론 이외에 아무것도 아니오.”

“그러기에 민족주의자라는 것으는 반동이라는 게요.”

출옥한 ‘이정수’가 처가를 방문하는 길에 ‘수돌’과 그의 동무
들을 우연히 만나 나눈 대화다. ‘수돌’은 그사이 공산주의자가 되
어 있었다. 그의 동무들은 한때 독립군이었던 ‘이정수’에게 위와
같은 비판을 쏟아 낸다. 요약하자면 민족주의는 현실을 정확히
파악하지 못한 한갓 감상론에 불과하며, 현시점에서는 자본가 계
급에 맞선 투쟁이 곧 제국주의 타도의 유일한 길이라는 것이다.

언제 봉오골 싸움이 있었던가? 청산리 싸움이 무언가? 기억
에 생생한 사람은 안타깝기만 했다. 그러나 그런 걸 즐겨 이야
기하는 사람도 없었으나 듣고 싶어 하지도 않았다.

‘이정수’가 출옥한 1930년대 말, 독립군의 항일무장투쟁은 이
미 한참 전 과거가 되었다. 북간도 역시 변했다.

동경 유학생도 많아졌고, 정부의 고관이 되는 사람도 늘어났다. 군인, 기사(技士)들도 배출됐다. 한두 호의 가족들이 말 등에 솥을 싣고 눈보라에 휘몰리면서 넘는 두만강이 아니었다. 지도원의 인솔 밑에 개척민이라는 거룩한 이름으로 집단을 이루어 넘어오는 두만강 건너였다.

그렇듯 만주사변과 중일전쟁을 거치며 간도는 경제적으로 풍요로워졌고, 식민지 근대화의 상징적인 공간으로 변신했다. 그에 비례해 일제의 간도 지배는 공고해졌다. 반면 조선인의 민족적 저항은 쇠퇴했다. 그 빈자리에 공산당 세력이 들어섰다. 그들을 바라보는 작자 안수길의 시선은 결코 우호적이지 않다.『북간도』연재가 한국전쟁이 멈추고서 6년 후에 개시되었다는 사실이 저간의 사정을 말해 준다. 더욱이 그 전쟁은 민족상잔 아니었던가. 그처럼 막다른 시대의 골목에서 안수길은『북간도』를 써 나가며 간도 조선인의 유일한 버팀목으로 '민족'을 발견한다. '민족의 이름으로' 호명된 또 다른 고향 북간도를 떠올리며 이제는 세상에 없는 유토피아를 꿈꾼 것이다.

민족의 두 얼굴, 유토피아 대 디스토피아

'유토피아'는 그리스어 '없는(ou-)'과 '장소(toppos)'를 결합해 토머스 모어가 처음 선보인 낱말이다. 이에는 '좋은(eu-)'이라는 중의적 의미가 내포되어 있다. 유토피아에 대한 상상은 중세가 막을 내리고 근대적 사회질서가 열리면서 발생한 여러 사회적 모순에 대한 비판에서 잉태됐다. 다른 한편으로는 근대 과학기술 문명의 발달에 따른 낙관적인 미래 전망으로부터 비롯된 것이기도 했다.

비관과 낙관이라는 이 샴쌍둥이의 운명을 담아낸 작품이 올더스 헉슬리의 『멋진 신세계』(1932)다. 그 신세계에는 '소마(soma)'라는 약이 있어 혼란에 빠뜨리는 무의미한 시간으로부터 사람들을 유쾌하게 구원해 준다. 원래 소마는 인도의 베다(Veda) 시대 제사에 올리던 특별한 음료를 가리키는 이름이었으나, 나중에는 그 자체가 신으로 인정받은 물질이다. 『멋진 신세계』에서 소마는 분노를 진정시키고 적과 화해시키고 수난을 참도록 인도한다. 『멋진 신세계』의 문명국 사람들은 모두 실험실에서 인공부화로 태어나 부모를 알지 못한 상태에서 양육된다. 그들은 결혼과 출산을 미개한 생활방식으로 여긴다. 유일한 관심사는 '소마'와 유희로서의 섹스다.

완벽하게 유지되던 그 문명국에 야만인 '존'이 등장하면서 파문이 인다. 그는 문명국의 부모가 육체적 관계를 맺어 태어난 존재다. 그러나 그와 같은 출생이 문명국에서는 금지된 탓에 그는 야만인보호구역에 버려져 성장한다. '존'은 문명국의 통치자 '무스타파 몬드'와 논쟁한다. '존'은 안락을 원치 않는다. 그는 신을 원한다. 시와 위험과 자유와 선을 원한다. 심지어 그는 죄를 원한다. 그처럼 불행해질 권리를 요구하는 '존'에게 '무스타파 몬드'는 묻는다.

> "그렇다면 말할 것도 없이 나이를 먹어 추해지는 권리, 매독과 암에 걸릴 권리, 먹을 것이 떨어지는 권리, 이가 들끓을 권리, 내일 무슨 일이 일어날지 몰라서 끊임없이 불안에 떨 권리, 장티푸스에 걸릴 권리, 온갖 표현할 수 없는 고민에 시달릴 권리도 요구하겠지?"
>
> "저는 그 모든 것들을 요구합니다."

'존'은 일말의 주저도 없이 답한다. 그렇게 문명국의 유토피아 이념은 부정된다. 『멋진 신세계』의 유토피아가 디스토피아로 역전되는 순간이다.

헉슬리가 『멋진 신세계』를 구상하게 된 배경은 다름 아닌 과학 기술이 전체주의의 도구로 전락할 때 세상이 지상의 지옥으로 변하리라는 공포심에서였다. 헉슬리는 당대 포디즘(Fordism)의 출현을 우려 섞인 시선으로 본 듯하다. 익히 알려진 대로 포디즘의 창시자 헨리 포드는 1908년 세계 최초의 컨베이어 시스템에서 'T모델' 자동차를 생산한다. 『멋진 신세계』의 시간적 배경은 그해를 원년 삼은 포드 기원 632년이다. 이 소설에 등장하는 문명국 사람들은 '런던중앙인공부화조건반사양육소'라 불리는 곳에서 마치 자동차처럼 컨베이어 벨트 위에 놓인 병에 담겨 대량으로 잉태되고 양육된다. 소설 속 문명국에서 '포드'가 신으로 숭배되는 것은 그러한 시스템의 창조자이기 때문이다. 그 포드교의 수장이 곧 문명국의 통치를 책임진다. 결론적으로 헉슬리는 대량생산 체제로 상징되는 포드교의 비인간성을 고발한다. 유토피아의 탈을 쓴 전체주의를 반어적으로 풍자한 것이다.

간도 이주의 역사를 민족주의 이념으로 재현해 낸 안수길의 『북간도』를 만약 헉슬리가 읽는다면 어떤 반응을 보일까? 가정 자체로 불가능한 노릇이나, 상상으로나마 듣는다면 그 답변은 예상할 수 있을 듯하다. 포드교가 문명국 사람들에게 멋진 신세계의 환상을 연출해 냈듯이 조선인 디아스포라에게 민족주의는 유토피아의 허상을 약속했다는 점에서 다르지 않다는. 문명국이 실은 야만의 세계요, 이상향 북간도는 역(逆)유토피아(디스토피아)의 도래로 끝나리라는 예언 말이다. 반대로, 아마도『멋진 신세계』를 접했을 안수길은『북간도』창작을 통해 의도치 않은 비판을 피력한다. 문명과 야만, 유토피아와 디스토피아는 이념이 빚어낸 야누스라는, 그 둘은 동의어이며 한 몸이라는.

❋『북간도』제1부는 〈사상계〉1959년 4월호에, 제2부는 1961년 1월호에, 제3부는 1963년 1월호에 각각 발표되었다. 제4부와 제5부는 1967년 전작 형태로 발표되었다. 제1부는 〈사상계〉에 발표된 후 춘조사에서 단행본으로 출판되었다 이후 전편(全篇)이 1967년 삼중당『한국대표문학전집』제7권에 수록되었다.

완결까지 10여 년이 소요된『북간도』는 제1부가 발표되었을 당시 큰 주목을 받았다. 평론가 백철은 해방 뒤 10여 년래 우리 문학사에서 가장 뛰어난 작품이라 극찬했다. 민현기 역시 이 작품을 민족적 리얼리즘의 가치가 탁월하게 드러난 대표작으로 호평했다. 국제펜클럽 한국본부는 노벨 문학상 후보로 추천한 바 있다. 이를 각색한 연극 〈북간도〉를 국립극장이 1968년과 1980년 두 차례 상연했다.

이러한 칭찬 세례가 무색하게도 안수길의 다른 작품에 대한 문단의 반응은 그리 신통치 않았다. 그 이유에 대해 한편에서는 남한 출신 작가들이 문단을 주도하는 상황에서 월남 작가 안수길이 조명받기 어려웠다고 말한다. 남한에 특별한 연고가 없을 뿐만 아니라, 잠시 대학 강단에 선 것을 제외하면 거의 평생을 전업

작가로 보낸 이력도 한몫 했을 테다.

「제3인간형」, 전시소설인가 루저의 고백인가

❂『북간도』를 제외하고 안수길의 작품 가운데 대중에게 가장 널리 알려진 작품이 단편 「제3인간형」이다. 교과서에 수록되기도 한 이 작품은 그간 편향된 방향에서 읽혔다. 이참에 그 내막을 들여다보자.

삼 년 반 동안 소식을 알 수 없던 문단 동료 '석'을 '조운'이 찾아오면서 이야기는 시작된다. 한때 '조운'은 자신만의 문학관이 투철하여 생계가 어려워도 매문을 하지 않는 작가였다. 하여 많은 문학소녀가 그를 따랐다. 부잣집 딸 '미이'도 그 가운데 한 사람이다.

6·25사변이 나자 숨어 지내던 '조운'은 주변 사람의 도움으로 사업에 참여해 자동차 회사 중역이 된다. 부를 축적하면서 그는 어느새 속물적인 인간으로 변한다. 이름마저 호 조운(照雲)을 버리고 봄에 물이 사방 연못에 가득하다(春水滿四澤)는 뜻의 '최춘택'이라는 본명으로 돌아가 두루 태평으로 술도 무작이오, 계집도 마음대로 돌아다니는 판이다.

그런 '조운'을 되돌아보게 한 이가 '미이'다. 예전의 '조운'은 얼굴을 찡그리고 무얼 생각하고 값싼 담배를 하루에 오십여 대식이나 연달아 피어 가며 좁은 방에서 떠드는 아이들에게 신경질을

김환기가 표지 그림을 그린 안수길 창작집
『제3인간형』

부리면서 원고지 빈칸을 메꾸는 인물이었다. 그는 항상 검정 넥타이를 매고 다녔다. '미이'는 그것이 '인생의 상장(喪章)' 같은 것이냐 물으며 '조운'에게 산뜻한 넥타이를 선물했다. 인생을 밝게 살아 보라는 권유였다.

　사변이 일어나고 '조운'은 그 '미이'를 부산에서 우연히 만난다. 지난 몇 년 새 '미이'의 집안은 몰락했다. 전란 중 집이 폭격당하고 오빠는 행방불명되었다. 사업에 실패한 아버지는 뇌졸중으로 반신불수가 되었고, 어머니가 집 앞에서 목판장사로 생계를 책임졌다. 이 사정을 전해 들은 '조운'은 '미이'에게 다방을 얻어 주려한다. '조운'의 제안에 생각할 시간을 달라던 '미이'는 답을 듣기

로 한 날 나타나지 않았다. 대신 다음의 편지와 넥타이만을 전해
왔다.

> 선생님 호의는 뼈에 사무치오나 제가 취할 길은 이미 작정되
> 었습니다. 그사이 저는 선생님 몰래 간호장교 시험에 지원했습
> 니다. 시험은 월요일 대구에서 치르나, 준비 때문에 지금 떠납
> 니다. …… 그때 그 넥타이는 집과 함께 재가 되었습니다. 이것
> 은 그 대신입니다. 선생님은 역시 검정 넥타이를 매셔야 격에 어
> 울립니다. 안녕히.
> 미이 올림.

'미이'의 편지에 충격을 받은 '조운'은 그간의 삶을 자책한다.
그리고선 자신을 구원할 방도를 찾고자 '석'을 찾아간 것이다. '조
운'은 사변의 압력으로 자신의 사명을 포기했고, '미이'는 사변으
로 성장했다고 말한다.

우리의 교육 현장은 타락한 '조운'과 시련 속에서도 삶을 비관
하지 않은 '미이', 이 두 대조적 인물의 이야기로 「제3인간형」을
읽게끔 은연중 강권해 왔다. '미이'가 남긴 위의 편지를 그 물증
으로 제시하면서 말이다. 물론 이 작품이 배경 삼은 전후의 분위
기를 고려하건대, 그 같은 독법이 무리만은 아니다. 그러나 그 정
황을 십분 참작해도 의문은 남는다. 이 작품의 제목이 '제3인간

형'인 이유는 무엇일까? '제3인간형'은 누구를 가리키는가? '조운'과 '미이'가 아니라면 '석'일 터, 작품의 실질적인 주인공이자 초점인물 '석'은 어떤 이력을 지니고 있는가?

'석'은 피난지에 와 어렵게 교사 자리를 구했으나 형편은 나아지지 않았다. 번역한 책이 날개 돋친 듯 팔려 생활이 일시에 피리라는 기대는 어디까지나 바람이었을 뿐이다. 학교생활에 찌들어 작품을 쓰기는커녕 술주정만 늘었다. '조운'을 만나고 돌아온 날 '석'은 용감하게 시대에 대응하는 사람으로 변한 '미이'를 떠올리며 자괴감에 빠져 자문한다.

> 사명을 포기하지도 그것에 충실하지도 못하고 말라가는 나는? 나도 사변이 빚어낸 한 '타잎'이라고 할까.

작품은 이에서 끝난다. 이로써 '제3인간형'이 곧 '조운'과 '미이' 사이 어디쯤에서 부유하는 인물, '석'이라는 사실이 분명히 드러난다. 그렇다고 해서 이 작품에 그와 같은 제목이 붙은 사정까지 밝혀진 건 아니다. 그 답을 찾기 위해서는 '석'의 관점에서, 정확히 말하면 그동안 독자와 교과서가 등한시한 '석'의 내면을 세심히 들여다볼 필요가 있다.

> 이십 년, 마음의 지주였고 생활의 목표였던 그 길을 이제 일

조에 분필로 바꾼다는 것이 자신을 모독하는 일밖에 되지 않았다. 더욱이 제 자신에 충실하여 학교를 그만둔다면 또 그나마도 생활의 방편이 막히는 것이었다. 직업에도 충실하지 못하고 자신에도 엉거주춤하고, 이러한 자책의 채찍을 석은 맞으면서 점심 밥그릇과 원고지 권이 함께 들어 있는 무거운 가방을 들고, 벌서 십여 개월 날이 날마다 삭막한 통근 코―스를 흐리터분한 분위기 속에 학교에 왔다 갔다 하였다. 초조감만 북돋아졌다. 그러나 그럴수록 마음은 공허해 간다. 그리고 안일을 탐하여 현실과 타협하려고 들었다.

자신의 의지가 아닌 오로지 극도의 궁핍을 벗어나고자 얻은 교사 자리, 그러나 '석'은 스스로 자질이 부족하다는 사실을 절감한다. 그렇다고 작품 활동에 열정을 쏟고 있지도 못하다. 어느 세계로도 확신에 찬 발걸음을 내딛지 못하는 정신적 유약에 '석'은 '제3인간형'이라 그렇듯 자칭한다. 그리고 그것이 사변이 만들어 낸 새로운 유형의 인간이라 말한다. 전쟁을 탓한 셈이다. 세상에 대한 원망이다.

이러한 '석'의 의식에 주목할 때, 「제3인간형」은 새로운 결로 읽힌다. 어려운 가정 형편에도 간호장교를 지원한 '미이'에 초점을 맞춘다면 이 작품은 전쟁 참여를 독려한 전시소설의 수작으로 한 자리를 당당히 꿰찰 만하다. 그러나 '석'의 목소리에 귀 기울일

때, 「제3인간형」은 루저(loser)의 참담한 고백성사로 읽혀야 옳다. 안수길의 대표작 「제3인간형」의 두 얼굴이다. 우리는 그간 그 뒤태를 애써 외면해 왔다.

안수길과 남정현, 최인호

✿ 〈현대문학〉 1965년 3월호에 실린 소설 「분지(糞池)」가 반공법 위반 혐의를 받아 작자 남정현이 1966년 7월 구속된다. 남정현의 재판에는 사회 각층의 유명 인사가 변론을 자청했다. 안수길도 특별변론에 나섰다. 검찰은 「분지」가 반미 감정을 미화하는 한편 한미 간 유대를 이간시키고 빈민 대중에게 반정부 의식을 조장해 자본주의를 부정한다는 취지로 기소했다. 그러나 「분지」를 읽어 본 이라면 그와 같은 주장이 지록위마(指鹿爲馬)의 누명이라는 것을 금세 알 일이다.

남정현은 1년 옥살이를 했다. 후일 그는 한 일간지와의 인터뷰에서, 자신을 키워 준 문학의 스승 『북간도』의 소설가 고 안수길 선생의 전집 간행위원회 대표를 맡았다고 전했다.

✿ 안수길이 후배 작가와 맺은 또 하나의 흥미로운 인연이 있다. 1963년 〈한국일보〉 신춘문예에는 당선작이 없었다. 가작으로 단편 「벽구멍으로」가 선정됐다. 신선한 문장이 돋보인다는 심사평이 따랐다. 그 신인 작가는 당시 서울고등학교 2년생 최인호였다. 시

상식장에 18세 소년이 나타나자 모두 속았다는 표정이었다고 최인호는 회고한다. 황순원과 안수길이 심사위원이었으니 말이다.

두 기성 작가의 혜안이 틀리지 않았다는 것을 최인호는 얼마 지나지 않아 입증한다. 고작 가작에 입선한 데 오기가 생긴 최인호는 1966년 〈조선일보〉 신춘문예에 단편 「견습환자」를 응모해 당당히 당선된다. 군대에서 기합받다가 당선 소식을 들었다고 한다.

❀ 안수길과 최인호 두 사람은 동일 소재의 역사소설을 창작한 바 있다. 1972년 최인호가 단편 「황진이 1」과 「황진이 2」를 잇달아 발표했고, 이태 뒤에는 안수길이 여성지 〈여원(女苑)〉에 장편 『황진이』의 연재를 시작했다.

안수길의 『황진이』는 작자의 말처럼 양반의 서녀(庶女)가 되어버린 그 어긋난 출생부터 불행이었던 총명하고 재질이 출중한 여인의 색다른 일생을 솔깃하게 그린 역사소설이다. 작품에서 안수길은 '지족선사'의 파계를 '황진이'의 유혹이 아닌 그의 겁탈로 그린다. 익히 알려진 '황진이' 설화와 다른 허구다. 그 외에도 과거 준비를 위해 한양에서 내려온 양반가 자제와 '황진이'의 이루지 못한 사랑, 송도유수 애첩과의 갈등, 그리고 머리를 풀어서 먹을 묻혀 바위에 글을 씀으로써 '벽계수'를 유혹한 일 등, 이전의 '황진이' 모티프 역사소설에서 볼 수 없던 일화가 다수 등장한다. 특히 평양감사 '임제'와 기생 '한우'의 사랑 이야기가 소개된 결말이 이채롭다.

디아스포라 서사 계보 이은 <애니깽>과 『검은 꽃』

❀ 안수길 『북간도』의 계보를 잇는 디아스포라 소설이 2003년 발표된다. 어느 이민사 연구자의 잡담을 몇 다리 건너 전해 들은 계기로 창작한 김영하의 『검은 꽃』이다.

김영하는 본격적인 집필에 앞서 관련 자료들을 뒤지기 시작했다. "제아무리 대단한 상상력도 누군가의 피로 씌어진 단 한 줄의 1차 자료에서 출발하는 것이다"라는 창작의 변이 말해 주듯이 김영하에게 사료는 절대적이었다. 이자경의 『한국인 멕시코 이민사』, 백종국의 『멕시코 혁명사』, 카를로스 푸엔테스의 『라틴 아메리카의 역사』 등이 그 주요 자료였다.

이민자로 선발된 이들이 멕시코로 실려 가는 장면에서 『검은 꽃』은 시작된다. 우여곡절 끝에 에네켄 농장에 도착한 그들은 4년의 노예계약 기간 동안 인간 이하의 생활을 강요당한다. 소설은 이민자들의 집단 파업, 대한인국민회 북미총회 산하의 메리다 지방회 설립, 숭무학교 설립, 과테말라 용병 사건, 그리고 혁명의 불길에 휘말린 멕시코 내전 등 이민사의 주요 사건을 추적한다. 군이 주인공을 꼽자면 연인 '김이정'과 '이연수'라고 할 수 있는데, 이들은 철저히 가상의 인물이다. 작품은 일포드호에서 처음 맺은 두 사람의 질긴 인연이 비극적인 최후를 맞기까지 숨 가

쁘게 전개된다. 『검은 꽃』은 2004년 동인문학상에 선정됐다.

✿ 김영하의 『검은 꽃』 이전에 멕시코 이민을 모티프 삼은 영화가
제작된 바 있다. 김호선 감독의 1996년 작 〈애니깽〉이다. 장미희,
임성민, 김성수, 김청 등이 주연을 맡은 이 영화의 내용은 소설
『검은 꽃』과 유사한 듯 다르다. 같은 역사적 모티프를 취했다 할
지라도 창작자의 관점, 그리고 허구의 삽입 정도 및 양상에 따라
색다른 텍스트로 재현될 수 있다는 사실을 보여 주는 사례다.

영화 〈애니깽〉의 촬영은 실제로 멕시코에서 이루어졌다. 그런
만큼 제작비가 만만치 않았다는 후문이다. 그러나 이 영화가 세
간의 이목을 집중시킨 것은 그 때문이 아니었다. 제34회 대종상
영화제에서 오늘날 기념비적인 작품으로 회자되는 〈꽃잎〉, 〈아름
다운 청년 전태일〉, 〈은행나무 침대〉 등을 제치고 아직 개봉되지
도 않은 〈애니깽〉이 감독상, 최우수작품상 등을 휩쓸어서다. 그
결과 〈애니깽〉은 한국영화사에서 최악의 작품 중 하나로 이름을
올리게 됐다. 이후 국가안전기획부가 제작비를 지원했다는 사실
이 알려지면서 비난이 더욱 거세졌다. 이듬해 개봉되었으나 흥행
에 참패했다. 작품성 면에서도 적지 않은 흠결이 있었기에 대중
이 외면한 것이다. 영화가 다룬 파란의 역사만큼이나 영화 자체도
파란을 겪은 셈이다.

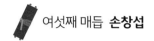
"난 사인이 없는
사람이외다"

우리는 실패에 대한 두려움이 아니라,

성공에 대한 두려움 때문에 꿈에서 멀어져 간다.

영화 〈굿 윌 헌팅(Good Will Hunting)〉(1997)으로 잘 알려진 구스 반 산트(Gus Van Sant) 감독의 2000년 작 〈파인딩 포레스터(Finding Forrester)〉에서 세기의 작가 '윌리엄 포레스터'가 '자말 월러스'에게 들려주는 인생의 아포리즘이다.

'포레스터'는 '자말'의 숨은 재능을 일깨워 세상의 차별적 시선을 극복하게 만들고, '자말'은 쌍둥이 동생을 잃은 상처에 갇혀 있던 '포레스터'를 세상 밖으로 이끈다. 그렇듯 노년의 백인 작가와 흑인 소녀는 나이와 인종을 넘어 우정을 쌓는다.

작중 '포레스티'는 오십여 넌 전 데뷔작으로 퓰리처상을 수상한 후 자취를 감춘 인물이다. 제롬 데이비드 샐린저가 그 모델이라는 추측에 영화 〈파인딩 포레스터〉는 대중의 관심을 받았다.

샐린저를 일약 세계적인 작가 반열에 올린 작품이 『호밀밭의 파수꾼(The Catcher in the Rye)』(1951)이다. 열여섯 살 소년 '홀든 콜필드'의 반항과 방황을 일인칭 시점에서 기록해 간 이 소설이 세간의 이목을 집중시킨 이면에는 몇몇 역사적 사건이 있다. 존 F. 케네디가 저격된 장소에서 공교롭게도 『호밀밭의 파수꾼』이 발견되었는가 하면, 존 레논의 암살범이 사건 직후 "모든 사람이 『호밀밭의 파수꾼』을 읽어야 한다"고 말한 것이다.

노벨 문학상 수상 작가 르클레지오(Le Clezio)가 지금까지 자신에게 가장 큰 영감을 준 작품으로 꼽은 사실을 굳이 거론하지 않더라도 『호밀밭의 파수꾼』은 현대 미국문학사에서 빼놓을 수 없는 걸작이다.

샐린저는 1965년 사실상 절필했고, 1980년 이후 2010년 타계하기까지 세상을 등졌다. 샐린저와 같은 작가를 한국문학사에서 찾자면 소설가 손창섭이 아닐까 싶다. 정확히 말하면 손창섭은 은둔 작가라기보다는 스스로 이름을 지운 작가다. 그 사정을 알자면 일단 작품에서 단서를 찾을 일이다. 요샛말로 스포일하면, 손창섭의 소설에 등장하는 인물들은 다른 이름의 한 인물이다. 작자의 다중인격을 대변하는 페르소나다.

자기경멸의 아바타, 잉여인간들

하루 두 끼 멀건 국물로 허기를 채우면서도 대학은 가야 하고, 그것도 미국으로 가야 한다는 유학병에 걸린 가족 안에서 주인공 '나(지상)'는 이방인이나 다름없다. 그는 정작 생계를 책임지지도 못하면서 국가와 민족과 인류를 위해 일하다 죽자는 사람들의 모임 진성회(眞誠會)의 일원이다. 가족은 유일한 생계 수단이었던 재봉틀마저 빚에 빼앗기고, '나'는 창녀 '광순'에게 용돈을 타다 쓴다. 그녀에게 이종사촌 '선옥'을 맡기며 돌아오는 길에 '나'는 낯선 청년들에게 폭행당한다.

손창섭의 단편 「미해결(未解決)의 장(章): 군소리의 의미」(1955)는 여기서 끝난다. 하지만 '나'란 인물에게 들이닥칠 불행은 이후에도 계속되리라. 작품의 제목이 암시하듯 그것은 영영 해결될 수 없는 그의 운명이다. 작자 손창섭은 '나'와 그 주변에 들이닥친 이들 사건을 우연인 듯 이야기한다. 굳이 필연을 찾자면 불운이 불운을 부르는 법이라는 사실뿐이다. 「미해결의 장」에서 작자 손창섭은 '나'란 인물을 통해 세상을 향한 자신의 비관을 다음과 같이 시전한다.

> 나는 언제나처럼 어이없는 공상에 취해보는 것이다. 그 공상에 의하면, 나는 지금 현미경을 들여다보고 있는 병리학자인 것이다. 난치의 피부병에 신음하고 있는 지구덩이의 위촉을 받고

병원체의 발견에 착수한 것이다. 그것이 인간이라는 박테리아에 의해서 발생되는 질병이라는 것은 알았지만, 아직도 그 세균이 어떠한 상태로 발생, 번식해나가는지를 밝히지 못하고 있는 것이다. 그러니 치료법에 있어서는 더욱 캄캄할 뿐이다. 나는 지구덩이에 대해서 면목이 없는 것이다. 나는 아이들을 들여다보며 한숨을 쉬는 것이다. 아직은 활동을 못하지만, 그것들이 완전히 성장하게 되면 지구의 피부에 악착같이 달라붙어 야금야금 갉아먹을 것이다. 인간이라는 병균에 침범당해, 그 피부가 느적느적 썩어들어가는 지구덩이를 상상하며, 나는 구멍에서 눈을 떼고 침을 뱉었다. 그것은 단순한 피부병이 아니라, 지구에게 있어서는 나병과 같이 불치의 병일지도 모른다는 생각을 안고 나는 발길을 떼어놓는 것이다.

주인공 '나'가 사변통에 총탄이 남긴 국민학교의 콘크리트 담장 구멍으로 어린애들이 가득히 들끓고 있는 운동장을 들여다보며 하는 상상이다. '나'는 장차 지구를 썩힐 박테리아와 같은 존재로 아이들을 바라본다.

이 엽기적인 상상이 전하는 작자 손창섭의 인간 혐오에 예외란 없다. 그에게는 문단 데뷔 당시 "돌 나무 염소 개 제비 두더지 노루, 하고많은 물체 가운데서 어쩌자고 하필 인간으로 생겨났는지 모르겠다. 일찍이 나는 인간 행세를 할 수 있다는 것에 조금도 자랑을 느껴 본 적이 없다"고 말하며 자신을 경멸한 전력이 있다.

「혈서」(1955)에는 무명 시인이자 대학생 '규홍'의 하숙에 빌붙어 사는 '달수', 불구자 '준석', 간질병 환자 '창애'가 등장한다. '창애' 아버지이자 하숙집 주인 '박노인'은 늘 행상을 나가 집을 비운다. '달수' 역시 직업을 구하기 위해 매일 거리를 쏘다니다가 밤이 돼서야 집에 돌아온다. 이들 세 사람은 만나기만 하면 어떤 사람이 '창애'의 신랑감으로 적임자인지를 놓고 의견이 분분하다. 그런데 '규홍'을 추천하던 '준석'이 어느 날 밤 '창애'를 겁탈한다. '창애'가 임신하자 '달수'는 그 사실을 세 사람이 모인 자리에서 폭로한다. 이에 화가 난 '준석'은 혈서를 써서 병역 기피자가 아님을 입증해 보이라며 '달수'를 압박한다. 그리고선 도마 위에 '달수'의 손가락이 올려지자 식도로 내려친 뒤 도망친다. 잉여인간이라 할 사내들의 치정이 부른 폭력의 파국이다.

「잉여인간」(1958)에도 세 사내가 등장한다. '만기', '봉우', '익준'은 친구 사이다. 그들의 성격과 처지는 사뭇 대조적이다. 중학 시절 야심가였던 '봉우'는 사변통에 양친과 형제를 잃고서 실의에 빠진 경제적 무능력자다. 그는 '만기'의 병원에 근무하는 간호원 '홍인숙'을 짝사랑한다. 그녀를 바라보거나 앉아서 낮잠을 자는 것이 일과다. 한편 병원 건물 소유주인 '봉우'의 아내는 필요에서 결혼 생활을 유지할 뿐 남편에 대한 애정은 조금도 없다. '봉우' 역시 생계를 책임지고 있는 아내가 밖에서 벌이는 일에 간섭하지 않는다. 이와 반대로 예의 바르고 여러 예술 분야에 조예가 깊은 의사 '만기'는 귀공자풍의 외모와 부드러운 미소로 뭇 여성에게 인기가 높다. '봉우'의 아내가 돈으로 유혹할 때도, 병원을 옮겨야 할 상황에서 평소 그를 사모하던 '홍인숙'이 도움을 주려 할 때도 '만기'는 단호했다. 세 사내 가운데 유일하게 자제력을 지닌 '만기'는 오로지 아내만을 사랑한다. '봉우'와 함께 '만기'의 병원에 출근하다시피 하는 '익준'은 사회의 부조리를 알리는 신문 기사를 보며 비분강개한다. 그런 그가 어느 날 돈을 벌기 위해 돌연 자취를 감춘다. '익준'이 사라지고 없는 상황에서 그의 처가 죽자 '만기'는 '봉우'의 아내에게 돈을 융통하여 장례를 주관한다. 그들 일행이 황혼 무렵 장례식을 끝내고 돌아와 골목 어귀 어디쯤 차에서 내렸을 때, 머리에 흰 붕대를 감고 허줄한 행색의 '익준'이 나타난다.

아이들이 먼저 알아차리고,
"아, 아버지다!"
소리를 질렀다. 그러자 익준은 멈칫 걸음을 멈추었고 이쪽에서들도 일제히 그리로 시선을 보냈다. 익준은 머리에 상처를 입은 모양이었다. 한 손에는 아이들 고무신 코숭이가 비죽이 내보이는 종이 꾸러미를 들고 있었다. 그는 무표정한 얼굴로 이쪽을 향하고 꼼짝 않고 서 있었다. 석상처럼 전연 인간이 느껴지

유현목 감독의 〈잉여인간〉(1964)

지 않는 얼굴이었다.

"어이구, 차라리 쓸모없는 저따위나 잡아가지 않구, 염라대
왕두 망발이시지!"

익준의 장모는 사위를 바라보면서 그렇게 중얼대고 인제야
눈물을 질금거렸다. 그래도 아이들이 제일 반가워했다. 일곱 살
먹은 끝엣놈은,

"아부지!"

하고 부르며 쫓아가서 매달렸다.

"아부지, 나, 새 옷 입구, 자동차 타구 산에 갔다 왔다!"

어린것이 자랑스레 상복 자락을 쳐들어 보여도 익준은 장승

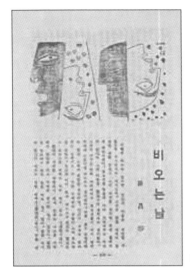

「비 오는 날」(《문예》 1953년 11월호)

처럼 선 채 움직일 줄을 몰랐다.

이렇듯 현실은 산 자와 죽은 자 모두를 우롱한다. 살아남은 이 또한 겨우 숨만 쉬는 석상(石像)이요 장승이다. 운명의 농간을 아직 알 리 없는 어린 아이들만이 죽음의 축제에 들떠 있을 뿐이다. 그러나 그 아이의 몸에 걸쳐진 상복 또한 언제 수의로 바뀔지 모를 일이다.

파탄한 인간들의 일상사는 손창섭 소설문학 그 자체였거니와, 그의 등단작 「사연기」(1953)에서부터 그러했다. 폐결핵으로 죽음을 마주한 '성규'는 친구 '동식'의 여자를 뺏었다는 죄책감과 동시에 질투심에 두 사람을 향해 되려 포악을 부린다. 그런 '성규'가 죽자 '정숙'은 아이를 '동식'에게 맡기고 자살한다. 그녀의 유서에는 아이의 귀가 '동식'을 닮았다는 이야기가 적혀 있었다.

「비 오는 날」(1953)은 또 어떠한가? 기어코 목사가 되겠다는 '동욱'은 소아마비를 앓는 동생 '동옥'이 미군 초상화를 그려 버는 돈으로 살아간다. 그러면서도 '동욱'은 동생을 짐이자 원수로 여긴다. 결국 '동옥'은 어렵게 모은 돈을 같은 집에 살던 노파에게 떼이고 세 들어 살던 집에서마저 쫓겨난다. 그 후 '동옥'이 매음굴로 팔려 갔으리라는 암시와 함께 소설은 끝난다.

반공 포로였다가 풀려난 후 늘 방구석에 누워 있는 '동주', 그런 그를 매춘으로 먹여 살리는 일본인 동거녀 '춘자', 마야 장사꾼 '봉수'와 사타구니에 구더기가 들끓는 '순이'의 이야기 「생활적」(1953)은 사실상 「비 오는 날」의 연작이다.

생활의 윤리쯤은 가볍게 비웃는 그들의 생존기는 「포말의 의지」(1959)로 이어진다. 어머니의 자살로 이모 집에서 자란 '종배'는 창녀인 '옥화'를 만난다. 어머니 역시 창녀였던지라 '종배'는 '옥화'를 도우려 애쓴다. 하지만 '옥화'는 병으로 죽고 만다.

이렇듯 생활고에 더친 질병, 그리고 죽음에 이르는 손창섭 소설의 이야기 공식의 한 축은 정신적 가해자로 등장하는 남성 인물이 맡고 있다. 그들은 여성에 기생함으로써 목숨을 부지한다. 여성 인물은 그렇게 그들 남성에게 바쳐지는 희생양이다. 그러나 두

성별집단은 미묘한 심리적 역학관계로 얽혀 서로 버티며 맞선다.

거세된 남성 주인공들

연구자 허윤은 손창섭 소설의 독특함으로 '여성에 대한 공포'와 '이성애 거부'를 거론한다. 손창섭의 작품은 이른바 정상가족도 그들의 결혼도 이야기하지 않는다. 모든 남성 주인공은 여성의 접근을 혐오하는데, 그 대척점에 서 있는 여성은 대개 강한 성욕의 소유자다. 예컨대 「공휴일」의 주인공 '도일'은 여자와 가까이 있을 때, "살찐 돼지의 허연 비곗덩이가 눈앞에 어른거려 입안이 다 텁텁해"지는 듯한 거부반응을 느끼며, 「생활적」의 '동주'는 '춘자'의 성욕 많음을 징그럽게 여긴다. 완전히 거세된 남성의 비틀어진 욕망이 그처럼 손창섭의 소설 곳곳에 도사리고 있다.

허윤은 한국문학에서 손창섭만큼 이성애를 적극적으로 거부한 작가가 또 있는지 묻는다. 그러면서 이성애에 천착하지 못하고 무력하기 그지없는 남성 인물의 등장 배경에 대해, '사회적 성'으로서 젠더 규범이 강화·재생산되기를 바랐으나 현실에서는 (그 역할을) 아무도 수행할 수 없어 '퀴어'한 방식, 곧 동성애의 젠더 역전과 교란이 일어났으며, 그 과정에서 남성 주체의 비권력적인 삶의 행태가 표출된 것이라 말한다. 부연하면 현실의 요구와 달리 성적 소수자로 변모한 남성 인물과 성적 욕망에서 우위를 점한 여성 인물로 위치가 뒤바뀌었다는 설명이다. 설득력 있는 해석이다.

하여, 묻고 싶다. 그처럼 새로운 성정체성을 지닌 인물은 손창섭의 관념 속에서 빚어진 존재인가, 아니면 현실에서 찾은 실재 형상인가? 「신의 희작(戲作)」(1961)에 그 의문을 풀 실마리가 숨어 있다.

베일에 싸여 있던 손창섭의 개인사가 드러난 작품이 「신의 희작」이다. '신이 장난 삼아 만들어 낸 존재'라는 제목의 이 단편은 손창섭의 자전적 기록에 가깝다. '자화상'이라는 부제가 이를 암시하거니와, 그 시작은 "시시한 소설가로 통하는 S—좀더 정확히 말해서 삼류작가 손창섭 씨"이다.

아버지가 누군지 모르는 'S'는 열세 살 때 어머니와 낯선 남자의 동침을 목격한다. 어머니가 그 남자와 도망간 후 'S'는 소학교 졸업과 함께 가출하여 만주 이곳저곳을 떠돈다. 열다섯 살 되던 해 일본으로 건너가 중학교에 입학한 'S'는 신문과 우유 배달로 고학을 이어간다. 그러나 반항적인 기질 탓에 매번 싸움에 휘말려 네 번이나 전학할 정도로 학교생활은 순탄치 않다. 니혼(일본) 대학에 입학한 'S'는 요행히 중학교 시절의 친구 여동생 '지즈코'를 만나 동거하면서 처음 인간다운 대접을 받는다.

조선이 해방될 무렵, 곧 둘째 아이의 아버지가 될 'S'는 가족을 먹여 살릴 방도가 없다고 생각하여 홀로 귀국한다. 날품팔이, 노숙자, 부랑자로 전전하던 'S'는 6·25사변이 나고 피난민 대열에 끼어 부산으로 내려온다. 그리고 남편을 만나기 위해 두 아이를 친정에 맡긴 채 한국에 와 식모살이와 여공 생활로 기약 없는 나날을 보내고 있던 '지즈코'와 극적으로 해후한다. 환도 후 '지즈코'는 셋째를 임신한다. 하지만 'S'는 아이를 지우라 강요한다. 그런 'S'를 향해 '지즈코'는, "당신은 가엾은 사람예요, 가엾은 사람"이라 중얼거리며 애처롭게 운다.

아내에게는 그가 가엾게 보였을지 모르나, 딴 사람들에게 'S'는 그저 어처구니없을 만큼 우스꽝스러운 인간이다. 'S'란 인물의 이 일대기를 읽는 것만으로도 손창섭의 족적을 짐작할 수 있다. 이로써 손창섭의 앞선 작품들에 등장하는 인간 군상이 작자의 변신술이었다는 사실이 분명해졌으리라.

손창섭 소설의 모태라 할 이 「신의 희작」에는 왜 그가 끝내 무명인으로 남길 원했는지 그 이유를 말해 주는 자기 예언이 담겨 있다.

> 그는 행여나 유명해질까봐 겁이 나는 것이다. 호랑이는 죽어서 가죽을 남기고, 사람은 죽어서 이름을 남겨야 한다는 얼빠진 수작을 씨부리는 사람이 있다. 신체가 죽어 없어진 뒤에 이름만 남겨 뭘 하느냐, 그것은 안심하고 죽을 수조차 없는 치욕이다. 문학을 하는 그의 고충의 하나는 조금이라도 이름이 알려진다는 데 있다. 그러기에 시나, 소설이나, 평론은 물론, 그 밖의 어떠한 문장이든, 절대로 필자의 성명을 붙여서 발표하면 안

된다는 법률을 제정하는 수는 없을까 하고 그는 진지하게 공상하는 것이다.

고국을 등지고 이름을 지우다

소설가로서 손창섭에게 늘 따라붙는 꼬리표가 '전후작가'다. 그의 소설은 1950년대 이른바 '전후문학'의 간판으로 대접받는다. 세간에서는 전쟁의 살육과 참화를 겪은 당대 젊은이들의 의식을 지배한 허무와 마음의 폐허를 기괴한 방식으로 대변했다고 평한다.

과연 그러한가? 아주 간단한 물음만으로도 그것이 상투적인 낙인이나 다를 바 없다는 사실이 이내 드러난다. 손창섭의 소설에서 우리는 한국전쟁이 남긴 정치적 상흔을 만나게 되는가? 좌우 이데올로기의 물리적 격전이 드리운 그림자가 손창섭의 소설에서 목격되는가 말이다.

손창섭은 한국전쟁에 대한 관습적 수사, 곧 '동족상잔의 비극'이라는 클리셰에 대해 침묵한다. 차라리 외면한다. 심지어 무시한다. 그의 소설에는 민족도 국가도 감히 얼씬대지 않는다. 운명이라는 우리 속에 던져진 군상과 생존을 위한 그네들의 비루한 몸부림만이 이야기될 뿐이다. 단지 그가 그린 현실이 전후 1950년대 한국사회에 던져진 이들의 삶이었을 따름이다. 그러니 시대를 빙자해 그의 소설을 읽거나 평가하는 일은 가당치 않으며 부당하기까지 하다. 여러 연구자가 일말의 주저도 없이 손창섭을 일군의 동시대 작가와 한데 뭉뚱그려 전후작가로 가둔 사실이 정당했는지 이제라도 반드시 물을 일이다.

손창섭의 소설은 실존적 불안에 결박당한 이들의 세계다. 하이데거가 『존재와 시간』에서 언급한 '피투성(被投性, Geworfenheit)', 곧 의지에 따른 결정 이전에 세계 속에 내던져진(geworfen) 존재가 손창섭 소설의 주인공이다.

이미 퇴락한 모습으로 세계 속에 내쳐진 사실을 우리는 불안 속에서 뒤늦게 깨닫는다. 예컨대 「혈서」에서 '달수'는 길을 걷다 불현듯 인간 실존의 문제에 맞닥뜨린다. 바로 자기 앞을 걸어가던 사람이 미군 트럭에 깔려 즉사한 것이다. '달수' 역시 하마터면 트럭에 이마를 받힐 뻔했다. 그날 이후 '달수'는 자신이 살아 있다는 사실 자체에 불안을 느낀다. 오히려 수많은 사람이 죽어 나가던 전쟁통에도 못 느꼈던 불안이 그날 이후 엄습한 것이다. '달수'는 자기가 그때 죽지 않고 멀쩡히 살아남게 된 이유를 스스로 묻기 시작한다. 그러자 그 집착이 납덩어리처럼 그의 머릿속을 계속해서 짓누른다.

'달수'가 붙들린 불안이 곧 작자 손창섭을 떠밀었던 것일까? 손창섭은 1972년 한국 생활을 청산하고 홀연 아내와 함께 일본으로 건너간다. 그의 도일을 두고 문단 안팎에서는 해석이 구구했다. 소설 창작에 너무 지쳤기 때문이라는 후문도 있었고, 유일한 수입원인 원고료가 넉넉지 않아 생활고를 겪었다는 추측도 있었다. 한 지인은 5·16 이후 군사정권의 타락하고 부패한 현실에 환멸을 느꼈기 때문이라는 그럴싸한 동기를 마치 직접 들은 듯 전하기도 했다. 그러나 정작 손창섭의 일본인 아내 '우에노 지즈코'가 후일 밝힌 사정은 다소 의외였다. "일본에 나가 살겠다며 2년 먼저 떠나온 나를 따라 홀연히 현해탄을 건너왔을 뿐"이었다는 것이다. 우에노 여사의 이 증언은 손창섭의 도일이 어떤 배경에서 행해졌는지 정확히 말해 주지 않는다. 문단에서는 왜 갑자기 손창섭이 조국을 등져야 했는지 그 까닭을 아는 사람이 아무도 없다는 사실에 궁여지책으로 그의 도일이 모국어 문학과의 결별을 의미한다는 식의 해석을 내놓았다. 진실을 외면한 채 지극히 국가주의적이며 민족주의적인 관점에서 손창섭의 행보를 바라본 것이다. 그러니 그 이유를 끝내 찾을 수 없었을뿐더러 설령 우에노 여사로부터 일찍 그 사정을 전해 들었을지라도 수긍하지 못했으리라.

우에노 여사의 말대로 손창섭은 '단지 일본에 살고자' 한국을 떠났다. 손창섭은 그의 소설을 좋아했던 〈한국일보〉 장기영 사주의 요청으로 일본에서 1976년 『유맹』, 1978년 『봉술랑』을 잇달아 연재한다. 외견상 한국어 글쓰기를 저버리지 않은 것이다. 1990년대 후반에 이르러서야 그는 일본 국적을 취득하고 우에노 마사루(上野昌涉)로 개명한다. 우에노 여사는 남편이 일본으로 건너오면서 책을 모두 버리고 왔다고 말한다.

이쯤 되면 손창섭의 일본행이 이해될 법도 하다. 그는 한국에서 자신의 자취를 지우기 위해 현해탄을 건넜고, 결과적으로 그것은 한국 문단과 연을 접은 계기였다. 이후 일본에 거주하면서도 손창섭은 이렇다 할 작품을 발표하지 않는다. 사교적이지 못한 성격에 일본 문단과 특별한 연 역시 없는 처지에서 작가 생활이 순탄치 않았을 것이 분명하다. 그러나 실은 철저히 세상의 시선을 피해 이방인으로 살아가길 원해서였다. 국가니 민족이니 모국어니 하는, 세상이 일방적으로 그어 놓은 경계선이 그에게는 굴레였다. 필자가 작품을 통해 만난 그는 자유인이길 원했다. 자기의 작품이 발표된 잡지는 물론 원고 역시 보관하지 않은 사실이 손창섭의 괴벽 탓이 아니라는 말이다.

몇 해 전 한국 문단의 이 미아를 찾으려는 프로젝트가 모 신문사 기획으로 추진된 적 있다. 정철훈 기자는 도쿄 근교 히가시구루메의 한 서민아파트에서 손창섭을 마침내 찾아냈다. 정 기자가 찾아갔을 때 그는 급성폐기종 증세로 입원해 혼수상태를 오가며 병마와 힘겨운 사투를 벌이고 있었다. 혼미한 의식에도 정 기자가 "선생님"이라고 호칭하자, "난 선생이 아닙니다. 선생이라고 불릴 만한 인간이 아닙니다"라고 짧게 일본어로 답했다. 그 순간 그의 눈가에는 눈물이 비쳤다. 신부전에 노인성치매까지 겹쳐 정상적인 두뇌활동이 거의 불가능한 손창섭이었다. 우에노 여사에 따르면,

자신이 쓴 글도 읽지 못할 정도로 머리가 텅 비어 버린 상태였다. 그런데도 정 기자가 백지를 펼친 뒤 사인을 부탁하자 이름만 한글로 뚜렷이 쓰고 사인은 하지 않았다. 우에노 여사가 "사인을 하세요"라며 귀에 대고 말하는 순간 마침내 손창섭의 입이 열렸다.

"난 사인이 없는 사람이외다."

손창섭의 초기작 가운데 하나인 「생활적」의 마약 장사꾼 '봉수'는 다음과 같은 인생관으로 무장한 인물이다.

인간이란 시대의 추세에 민감하지 않아서는 안 된다는 것이다. 시대가 어떻게 움직이는가를 잘 보아가지고, 언제나 그 시대에 맞게 행동해야 된다는 것이다. 시대에 뒤떨어져서 허덕이거나, 시대의 중압에 눌려 버둥거리지만 말고 시대와 병행하며 그 시대를 최대한으로 이용해야만 한다고 했다. 결국 인간이란 수하를 막론하고 종국적인 목적은 돈 모으는 데 있다는 것이다. 여하한 권세나 지위도, 여하한 명성이나 인기도, 따지고 보면 결국은 돈 모으기 위하는 데 있고, 또한 돈 앞에 굴하지 않는 것이란 없다고 했다.

이 같은 처세술을 조롱하듯 손창섭은 정확히 반대 방향의 길을 걸었다. 그리고 2010년 이국에서, 아니 새롭게 찾은 모국에서 생을 마쳤다. 그 행적을 애써 되짚는 이 글이 고인의 뜻에 반하는 일이 아닐까 필자는 내내 두려웠다.

❀ 1955년 손창섭은 단편 「혈서」로 현대문학상을 수상한다. 수상식 날 손창섭은 아내와 우연히 한 컷의 사진을 남겼다. '1955년 12월 25일'이라는 촬영 날짜가 선명히 박힌 그 사진 속에서 외투를 껴입은 손창섭 부부는 다정히 포즈를 취하고 있다.

사진 속 지즈코 여사가 품에 안고 있는 냄비가 이채롭다. 손창섭이 출판사에서 보너스를 받아 집으로 돌아오는 날이면 지즈코 여사는 가끔 냄비를 들고 동행했다. 그 당시 소매치기가 너무 많

1955년 크리스마스에 찍은 손창섭 부부의 사진

있는데, 한번은 손창섭이 인세를 받아 오다가 소매치기에게 안창을 따여 돈을 몽땅 잃은 일이 있었다. 그런 봉변을 겪은 직후여서 지즈코 여사는 냄비를 들고 따라나섰다. 냄비가 이동식 금고로 쓰인 셈이다. 마침 그날이 크리스마스여서 길거리에 카메라를 든 사람이 있었다. 사진사가 나중에 우편으로 사진을 보내왔고, 지즈코 여사는 이를 평생 간직했다.

'비'와 '피'와 '운명'의 작가

❀ 손창섭의 공식적인 문단 데뷔는 1952년 잡지 〈문예〉에 단편 「공휴일」을 발표함으로써다. 그러나 그보다 앞서 한국전쟁 직전인 1949년 단편 「싸움의 원인은 동태 대가리와 꼬리에 있다」(《연합신문》 1949. 3. 6)와 「얄궂은 비」(《연합신문》 1949. 3. 29~30)를 '독자소설' 난에 발표한 바 있다. 신문사는 작자 손창섭의 직업을 회사원으로 밝혔다. 두 작품은 콩트에 가까운 작품이다. 본격적인 소설 창작은 아니었다. 2005년에 간행된 『손창섭 단편 전집 1·2』에는 이들 작품이 수록되지 못했다. 당시에는 미발굴 상태였기 때문이다.

아버지가 간만에 저녁거리로 사 온 동태를 두고 더 큰 쪽을 먹으려 형제가 다툼을 벌인다. 이를 노려보던 아버지가 아이들을 나무라자 아이들은 울음을 터뜨리다 잘못을 빈다. 그런 와중에 동태를 사 온 것이 잘못인가 아닌가를 두고 아버지와 어머니 사이에 말다툼이 벌어진다. 방 한구석에 박혀 한참을 울고 난 아이

손창섭의 비공식 데뷔작 「싸움의 원인은 동태 대가리와 꼬리에 있다」(〈연합신문〉 1949. 3. 6)

손창섭 「얄궂은 비」의 편집자 평이 실린 〈연합신문〉 1949년 3월 26일자 「여적(餘滴)」

들은 부모의 언쟁을 지루하게 지켜보다 하품한다. 「싸움의 원인은 동태 대가리와 꼬리에 있다」의 줄거리다. 신문 편집자는 소재가 독특하고 다루는 솜씨도 퍽 익숙하다고 칭찬하며 가작으로 선정했다. 아버지와 그 아들의 대화가 생경한 방언이어서 어느 정도 효과를 거둘지 의문이나 눈물겨운 콩트라는 것이 총평이었다.

「얄궂은 비」는 이틀에 걸쳐 연재된 작품이다. 외삼촌과 일요일에 월미도로 바다 구경을 가기로 한 '관준'이는 한껏 들떠 있다. '관준'이는 그 특별한 소풍을 위해 외삼촌이 사 준 새 운동화를 신지 않고 신문에 고이 싸 두었다. 그러나 세 주째 일요일마다 비가 와서 '관준'이는 실망하다 못해 분노한다. 결국 '관준'이는 새 운동화를 신고 빗속에서 돌담을 치받으며 하늘을 원망한다. 새 운동화가 젖을 정도로 피가 낭자하게 흐르는데도 개의치 않는다. 소년은 하늘을 향해 소리를 지르며 연신 담벼락에 머리를 부딪는다.

「얄궂은 비」에 대해 신문 편집자는 소재가 어지간히 좋았으나 콩트 정도로 간략하게 압축하였음이 어떠했을까 하는 아쉬움을 표한다. 너무 산만하게 늘어놓은 감이 없지 않다는 지적이었다. 그러면서도 인간에 대한 작자의 은밀한 애정을 높이 평가한다. 편집자는 글 끝에 이 작품이 원래 「비 그리고 피」로 투고되었는데 그 제호를 고쳤다며 사과의 말을 덧붙였다. 공교롭게도 원제에 담긴 그 '비'와 '피'의 이미지는 후일 손창섭 소설의 상징이 된다.

❀ 부산 국제시장에서 만년필을 팔던 '김진억'은 젊고 아름다운 밀크홀 주인 '장계숙'과 우연한 계기로 인연을 맺는다. '김진억'의 바짓가랑이에 흙탕물을 튀게 한 사건으로 두 사람의 첫 만남이 이루어진 것이다. 이후 '김진억'의 만년필 짐을 '장계숙'이 맡아 주면서 관계가 급속도로 진전된다. 어느 날 '김진억'의 아내가 수소문 끝에 아이들을 데리고 북에서 찾아온다. 예상치 못한 가족과의 재회에 '김진억'은 그만 쓰러진다. 뒤늦게 이를 알게 된 '장계숙' 역시 충격을 받는다. 김동리의 1955년 작 「실존무」의 줄거리다.

한국전쟁 당시 김동리는 가족과 함께 부산으로 피난 와서 서대신동에 거처를 마련했다. 그 후 김동리는 소설가 손소희와 따로 살림을 차렸다. 이 사실을 알게 된 김동리의 처는 동네 사람을 데리고 가서 그 집 가재도구를 부수고 손소희를 마구 때렸다. 그리고는 가재도구를 주위 피난민들에게 모두 나누어 주었다. 이 일은 당시 〈부산중앙일보〉에 특종기사로 보도되었다. 김동리와 손소희가 겪었을 고초가 적지 않았으리라 짐작된다. 놀랍게도 김동리는 자신의 이 치부를 소설 「실존무」로 옮겼다. 「실존무」의 '김진억'은 김동리 자신이며, 현대적 여성 '장계숙'은 손소희의 가명인 셈이다.

「실존무」의 마지막 장면을 접하는 독자는 다소 당혹스럽다. 한때 청혼하며 추근대던 유부남 '영구'가 실존주의를 논하는 앞에서 임신 중인 '장계숙'은 "실존무"를 연발하며 춤을 추다 쓰러진다. 그렇듯 '김진억'과의 우연한 만남은 장차 그녀가 걸어갈 운명의 예고탄이었다. '장계숙'이 춘 '실존무(實存舞)'는 문자 그대로 실존의 춤이다. 운명이 조종하여 벌인 꼭두각시놀음이다. '김진억'의 과거에 포박된 '장계숙'이 벌이는 현재의 몸부림이다. 실존은 운명의 촘촘한 그물에서 결단코 벗어날 수 없다. 운명은 그렇듯 부조리하다.

「실존무」 발표 세 해 전 김동리는 잡지 『문예』에 신인 손창섭을 추천한다. 손창섭의 정식 등단은 그렇게 이루어졌다. 손창섭의 작가적 역량을 김동리가 가장 먼저 알아본 것이다.

잘 알려진 대로 김동리 창작의 화두는 생의 구경적(究竟的) 형식이었다. 그가 찾은 답은 운명이었다. 손창섭의 소설 「비 오는 날」의 저 인상적인 구절, "불구인 그 신체와 같이 불구적인 성격으로 대해주는 동옥이의 태도가 결코 대견할 리 없으면서도, 어느 얄궂은 힘에 조롱당하듯이 원구는 또다시 찾아가지 아니할 수 없는 것이었다"에서 유사한 문제적 징후를 발견하게 된다는 것이 필자의 억측만은 아니리라. 제4회 동인문학상 수상작 손창섭의 「잉여인간」에도 그 단서라 할 구절이 나온다.

「장크리스토프」라는 롤랑의 소설 가운데 이런 말이 있다우.
'사람이란 행복하기 위해서 살고 있는 것은 아니다. 자기의 정

해진 길을 가기 위해서 살고 있는 것이다.'

시대를 앞서간 장편 『인간교실』

❂ 손창섭은 단편소설 작가로 알려져 있다. 그가 무려 13편에 이르는 장편소설을 창작하였다는 사실을 아는 이는 많지 않다.

손창섭의 장편소설 가운데 하나가 1963년 〈경향신문〉에 연재된 『인간교실』이다. 2008년에 이르러서야 이 작품은 단행본으로 발간되어 오늘의 독자를 만났다. 때늦은 감이 크나 다행인 것은 시대를 앞서간 이 작품의 실험적 면모를 이제라도 접할 수 있어서다. 우리 대중소설의 아방가르드라 할 면면이 이 작품에서 목격된다. 근래에 창작된 작품이 아닌가 의심될 정도로 그 소재가 가히 엽기적이다.

『인간교실』에 담긴 여러 이야기 가운데 한두 가지만 소개하면 이렇다.

중년의 실직자 '주인갑'은 자기의 집 방 한 칸을 '황여인'이라는 인물에게 세놓는다. '황여인'은 폭력적인 남편을 피해 젊은 남자와 도망쳐 나온 처지였다. '주인갑'은 그런 '황여인'에게 매력을 느껴 그녀의 이혼 문제를 해결하는 데 도움을 준다. 그런데 '주인갑'과 달리 활달한 성격의 소유자로 미장원을 운영하는 그의 아내 '남여사'가 그만 '황여인'과 동성애에 빠진다. 흔치 않은 삼각관계다.

그런가 하면 조직적인 성매매 사건도 등장한다. '황여인'이 거처를 옮긴 후 '주인갑'의 집에 두 명의 여대생이 세 든다. 그중 '윤'이라는 여대생은 고급 창녀다. 그녀가 포함된 조직은 매춘을 빌미로 공갈극을 벌인다. '윤'이 부패하고 타락한 저명인사를 상대로 성관계를 맺고 이를 몰래 찍은 사진으로 협박하여 돈을 뜯어내는 식이다.

이처럼 신문 연재소설 『인간교실』은 동성애에서부터 연상 연하간 연애, 페티시즘, 훔쳐보기, 몰래카메라 등 변태적인 성행위와 그에 연루된 범죄를 실로 만화경처럼 펼쳐 낸다. 오늘날에야 낯선 장면이라 할 수 없겠지만 당시로서는 기함할 만한 사건이 즐비하다. 이를 단순히 선정성 시시비비로 몰아가기엔 거기에 담긴 사회문화적 함의가 만만치 않다. 방민호 교수는 『인간교실』의 성풍속도를 통해 손창섭이 숭고를 표방하는 이념, 즉 인간 개조나 인간혁명 같은 1960년대 혁명 주도 세력의 통치이념과는 다른 방식으로 살아가는 인간들의 모습을 보여 주고자 한 것이라 말한다.

작자를 대변하는 주인공 '주인갑'은 절제된 방탕론을 주장하며 아내의 방종을 묵인하는 자유주의자이자 페미니스트다. 그의 아내는 남편의 육체적 사랑을 갈구하면서도 동성애에 빠져든다. 그녀에게는 그에 대한 죄의식이 없다. 한편 여대생 '윤'은 의붓아버지에게 겁탈당한 상처가 있음에도 오히려 여성으로서 자신의 성을 떳떳하게 상품화한다. 그리고 그녀를 돕는 젊은 청년은 정의를 구현하기 위해서라면 폭력을 무기화하는 데 주저하지 않는다.

　이처럼 새로운 유형의 인물들이 연출해 내는 대단히 엽기적인
작품이 『인간교실』이거니와, 방민호는 오늘날에도 여전한 기득
권층의 부정부패 실상을 손창섭이 직설적으로 묘사한 사실에 주
목한다. 그러한 면에서 『인간교실』은 통속소설계의 새로운 장르
개척자이자 통속소설이 아니라고 할 수 있다. 이 또한 시대를 과
속하여 내린 필자의 주관적인 평가일지 모를 일이지만 말이다.

추억을 약처럼
갈아 마시며

1984년 영화진흥공사 선정 '광복 40년 베스트 10'.

1998년 〈조선일보〉 선정 '대한민국 50년 영화·영화인 50선'.

1999년 〈한국일보〉 선정 '21세기에 남을 한국의 명작(영화)'.

1999년 월간 〈스크린〉 창간 15주년 기념 '한국영화 베스트 20'.

1999년 KBS 선정 '20세기 한국 톱 영화'.

1999년 MBC 선정 '20세기를 빛낸 한국 영화 및 영화인'.

이 조사들에서 모두 1위를 차지한 작품이 있다. 유현목 감독의 1961년 작 〈오발탄〉이다.

그러나 〈오발탄〉은 일차 개봉 당시 흥행에 실패했다. 게다가 5·16 군사 쿠데타가 일어나면서 이차 개봉에 상영중지 처분이 내려졌다. "가자!"라는 대사가 친북적인 성향의 반사회적 행위로 지

유현목 감독의 〈오발탄〉(1961)

적반은 것이다. 유현목 감독을 비롯해 여러 스태프가 이때 큰 고
초를 겪는다. 이와 관련하여 후일 유현목 감독은 "가자!"라는 대
사에 '사람답게 살 수 있는 이상향'이 담겼다는 뜻을 밝혔다. 다
행히 〈오발탄〉은 샌프란시스코 영화제에 출품되면서 상영 중지
가 해제되었고, 이태 뒤 을지극장에서 재상영됨으로써 관객의 품
으로 무사 귀환했다.

「오발탄」에서 '전후'란

영화 〈오발탄〉의 원작은 이범선의 동명 단편(1959)이다. 원작이
발표된 것이 영화 개봉 두 해 전이었으니 유현목 감독은 소설을

접하고서 곧바로 영화 제작을 결심한 셈이다.

논란이 된 대사 "가자!"는 원작에도 빈번히 등장한다. 원작자 이범선은 소설에서 그 의미가 "고향으로 돌아가자는 것이었다. 옛날로 되돌아가는 것이었다"라고 말한다. 폭격 이후 정신 이상이 생기기 전부터 주인공 '철호'의 어머니가 입버릇처럼 되풀이한 말이다.

이에 근거하건대 영화 〈오발탄〉의 상영 중지는 철저히 정치 논리에서 비롯되었다는 것을 알 수 있다. 문제가 되려면 원작 소설 자체가 시빗거리였어야 하지 않겠는가. 여하튼 개봉 당시 대중으로부터 크게 환영받지 못한 영화 〈오발탄〉은 정치적으로 탄압받으면서 유명세를 치렀다. 전연 의도하지 않은 노이즈 마케팅 덕이었을까? 이 작품은 한국영화사에서 최고의 사실주의 작품이라는 명예를 오랜 기간 누리고 있다.

그와 같은 찬사가 타당한지를 따지기에 앞서 원작 「오발탄」이 과연 이범선 문학의 결정체인지 찬찬히 뜯어볼 일이다. 혹여 영화 〈오발탄〉의 명성에 원작 소설의 가치가 부풀려진 것은 아닌지 의심해 볼 만하다.

계리사(計理士) 사무실의 서기로 일하는 주인공 '송철호'는 성실한 가장이다. 그에게는 정신이 이상해져 줄곧 "가자!"고 외쳐 대는 노모, 임신한 아내, 그리고 어린 딸까지, 부양해야 할 가족이 적지 않다. 상이군인으로 제대한 후 방황하는 동생 '영호'와 어려

〈현대문학〉 1959년 10월호에 실린 「오발탄」과 이범선

운 살림을 도우려 양공주가 된 누이동생 '명숙'도 함께 산다.

쫓기듯 고향을 떠나야 했던 월남민 '철호'는 오랫동안 괴롭혀온 치통에도 치과에 가길 망설인다. 어린 딸이 영양실조에 걸릴 정도로 '철호'네 살림살이는 궁핍했다. 그런 '철호'네 가족에게 더 큰 불행이 한꺼번에 밀려든다. 동생 '영호'가 은행 강도질을 하다 붙잡히고, 아내가 난산 끝에 죽은 것이다. '철호'는 누이동생 '명숙'이 아내의 병원비에 쓰라며 준 돈으로 의사의 만류에도 이빨을 두 개나 뽑는다. 과도한 출혈에 반쯤 실신하여 택시를 잡아탄 '철호'는 어디로 가야 할지 몰라 횡설수설한다. 아들 구실, 남편 구실, 아비 구실, 형 구실, 오빠 구실, 또 계리사 사무실 서기 구실.

너무 많은 구실에 억눌려 '철호'는 택시 기사의 비난처럼 자신이 아마도 조물주의 오발탄일지도 모른다고 생각한다.

이범선은 전후문학의 상징적인 작가로 불린다. 그 물증으로 어김없이 거론되는 작품이 「오발탄」이다. 단순히 한국전쟁 직후에 발표되었다는 연대기적 차원에서가 아니라 전쟁이 불러온 비극적 상황을 사실적으로 담아냈다는 이유에서다.

'철호'네는 38선이 그어지기 전 하늘이 알 만큼 큰 부자는 아니었으나 지주이자 한 마을의 주인격으로 제법 풍족하게 살았다. 하지만 고향을 떠나 월남한 '철호'네가 거처를 마련한 곳은 산등성이를 악착스레 깎아낸 곳에 게딱지 같은 판잣집들이 다닥다닥 붙은, 이름과 전연 어울리지 않는 '해방촌(解放村)'이었다. 이렇듯 해방과 함께 한순간 빈민으로 전락한 처지를 '철호'의 노모는 도무지 이해할 수 없다.

> "나두 내 나라를 찾았단 게 기뻐서 울었다. 엉엉 울었다. 시집 올 때 입었던 홍치마를 꺼내 입구 춤을 추었다. 그런데 이 꼴 돌다. 난 싫다. 아무래도 난 모르겠다. 뭐가 잘못됐건 잘못된 너머 세상이디 그래."

나라를 찾았다면서 집을 잃은 현실을 '철호'의 노모는 정말이지 알 수 없다. 그녀는 남한으로 넘어온 후로 단 하루도 "가자!"

는 말을 하지 않은 날이 없다. 고향으로, 예전의 생활로 돌아가자는 이 외침은 억지가 아니다. 간절한 염원이다.

6·25사변이 나고 바로 발밑에 빤히 내려다보이는 용산 일대가 폭격으로 지옥처럼 무너지던 날 끝내 '철호'는 예전의 어머니를 잃어버리고 만다. 그날 이후 미쳐 버린 어머니에게서 "가자!"는 말을 예사말로 듣게 된다.

'철호'가 어머니만 잃어버린 건 아니다. '영호' 또한 이전의 동생이 아니다.

"양심이란 가시?"

"네, 가시지요. 양심이란 손끝의 가십니다. 빼어버리면 아무렇지도 않은데 공연히 그냥 두고 건드릴 때마다 깜짝깜짝 놀라는 거야요. 윤리요? 윤리. 그건 '나이롱' '빤쯔' 같은 것이죠. 입으나 마나 불알이 덜렁 비쳐 보이기는 매한가지죠. 관습이요? 그건 소녀의 머리 위에 달린 리봉이라고나 할까요? 있으면 예쁠 수도 있어요. 그러나 없대서 뭐 별일도 없어요. 법률? 그건 마치 허수아비 같은 것입니다. 허수아비. 덜 굳은 바가지에다 되는 대로 눈과 코를 그리고 수염만 크게 그린 허수아비. 누더기를 걸치고 팔을 쩍 벌리고 서 있는 허수아비. 참새들을 향해서는 그것이 제법 공갈이 되지요. 그러나 까마귀쯤만 돼도 벌써 무서워하지 않아요. 아니, 무서워하기는커녕 그놈의 상투 끝

에 턱 올라앉아서 썩은 흙을 쑤시던 더러운 주둥이를 쓱쓱 문
질러도 별일 없거든요. 흥."

'영호'는 형 '철호'가 지키려는 양심을 그렇게 코웃음 친다. 양
심껏 살아가면서 잘살 수도 있으나, 그런 경우가 극히 적다는 사
실을 '영호'는 절감한 지 오래다. 그 시시한 양심의 가시를 벗어던
지기만 하면 누구나 틀림없이 잘살 수 있다며 '영호'는 형의 훈계
를 냉소한다. 동생의 그 태도를 두고 '철호'는 마음 한구석 어딘
가가 비틀린 억지라 말한다. '영호'는 형의 지적을 부정하지는 않
는다.

"글쎄요. 마음이 비틀렸다고요. 그건 아마 사실일지는 모르
겠어요. 분명히 비틀렸어요. 그런데 그 비틀리기가 너무 늦었어
요. 어머니가 저렇게 미치기 전에 비틀렸어야 했지요. 한강 철
교를 폭파하기 전에 말입니다. 하나밖에 없는 누이동생 명숙(明
淑)이가 양공주가 되기 전에 비틀렸어야 했지요, 환도령(還都令)
이 내리기 전에, 하다못해 동대문 시장에 자리라도 한 자리 비
었을 때 말입니다. 아니 그보다도 더 전에, 제가 뭐 무슨 애국자
나처럼 남들은 다 기피하는 군대에 어머니의 원수를 갚겠노라
고 자원하던 그 전에 말입니다."

'영호'는 이제 현실주의자가 되었다. 나면서부터 비틀렸더라면 더 좋았을지도 모른다며 뒤늦게나마 비틀린 삶을 걷기로 결심한다. 그는 권총을 들고 현금 수송차를 탈취한다. 그러나 얼마 지나지 않아 체포된다. 경찰서로 찾아온 형에게 '영호'는 후회의 말을 전한다.

> "형님 미안합니다. 인정선(人情線)에서 걸렸어요. 법률선까지
> 는 무난히 뛰어넘었는데. 쏘아 버렸어야 하는 건데."

그렇듯 '영호'는 비틀린 마음을 굳게 먹지 못했다. 전쟁의 후유증이 마음을 비틀라고 유혹했으나, 스스로 시시하다고 말한 양심이란 가시에 끝내 붙잡힌 것이다.

동생이 붙들린 그즈음 '철호'의 아내는 홀로 죽음을 맞고 있었다. 아내가 죽고서 '철호'는 결국 자신마저 잃어버린다. 소설의 결말은 어디로 갈지 모른 채 네거리에 서 있는 '철호'의 모습을 그리고 있다. 그는 행렬에 끼여 떠밀리는 택시 안에 있다. 파랑 신호 아래 선 택시 안, 그가 토한 핏덩이가 와이셔츠를 붉게 적신다. 그 강렬한 색의 대조만큼이나 냉혹한 현실과 마주하여 '철호'는 가야 할 목적지를 택시 기사에게 말하지 못한다.

전후 한국사회에서 목숨을 부지하고자 많은 이들이 '철호'처럼 이정표 없는 오늘을 살았을 것이다. 이범선의 소설에 전후문학이

라는 타이틀이 붙는 타당한 이유다. 이때 '전후'란 단순히 한국전쟁 이후, 곧 1950년대를 이름이 아니다. 전쟁이 부른 참상의 여진을 격조(?) 높게 칭한 수식어다. 그에 가장 적확한 창작적 성과를 내놓은 작가가 이범선인 셈이다.

나이브한 대안 찾기, 「학마을 사람들」

6·25사변을 직접적으로 배경 삼은 작품이 「오발탄」보다 두 해 앞서 발표된 이범선의 또 다른 대표작 「학마을 사람들」(1957)이다. 제6차 교육과정 고등학교 문학 교과서에 수록된 이 작품은 오랫동안 반공문학으로 읽혔다. 다음과 같은 대목이 거기에 일조했다.

> 그날 저녁때였다. 마을에는 또 딴 일이 벌어졌다. 난데없는 누렁옷을 입은 사람들이 북쪽영을 넘어 마을로 들어왔다. 쉰 명도 더 넘는 그들은 개시 어깨에 총을 메고 있었다. 그들은 이 마을 사람들을 해방시키려 왔노라고 했다. 그러나 마을 사람들은 그 해방이란 말의 뜻을 잘 알 수 없었다.

인민군의 출현과 함께 몇 해 전 학마을을 떠났던 '바우'가 돌아왔다. '봉네'를 아내로 맞고 싶었던 '바우'는 그녀가 '덕이'에게 시집가자 마을에서 자취를 감췄다. 그렇게 떠났던 '바우'는 이제 예전의 그가 아니다.

　　몇 해, 밖에 나가 있던 바우는 여간 유식해진 것이 아니었다. 그는 학마을 사람들이 모르는 일을 많이 알고 있었다. 김일성 장군도 알았다. 인민군이란 것도 알고 있었다. 그 밖에도 마을 사람들에게는 물론이려니와 박 훈장도 모를 말을 곧잘 지꺼렸다. 착취니 반동이니 영웅이니 붉은 기니 하는 따위의 말들은 그가 마을 아낙네들에게까지 함부로 쓰는 동무라는 말과 같이 우리 말이니 어찌어찌 알 듯도 하였다. 그러나 그 밖에도 이건 무슨 수작인지 도무지 모를 말도 바우는 아는 모양이었다. 스타링, 쏘련, 유엔, 탱크. 그뿐이 아니었다. 바우는 또 밖에 나가 있는 동안에 매우 훌륭해진 모양이었다.

공산주의자로 변신한 '바우'는 학을 쏘아 죽이고 사람들을 선동한다. 마을 사람들은 동조하지 않는다. 얼마 지나지 않아 '바우'가 다시 떠나고 마을 사람들은 피난길에 오른다. '바우'의 조부 '박훈장'은 손자가 혹시나 돌아올까 하는 마음에 '바우어머니'와 마을에 남는다. 마을 사람들이 피난에서 돌아왔을 때 학나무는 불에 타 뼈만 앙상하게 남아 있었다. 불에 탄 '박훈장'의 시체가 발견되던 날 '덕이'의 조부 '이장영감'은 학나무를 다시 심으라는 유언과 함께 숨을 거둔다. 두 사람을 장례 치른 뒤 내려오는

'봉네'의 품에는 흰 보자기로 싼 조그마한 애송나무 하나가 어린 애처럼 안겨 있었다.

이처럼 작자 이범선은 「학마을 사람들」에서 마을의 생사고락을 학의 운명에 빗대 이야기한다. 한동안 마을에 나타나지 않던 학은 해방이 되고서 돌아왔다. 하지만 전쟁이 나고 인민군과 함께 돌아온 '바우'의 총에 한 마리가 죽임을 당했고, 학들은 마을을 떠났다. 전쟁이 멈춘 지금 마을 사람들은 학의 귀환을 간절히 기원하며 학나무가 불탄 자리에 어린 소나무를 심는다.

학은 마을 사람들에게 주술적 신앙의 대상이다. 학마을 사람들은 곧 백의민족의 대유(代喩)이며, 학마을은 그네가 살아온 이상향이다. 그리고 그들이 겪는 시련은 곧 우리 근현대사의 축소판이다. 누렁옷을 입은 인민군과 같은 외부의 침입자가 있을 때 학은 어김없이 탈이 났다. 그것은 머지않아 마을에 큰 화가 생길 전조였다. '바우'는 그 순결한 학마을에 이념의 병을 옮긴 존재다. 그 역시 누렁옷의 인민군이나 그에 앞서 들어왔던 일본인들과 다르지 않은 침입자다. 마을을 떠난 순간 그는 바깥 세계에 오염되었다.

작자 이범선은 불순한 외부 세력이 폐허로 만들어 버린 학마을을 예전으로 되돌리는 일에 전후 한국사회의 과제를 겹쳐 놓는다. 그리고 그 해결책으로 학의 회귀, 곧 순백한 민족 심성의 회복을 암시한다. 이러한 필자의 독해에 고개를 끄덕일 독자라면 한

때나마 「학마을 사람들」을 반공문학으로 얽어맨 처사가 혹세무민이었다는 데 쉬이 동의하리라. 그렇다고 해서 학마을의 복원이라는 이 작품의 당위적 결말에 필자가 선선히 찬동한다는 뜻이 아니다. 일면 현실로부터의 도피를 조장하며 시간을 되돌리는 방식의 갈등 극복은 어디까지나 허구의 세계에서나 꿈꿀 법한 상상이다. 그 같은 낭만적 대안 찾기가 전후 세계 인식의 한계였다면, 「학마을 사람들」은 정확히 그 자리에 서 있는 작품이 맞다.

「갈매기」의 서정성은 당의정인가

이범선의 전후소설 가운데 수작을 꼽으라 했을 때, 「학마을 사람들」 창작 이듬해에 나란히 발표된 「몸 전체로」와 「갈매기」(이상 1958)를 지목하는 데 잠시도 주저할 이유가 없다.

전후소설치고 다소 예외적인 작품이 「갈매기」다. 주인공 '훈'이 가족을 데리고 남해 어느 작은 섬마을로 이주해 보낸 7년여의 일상이 「갈매기」의 시간적 배경이자 내용이다. '훈'은 중학교 교사 자리를 얻어 이 섬에 피난차 가족과 들어왔다. 그곳에서 그들은 전쟁과는 한참이나 동떨어진 시간을 보낸다.

지극히 단순한 생활.
아침 자리에 일어나 앉으면 안개 낀 포구가 유리창에 그대로 한 폭의 묵화다. 칫솔을 물고 마당으로 내려간다. 마루 밑에서 기어나온 바둑이가 신고 선 그의 흰 고무신 뒤축을 질근질근 씹어본다. (……)

조반이 끝나면 훈은 한 손에는 가방을 들고 또 한 손에는 국민학교 이학년인 딸의 손목을 끌며 대문을 나선다. 겨우 두 사람이 나란히 걸을 수 있는 돌길이다. 오른편은 발밑이 그대로 바다이고 왼편은 깍아진 벼랑이다. 그들은 바우틈에 핀 들국화가 내려다보는 밑을 천천히 걷는다. 바둑이가 따라오며 흰 수건에 싸든 딸애의 도시락을 킁킁 맡아본다. 아내와 다섯 살짜리 아들 종(鐘)은 대문 옆 소바우 잔등에 서 있다. 꼬불꼬불 돌길을 더듬어 가는 그들이 C자형으로 된 포구 중앙에 다 가도록 빤히 보인다. 그러니 보이지 않을 때까지 배웅을 하자면 그들이 포구를 반 바퀴 돌아가는 동안을 거기 그렇게 서 있어야 하는 것이다. 그래 아내와 아들 종이 사이에는 말 없는 가운데 약속이 생겼다. 그들을 따라가던 바둑이가 돌아서 돌길을 껑충껑충 뛰어 집으로 오면 아내와 종은 바둑이를 앞세우고 대문 안으로 들어가기로 했다.

이처럼 한가로운 일상이 반복되는 그 섬에도 사건이라 할 만한 일은 있다. '훈'이 자주 찾는 갈매기 다방의 시각 장애인 부부가 파도가 거세게 치던 날 바다에 빠진다. 남편을 구하려다 아내마저 유명을 달리한다. 그들 부부는 평소 외로움과 슬픔 속에서 그

저 그렇게 살아가는 이들이었다. '훈'은 때때로 그 부부가 운영하는 허름한 다방을 찾았다. 여주인이 풍로에 달여 주는 사탕물 같은 커피를 마시기 위해서만은 아니었다. 칠 년 섬 생활을 하며 완전히 표백된 마음 한구석에 추억의 그늘이 스며들 때면 고요히 감은 그녀의 슬픈 긴 눈썹이 보고 싶어서였다.

'훈'의 가족은 초라한 오막살이 한 채에 사는 세 명의 노인 거지와도 연을 맺는다. '훈'의 가족은 그들을 신선이라 불렀다. 머리칼이며 수염까지 온통 하얗고 풍채가 좋은 신선 1호 '서노인', 박박 깎은 머리에 항상 군복을 걸치고 사는 신선 2호 '박노인', 그리고 염소수염과 곰보 얼굴에 인품이 제일 떨어지는 신선 3호 '김노인'. 그들은 걸식은 해도 결코 떼를 쓰는 법이 없다. '훈'의 집을 자주 오가는 이는 '서노인'이었다. 어느 날 '서노인'이 아프다는 소식에 '훈'은 딸과 아들을 데리고 우유죽을 끓여 오막살이를 찾는다. 다음 날 '서노인'은 자신이 기르던 다람쥐를 '훈'의 아이들에게 선물했다. 추석날 '서노인'은 군대 간 후 집에 불이 나 서로 헤어지게 된 아들과 함께 '훈'을 찾아왔다. 육군 대위가 된 '서노인'의 아들이 섬으로 파견되어 와 재회하게 된 것이다. 그 길로 '서노인'은 아들의 부대로 들어갔다.

그렇게 정든 다방 주인 부부와 '서노인'을 떠나보낸 '훈'은 자신도 이제 포구를 떠날 것을 생각한다. 「갈매기」가 전하는 이야기는 이렇다 할 갈등 없이 이에서 끝난다. 전후소설이라 명명하기에 다소 민망한 추억담이다. 해서 연구자들은 이 작품의 미덕을 애써 찾고자 다음과 같은 미려한 묘사에 주목한다.

> 두 등대에 불이 들어와, 청홍(靑紅)의 물댕기를 길게 수면에 드리울 때, 고요한 밤하늘에 수문(水紋)처럼 번져 나가는 쌕쓰폰 소리, 자꾸자꾸 그의 상념을 옛날로 옛날로 밀어 세우는 그 서러움에 목쉰 소리. 밤마다 흐느껴 흐르는 그 쌕쓰폰 소리를 들으면, 누가 부는 것인지도 모르는 대로 그는 자기 방 마루 기둥에 기대앉은 채 별이 뿌려진 밤하늘을 우러러 꼼짝도 할 수 없었다.

> 땅거미가 내리깔리자 등대에 불이 켜졌다. 오른쪽에는 빨강 등. 왼쪽에는 파랑 등. 긴 물댕기가 가물가물 움직인다. 달이 뜬다. 그 청홍 두 개의 등 바루 가운데로 수평선에 달이 끓어오른다. 멀리 아주 멀리 금빛 파도가 훈의 가슴을 향해 달을 굴려 온다.

위 두 장면이 아니더라도 「갈매기」는 한 편의 긴 서정시를 읽는 듯한 착각을 불러일으킨다. 생생한 이미지의 빼어난 시적 표현이 작품 곳곳에 즐비하다. 이를 두고 어떤 연구자는 이범선이 "휴머니즘과 서정성을 당의정처럼 작품의 밑바탕에 깔고서 자신의 철학을 독자에게 부담 없이 전한다"고 평한다. 사상을 쓴 약처럼 불쑥 내미는 것이 아니라 낭만성이라는 달콤한 껍질로 감추어 감각적인 통찰로 사회문제들을 파헤쳤다는 설명이다.

그와 같은 글쓰기 기법이 구사된 것은 「갈매기」만이 아니다. 이 년여 앞서 창작된 「학마을 사람들」에서도 이미 시연한 바 있다. 「갈매기」에서는 그것이 전면화되고 있는바, 작자 이범선이 전하려 한 메시지는 무엇이었을까? 시대상을 암시하는 다음과 같은 짤막한 서술에 그 단서가 담겨 있다. 이를 통해 이범선은 전후 상황을 우회하여 짚어 낸다.

시장에서 생선 장사를 하는 상이군인이 새색씨를 맞던 날도 그랬다.

그래도 섬에서는 도민증이나 병적계를 지니고 다닐 필요가 없는 것이 좋았다. 당시 부산 등지에서는 그런 것들이 그야말로 심장보다도 더 소중하던 때였지만 (……)

이제는 벌써 훈네도 피난민이 아니다.

단 둘이 살다 아들이 국민방위군에 소집되어 나갔더란다.

두 살 때 피난길에 화물차 꼭대기를 탄 제가 무슨 그때 기억
이 있다고 그래도 뽐낸다.

전쟁터에서 멀리 떨어진 후방이어서일까, 아니면 전쟁의 광풍
이 이미 휩쓸고 지나간 뒤여서일까? '훈' 가족의 섬 생활은 무료
할 정도로 평화롭다. 하지만 위에 인용된 서술에서 알 수 있듯이
전쟁은 팔다리 그 어느 하나쯤은 잘린 상이군인의 몸에 지울 수
없는 기억으로 새겨져 있고, 그 공포는 일상에 여전히 잠복해 있
다. 그 사실을 문득문득 자각하기에 인간에 대한 불신과 증오 너
머의 인간애를 '훈'은 간절히 소망한다. 그가 피난민으로 섬으로
들어와 7년을 머물 수 있었던 원천은 그곳 사람들과 맺은 따뜻한
관계 때문이었다. 그리고 섬을 떠나기로 한 것은 그 관계가 이제
과거가 되어서다. 갈매기 다방의 부부가 슬픔과 외로움을 견뎌내
고자 추억을 약처럼 갈아 마셨듯이 '훈' 역시 이후의 생활을 지탱
할 힘으로 섬에서 보낸 한때를 두고두고 되새김질할 것이다.

'전후'의 민낯 「몸 전체로」

「갈매기」직전에 발표한 「몸 전체로」는 이범선의 작품 가운데
단연 문제작이다. 개인적으로 전후문학이 다다른, 혹은 다다를
수 있는 최대치의 작품이라는 찬사를 아끼고 싶지 않다.

'나'는 하숙집 주인 부자의 권투 연습을 지켜보며 두 사람의 격

렬한 몸짓을 마치 실제 경기처럼 중계한다. 그러면서 사이사이 주인집 사내로부터 들은 그 가족의 지난 사연을 전한다. 주인집 사내는 피난을 간 부산에서 종일 궤짝을 메어 나른 삯으로 밀가루 두 근을 샀다. 그 밀가루로 빚은 수제비를 아내가 창고 바닥에 떠다 놓았다. 그런데 일곱 살짜리 딸애가 거적자리로 들어서다 수제비 깡통을 걷어차 몽땅 쏟아버렸다. 그는 자기도 모르는 사이에 딸애의 뺨을 후려갈겼다. 애는 미처 울지도 못했다. 그저 몸을 파르르 떨 뿐이다. 그의 아내는 쏟아진 수제비를 모아 물에 씻었다. 어린 것은 그제야 쿨쩍쿨쩍 울면서 그래도 수제비를 연방 입에 퍼넣었다. 다음 날 저녁부터 어린 것은 거적자리에 들어앉으면 으레 멀리서부터 조심조심 깡통을 더듬었다. 어슬어슬하긴 하지만 아직 그릇이 안 보일 정도는 아닌데 장님마냥 손으로 어루더듬는 그 모양이 하숙집 사내는 눈에 거슬렸다. 그는 뭘 그리 어릿어릿하냐고 야단을 쳤다. 그랬더니 어린 딸은 숟가락을 한 손에 쥔 채 앉아 있기만 하고 통 수제비를 뜨려 하지 않았다. 그게 영양 부족으로 저녁때면 아주 눈을 못 본다는 것을 주인집 사내는 퍽 후에야 알았다.

어느 날부턴가 딸애는 심한 기침을 하기 시작했다. 백일해였다. 창고 안에 같이 들어 있는 사람들이 야단을 쳤다. 딴 애들한테 옮기기 전에 어서 딴 데로 나가라는 것이다. 그중에서도 가는 금테 안경을 쓰고 나비수염을 키운 바로 옆자리의 의사라는 자가 더

심했다. 주인집 사내는 아무런 대꾸도 하지 못했다. 불행히도 백일해가 전염병이란 걸 그 자신이 알고 있었기 때문이다. 앓는 애를 업고 창고를 나온 그들 가족은 갈 곳이 없었다. 부산이라곤 하지만 대한의 밤바람은 살을 도려내는 듯 매웠다. 하는 수 없이 창고 마당에 쌓아 놓은 가마니 더미 밑에 네 식구가 쭈그리고 앉았다. 서로 몸을 꼭 대고 앉아 다 떨어진 담요를 덮었다. 세 살짜리를 꼭 껴안고 얼굴을 맞비비고 있는 아내의 어깨가 흐득흐득 울고 있었다. 그의 무릎 위에 꾸부리고 있는 일곱 살짜리 딸애는 내장을 전부 토해 내는 것처럼 기침을 깃다가 꺽꺽 까무러치며 아비의 가슴을 할퀴었다. 주인집 사내는 그날 밤에도 하늘엔 시인들이 좋아하는 별들이 무수히 떠 있었다고 회상한다.

딸을 잃은 주인집 사내는 부두에서 같이 일하던 노인 '박씨'를 도와 흑인 상대로 아편 밀매를 시작한다. 대학을 나와 교사질 십 년을 한 것보다 한 달에 번 돈이 더 많았다. 그러던 어느 날 '박씨'가 흑인 부대 뒷산에서 총에 맞아 죽는다. 주인집 사내는 자신의 방에서 기식하던 '박씨'의 궤짝을 열어 보았다. 자기 돈의 거의 배나 되는 거금이 들어 있었다. 주인집 사내는 아편 장사를 그만두고 환도하여 교사로 복귀한다. 하지만 그는 이전의 그가 아니었다. "보초선(步哨線)에 선 병정 모양 항상 방아쇠에, 손가락을 걸고 싸늘하게 상대방의 심장을 겨누고 있어야 자기 생명을 지킬 수 있는 세상"을 직시하게 된 것이다. 그는 아들에게 규칙 따위는 무시한 채 권투 훈련을 시킨다. 그의 말마따나 끝까지 꺾이지 않는 정신 무장을 위해서다. 어처구니없이 딸을 잃은 자신의 어리석음을 아들은 되풀이하지 말라는 뜻에서다.

전쟁이 세상을 통째로 바꿔 버렸다고 생각하는 주인집 사내는 뜬금없이 '한강 백사장'이란 것을 소위 전후의 청년들은 어떻게 생각하는지 '나'에게 묻는다. 미처 대답을 못 하자 그는 다음과 같이 자기 말을 잇는다.

> "백사장. 그건 꼭 '우리'라는 말과 같은 것이 아닐까요. 그저 수없이 많은 모래알. 그것이 어찌다 한 곳에 모였을 뿐. 아무런 유기적 관계도 없이. 안 그렇습니까? '우리'. 참 좋아하고 또 많이 쓰던 말입니다. 우리! 그런데 피난 중에 저는 그만 그 말을 잃어버렸습니다. 폭탄의 힘은 참 위대하더군요. 저는 돌아온 이 서울 거리에서 '우리' 대신 폐허 위에 수많은 '나'를 발견했습니다. 나, 나, 나, 나, 나. 나 정말 한강의 모래알만치나 많은 '나.'"

민족이라는 이름의 공동체가 허상에 불과하다는 사실을 전쟁이 똑똑히 가르쳐 주었다는 웅변이다. 오로지 파편화된 개인의 생존이 현실의 유일한 과제라는 각성이다. 하여 어린애를 담요에 싸 업은 여자 거지가 한 푼만 달라고 했을 때 주인집 사내는 단호히 말한다. "없습니다." 이 냉정한 거절에 숨은 뜻은 그가 피를 쏟으며 달려드는 아들의 주먹을 온몸으로 받아내면서도 소리 없는 웃음과 함께 눈물을 흘리는 순간에 이르러서 온전히 이해된다.

주인집 사내는 공식적인 환도령이 내려지기 전 서울로 숨어 올라와 헐값에 지금의 집을 샀다. 그는 그것이 반 불법 소유임을 자인한다. 그러면서 아이러니한 현실을 다음과 같이 비웃는다.

> "남으로 도강(渡江)해서 생명을 불법소유한 사람. 북으로 도
> 강해서 집을 불법소유한 사람. 사기(詐欺) 도박(賭博)."

도강뿐이랴. 많은 사람이 38선을 넘는 불법을 저지르고서 살아남았다. 일제와 미군의 기지였던 국유지를 무단으로 점유하여 해방촌을 일군 「오발탄」의 '철호' 가족 같은 월남인이 그들이다. 그 반대편에 선 이들은 북으로 건너가, 월남한 이들이 두고 간 땅을 얻었다. 토지개혁 덕에 지주가 된 소수의 월북인이 그들이다. 「몸 전체로」의 주인공 하숙집 주인 사내는 그와 같은 두 사태 모두를 불법 소유, 곧 사기요 도박으로 판정한다. 그는 딸을 잃고서야 이 깨달음에 다다랐다. 이범선의 소설에 새겨진 전후의 풍경이다. 이념의 가면이 벗겨진 현실의 민낯이다.

❀ 〈경향신문〉에 「필화 70년」을 연재한 평론가 임헌영은 그 하나로 이범선의 「오발탄」에 얽힌 일화를 소개한다.

치통을 심하게 앓던 주인공 '철호'는 무리하게 이빨을 뽑고서 택시를 탄다. 하지만 심한 출혈로 정신이 혼미해진 '철호'는 목적지를 정하지 못한 채 정신이 이상해진 자신의 어머니처럼 "가자!"는 말만 되풀이한다. 기사는 "어찌다 오발탄 같은 손님이 걸렸어"라고 중얼거린다. 운전수의 그 말에 '철호'는 까무룩 잠이 들어 가는 것 같은 속에서 "그래 난 네 말대로 아마도 조물주의 오발탄인지도 모른다. 정말 갈 곳을 알 수가 없다. 그런데 지금 나는 어디던 가긴 가야 한다"고 생각한다.

바로 이 장면이 문제가 된다. 이 작품을 발표할 당시 이범선은 기독교 재단 대광고등학교의 교사였다. 그런 그가 신의 완전한 창조물 인간을 두고서 "조물주의 오발탄"이라 말한 것이다. 이 일로 이범선은 학교에서 해직된다. 이범선이 신을 모독한 것인지, 학교가 문학을 멸시한 것인지 쉽게 판단이 서지 않는 사건이다.

원작 넘어선 영화 <오발탄>

❂ 유현목 감독은 영화 <오발탄>을 돈이 생길 때마다 조금씩 촬영했다. 영화가 완성되기까지 2년여가 걸렸고, 제작에 총 800만 환이 소요됐다. 비슷한 시기 개봉된 <춘향전> 제작비의 10분의 1에 불과한 저예산 영화다. 제작비 부족이 <오발탄>의 시나리오가 탄탄해진 계기가 되었을 뿐만 아니라 후반기 작업에도 충분히 공을 들일 수 있는 여력을 주었다니, 블록버스터 영화가 넘쳐나는 오늘날의 영화계에 시사하는 바가 적지 않다. 김진규, 최무룡, 문정숙, 엄앵란 등 출연 배우 모두가 당대 최고의 스타였음에도 거의 출연료를 받지 않았다고 한다. 조명계의 노장 김성춘, 김학성 촬영감독 등 스태프 또한 무보수로 참여했다.

영화 <오발탄>의 시나리오는 원작 소설 「오발탄」을 상당 부분 각색했다. 그러면서 이야기의 폭이 크게 넓어졌다. 소설에 나오지 않는 곁가지 이야기가 적잖이 보태진 결과다. 일례로 '영호'는 다방 레지이자 영화배우인 '미리'로부터 영화 출연을 제의받는다. 하지만 그것이 자기의 옆구리에 난 관통상 때문임을 알고서 '영호'는 자리를 박차고 나온다. '설희'라는 인물이 '영호'의 연인으로 등장하는 설정 역시 소설에는 등장하지 않는다. 이렇듯 '영호'의 주변 사정이 상세히 보강되면서 주인공 역할이 그에게로 옮겨간다. 이외에도 여동생 '명숙'이 양공주가 된 사연을 영화는 구체적으로 밝힌다. '명숙'의 약혼자 '경식'은 전쟁 중에 다리를 다쳐 불구가 된 자격지심 때문에 의식적으로 그녀를 멀리한다. 결국 파혼을 당한 '명숙'은 자포자기의 심정으로 미군에게 몸을 팔기 시작한다. 궁핍한 가정 형편을 돕고자 양공주로 나선 소설과 사뭇 다른 이야기 전개다. 이렇듯 영화는 소설과 비교해 훨씬 풍성한 사건을 긴박감 있게 이어간다. 원작을 뛰어넘는 각색작이 없다는 말이 무색하리만치 영화 〈오발탄〉은 탄탄한 이야기 짜임새를 보여 준다.

비단 각본만이 아니라 영화미학 측면에서도 〈오발탄〉은 한국 영화사의 기념비적인 작품이다. 흑백 화면의 이 영화는 현지 촬영, 자연조명, 비전문 배우의 기용 등 전후 이탈리아를 풍미했던 사실주의 영화미학 네오리얼리즘(Neo-Realism) 경향이 짙다. 〈오발탄〉은 자연광에 최대한 노출된 사실적인 영상과 함께 후시(後時) 녹음되었는데, 비행기 소음과 노모의 절규가 빚어내는 음향 효과가 인상적이다. 여기에 피사체의 움직임을 따라 카메라를 이동시키며 촬영하는 트래킹 쇼트(tracking shot) 기법이 적용되었다. 오늘날의 작품들과 견주어도 세련미에서 전연 뒤지지 않는 기교다. 주연 김진규와 최무룡의 사실적인 연기 또한 극찬받았다.

2020년 영화 〈오발탄〉은 김홍준 연출과 배우 오만석의 화면 해설로 부활했다. 시각 장애인과 청각 장애인의 관람을 염두에 둔 배리어 프리(barrier free) 버전으로 제작된 것이다.

소설과 영상의 간극

❋ KBS TV에서 오랜 기간 방영되었던 단막극 드라마 시리즈가
있다. 〈TV문학관〉이다. 추억으로 남은 이 프로그램의 전신은
1979~80년 방영된 〈문예극장〉이다. 〈문예극장〉이 종영된 후
1980년 12월 18일 김동리의 소설 「을화」를 첫 회로 1987년 10월
3일 마지막 회 유홍종 원작 「프랑소아즈 김」에 이르기까지 〈TV
문학관〉은 수많은 문학작품을 극화했다. 무려 277회에 이른다.
이범선 작 「학마을 사람들」은 1985년 8월 24일 194화로 방영되
었다. 박구홍이 쓴 극본을 김재순이 연출했다.

　우수한 소설 작품을 드라마로 제작해 많은 시청자에게 소개했
다는 점에서 〈TV문학관〉의 기여는 높이 살 만하다. 그러나 원작
에 담긴 세밀한 묘사까지 시청자가 실감할 수는 없는 노릇이었다.
예컨대 소설 「학마을 사람들」의 다음과 같은 장면이 그렇다.

　　봉네는 앞으로 다가서는 덕이의 얼굴만 빤히 건네다 볼 뿐
　　대답이 없었다. 덕이도 그저 봉네의 까만 눈을 들여다보고 섰는
　　수밖에 없었다. 봉네의 눈동자에는 점점 더 윤이 피었다. 그네
　　의 눈동자 속에 푸른 하늘이 부풀어 오른다 하는 순간 따르르
　　눈물이 뺨을 굴렀다.
　　　"학이……."
　　옛날 학마을 처녀 탄실이가 하던 고대로의 외마디 말이었다.

봉네는 가만히 고개를 떨어뜨렸다. 무명 적삼이 젖가슴에 찢어질 듯 팽팽하였다. 덕이는 봉네의 머리에서 새그므레한 땀내를 맡았다.

학마을의 처녀들은 물을 길러 뒷산 박우물로 가자면 꼭 학나무 밑을 지나가야 했다. 어쩌다 학의 똥이 물동이에 떨어지면 그 처녀는 그해 안에 시집을 간다는 오랜 믿음 때문이다. 그래서 나이 찬 처녀들은 물동이를 이고 학나무 밑을 지날 때면 걸음걸이가 더욱 의젓했다. 한 해에 한둘은 꼭 물동이에 학의 똥을 받았고, 그들은 틀림없이 그해 안에 시집을 갔다. 위 인용문은 '봉네'가 '덕이'에게 자신의 물동이에 학의 똥이 떨어진 사실을 전하며 마음을 에둘러 고백하는 장면이다. 오감의 이미지로 표현된 '봉네'와 '덕이' 사이에 흐르는 그 미묘한 긴장을 〈TV문학관〉은 영상에 어떻게 담아냈을까?

「오발탄」의 해방촌, 「갈매기」의 장승포
❀ 광복과 함께 만주, 일본 등지에서 동포들이 대거 귀국했다. 그들 중 상당수는 서울 남산 아래 터를 잡았다. 6·25사변이 나고 남으로 피난 온 이들 또한 그곳에 거처를 마련했다. 실향민들은 처음엔 과거 일본 육군의 관사 자리에 모여 살았다. 그런데 미군정청이 관사로 쓰겠다며 강제로 주민들을 내쫓았다. 그들은 관사

해방 직후의 해방촌

위 일본군 사격장으로 옮겨 갔다. 궁핍했던 그들은 토굴을 파거나 움막을 지어 살았다. 그렇게 무허가 판잣집이 늘어나자 이번엔 정부에서 철거반원을 동원해 집을 부쉈다. 많은 이들이 그곳을 지키려 맞섰고, 그곳은 70여 년이 지난 지금도 여전히 해방촌으로 불리고 있다. 오늘날 용산구 용산동 1, 2가 일대의 역사다. 해방촌이란 명칭과는 정반대로 그곳은 가난의 굴레에서 벗어나지 못한 이들의 최후 보루였다.

해방촌은 소설 「오발탄」의 주요한 공간적 배경이다. 이범선이 그린 1950년대 후반의 해방촌 풍경은 이렇다.

산비탈을 도려내고 무질서하게 주워 붙인 판잣집들이었다. 철호는 골목으로 접어들었다. 레숑 곽을 뜯어 덮은 처마가 어깨를 스칠 만치 비좁은 골목이었다. 부엌에서들 아무 데나 마구 버린 뜨물이 미끄러운 길에는 구공탄 재가 군데군데 헌데 더뎅이 모양 깔렸다.

저만치 골목 막다른 곳에, 누런 쎄멘트 부대 종이를 흰 실로 얼기설기 문살에 얽어맨 철호네 집 방문이 보였다. 철호는 때에 절어서 마치 가죽끈처럼 된 헝겊이 달린 문걸쇠를 잡아당겼다. 손가락이라도 드나들 만치 엉성한 문이면서 찌걱찌걱 집혀서 잘 열리지를 않았다. 아래가 잔뜩 집힌 채 비틀어진 문틈으로 그의 어머니의 소리가 새어 나왔다.

✿「갈매기」의 실재 배경은 지금의 거제시로 통합된 옛 장승포다. 「갈매기」의 시간적 배경은 장승포가 행정구역상 거제군에 속해 있던 때다. 당시 항공 사진을 보면 장승포항은 민둥산에 둘러싸여 있다. 비포장도로에 그리 많지 않은 초가집, 그리고 고기잡이 어선 몇 척이 정박해 있는 한적한 포구다. 이범선이 「갈매기」에서 묘사한 정경도 이와 크게 다르지 않다.

호수처럼 동글한 포구 한가운데는 경찰서 수상 경비선이 하얀 선체를 한가히 띄우고 있고, 왼쪽 시장 앞에는 돛대 끝에 빨

「갈매기」의 배경인 1940~50년대 장승포항

간 헝겊을 단 어선이 네 척 어깨를 비비고 머물렀다. 그리고 저 만치 앞에 두 대의 흰 등대. 그 등대 허리에 가는 수평선이 죽 가로 그어졌다. 바로 그의 발밑에서 넘실거리는 바다가 아득히 수평선을 폈고, 그 선에서 다시 또 하나의 바다. 맑은 가을 하늘 이 아찔하니 높이 피어올랐다.

매년 장승포항에서는 거제시가 후원하고 한국문인협회 거제 지부가 주관하는 '거제 선상문학예술축제'가 열린다. 시와 노래 와 음악이 어우러진 축제다. 주최측은 장승포항이 단편소설 「갈 매기」의 무대라는 사실을 빼놓지 않고 알린다. 「갈매기」의 주인공 '훈'과 그 가족은 떠났지만, 그 자취는 그렇듯 축제로 기억되고 있다. 축제에 참여한 이들은 후일 「갈매기」를 읽었을까? 그 작자가 학창 시절 교과서에서 만난 「오발탄」과 「학마을 사람들」의 작가 이범선이라는 사실을 안다면 의아해 하지 않을까? 섬을 떠난 '훈'의 이후 행적 못지않게 궁금하다.

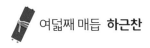
상이傷痍는
상이相異하지 않다!

　한국 근현대 소설 가운데 중고교 교과서 수록 빈도가 가장 높은 작품의 하나가 하근찬의 「수난이대(受難二代)」다. 1957년 〈한국일보〉 신춘문예 당선작인 이 작품이 반세기가 훨씬 지난 지금 우리의 교육 현장에서 여전히 환영받는 이유가 무엇일까?

　EBS의 한 교재는 이 작품과 관련하여 다음과 같은 질문을 학습 내용으로 제시해 놓고 있다.

　　주관식. 이 글에서 만도와 진수의 수난이 상징하는 바를 시대
　　적 배경과 관련하여 설명하시오.

위의 요구에 응답하고자 주변 사실을 살피다 창작 과정에 얽힌

흥미로운 사연들을 알게 되었다.

「수난이대」—외나무다리의 선택은

하근찬이 「수난이대」의 모티프를 떠올린 것은 1956년 가을 어느 날 동해남부선 삼등열차 안에서다. 부산에서 대학에 다니고 있던 그는 고향 영천을 기차로 왕래했다. 그 무렵 기차 타기란 이만저만한 고역이 아니었는데, 연발 연착이 다반사에 차 속에서 으레 두어 차례 증명서 조사를 받아야 했다. 가장 큰 곤혹은 끊임없이 잡상인에게 시달리는 일이었다. 잡상인은 대개가 상이군인이었다. 팔이 하나 없거나 다리가 하나 떨어져 나갔거나 혹은 얼굴이 형편없이 뭉개져 버린 상이군인들이 둘 또는 셋씩 패를 지어 다니며 물품을 강매했다. 손 대신 쇠갈고리가 박힌 의수로 협박하듯 물건을 불쑥 내밀며 사라는 데는 질리지 않을 도리가 없었다. 사 주면 그만이지만, 그렇다고 한두 번도 아닌데 번번이 살 수 없는 노릇이었다. 그러나 안 산다고 그냥 고개만 내저었다가는 야단이 난다.

"우리가 누굴 위해 이렇게 됐는지 모르갔수?"

이내 쇠갈고리가 눈앞으로 다가든다. 그러니 더럽지만 미안하다고 연신 말해야 한다. 하근찬은 그런 분위기의 기차 안에서 일차로 「수난이대」의 모티브를 얻었다.

그 같은 시대상을 구체적인 이야기로 구상하는 데 하근찬은 또 하나의 우연과 마주친다. 기차 안에서 이름 있는 필자가 쓴 기행문을 읽은 일이다. 유럽 어느 도시의 뒷골목에서 만난 신기료장수의 이야기였다. 아들은 2차대전 때 죽고 자신은 1차대전 때 다리를 하나 잘린 일가족의 수난사였다. 이들 직간접 경험을 한데 엮은 결과가 「수난이대」다.

'박만도'는 전쟁터에 나갔던 삼대독자 '진수'가 살아 돌아온다는 통지를 받고 역으로 향한다. '진수'에게 먹이려 고등어 한 마리를 사며 '만도'는 자신의 과거를 떠올린다. 젊은 시절 그는 남양의 어떤 섬으로 강제 징용되어 갔다. 어느 날 공습을 피해 굴로 들어갔다가 때마침 다이너마이트가 터져서 한쪽 팔을 잃었다. 그러한 상처를 지닌 '만도'는 한쪽 다리를 지팡이로 대신한 아들 '진수'와 상봉한다. 부자는 앞서거니 뒤서거니 집을 향해 걷는다. '진수'는 아버지의 걸음에 뒤처지자 저도 모르게 흘러내리는 눈물을 참으려 애쓴다. 중도에 주막에 들른 '만도'는 술 석 잔을 연거푸 들이켜고 '진수'에게는 국수를 시켜 준다. '진수'는 수류탄에 한쪽 발을 잃었노라 말하며 앞으로 어떻게 살아가야 할지를 아버지에게 묻는다. 두 사람은 마침내 외나무다리에 다다른다. '만도'는 남은 한쪽 발을 걷고 물속으로 들어가려는 '진수'에게 등에 업히라 말한다. 아버지 '만도'는 그렇게 한쪽 팔로 아들을 업고, 아들 '진수'는 지팡이와 고등어를 한 손씩 들고 강을 건넌다.

「수난이대」의 결말을 두고 작자 하근찬의 고민은 꽤 깊었다.

외나무다리 위에 오른 불구 부자가 무사히 다리를 건너가게 하느냐 아니면 중도에 냇물에 떨어지게 하느냐를 놓고 쉽사리 결정하지 못한 것이다. 뒤의 경우 수난을 강조하여 주제를 더욱 짙게 하는 효과가 있다. 앞의 경우 그러한 수난 속에서도 삶의 의지를 포기해서는 안 된다는 메시지를 독자에게 전달할 수 있다. 하근찬은 절망을 딛고 넘어서려는 의지, 그 강인한 삶의 집념 쪽을 택했다.

하근찬의 속내를 엿본 것일까, 시상식 날 신춘문예 심사위원 한 사람이 여담으로, "그 두 부자가 외나무다리에서 떨어지게 했다면 더 재미있었을 텐데……"라며 아쉬움을 표하더란다. 하근찬이 그 반대의 결말을 선택한 이유는, "이 땅과 이 겨레의 암담한 운명의 극복을 희망하고 싶어서"였다. 기차 안에서 만난 상이군인의 모습에서 전쟁이라는 괴물의 수법과 잔인하고 거대한 그 괴물의 그림자 속에서 발버둥 치는 민중의 무고한 모습을 실감한 하근찬이었기에 당연한 결정이었을 테다. 하지만 그 같은 결말이 왠지 거북스러운 건 필자의 삐딱한 시선 탓일까? 그처럼 아름다운 반전(反轉)을 되려 반전(反戰)에 반(反)하는 메시지로 읽는 필자의 도량이 좁은 걸까?

낙관적 전망의 제시라 할 결말 덕에 「수난이대」는 교과서 필진이 가장 선호하는 텍스트로 남을 수 있었다. 그 결과 다음과 같은 문제가 출제되고 있다.

「수난이대」에 대한 설명으로 옳지 않은 것은?

① 사투리를 사용하여 토속적인 느낌이 든다.

② 6·25전쟁이 배경인 전후문학에 해당한다.

③ 한 가정의 비극은 민족 전체의 비극을 상징한다.

④ 비극적 상황을 극복하려는 삶의 의지가 나타나 있다.

⑤ 1인칭 관찰자 시점을 사용하여 객관적인 시선을 유지한다.

앞서 보인 주관식 문제의 답이 여기 고스란히 담겨 있다. 일선 교육 현장에서는 「수난이대」의 학습 내용으로 외나무다리의 함의를 묻는다. 그러면서 외나무다리가 이 작품에 두 번 등장한다는 사실에 주목할 것을 요청한다. 아들을 만날 기대에 찬 '만도'가 역으로 마중 갈 때와, '진수'를 업고 집으로 돌아올 때다. 교사용 지도서는 뒤의 외나무다리를 "절망적인 현실이면서 동시에 그것을 극복하려는 의지의 상징"으로 풀이한다.

쌍권총을 시전할 수 없는 외팔이 샌드위치맨

「흰 종이수염」(1959) 역시 「수난이대」와 같은 배경의 작품이다. 사친회비를 못 내 학교에서 쫓겨난 '동길'이가 냇가에서 한참을 놀다 집에 오니 징용 갔던 아버지가 돌아와 계셨다. 반가움도 잠시, '동길'이는 한쪽 팔이 없어진 아버지가 무서워진다. 아버지를 본 '창식'이와 아이들은 외팔뚝이라 '동길'을 놀려 댄다. 며칠 뒤

'동길'이는 사친회비를 내지 못해 책보를 빼앗긴 채로 학교에서 쫓겨난다. 아버지가 선생님을 만나고 와 빼앗긴 책보를 '동길'에게 건네주며 사친회비는 걱정하지 말라 한다. 그리고서 아버지는 극장의 선전부원으로 취직했다며 흰 종이를 오려 수염을 만든다. 하굣길에 '동길'이는 영화의 광고판을 몸에 매달고 있는 광대 분장의 아버지를 보게 된다. 아버지의 흰 종이수염을 '창식'이가 건드린 데 화가 난 '동길'이는 달려든다. 소리도 못 지를 정도로 '창식'이를 때리는 '동길'을 발견하고서 아버지는 놀라 말린다. 어린 '동길'이가 이야기하는 아버지의 귀향 이후의 전말이다.

그런데 '동길' 아버지는 그 사정을 사뭇 다르게 전한다. 징용 가기 전 '동길' 아버지는 목수였다. 한쪽 팔을 잃은 지금 그 일은 가당치 않다. 그래서 구한 일자리가 극장의 선전부원이다.

"그래 와, 나는 극장에 취직하면 안 될 사람이가? 그것도 다 김주사, 우리 오야붕 덕택이란 말이여, 팔뚝을 한 개 나라에 바친 그 덕택이란 말이여, 으ㅎㅎㅎ······."

그렇게 팔 한쪽과 새 일자리를 맞바꾼 '동길' 아버지는 겉으로는 한껏 기쁘다.

"을씨구, 저 봐라 우리 극장 선전이다. 이래 뵈도 나도 내일부

턴 극장 선전부원이란 말이여, 선전부원. 으ㅎㅎㅎ……."

　　그리고는 벌떡 일어서서 흘러오는 노랫소리에 맞추어 우쭐 우쭐 춤을 추기 시작했다. 하나밖에 없는 팔을 대구 내저으며 제법 궁둥이까지 흔들어대다. 꼴불견이다. 동길이는 킬킬킬 웃었다. 그러나 어머니는 이맛살을 찡그리며

　　"아이구, 무슨 놈의 술을 저렇게도 마셨노. 쯧쯧쯧……."

　　혀를 찼다.

　　'동길' 어머니는 그런 남편을 못마땅하게 바라본다. 춤을 추던 아버지는 이내 훌쭉훌쭉 흐느낀다. 양쪽 귓전에는 두 눈에서 솟구친 눈물이 추적추적 걷잡을 수 없이 흘러내린다. 그래도 취직한 게 어딘가? '동길' 아버지는 "광대놀음 하는게?"라는 아내의 핀잔을 서글피 웃어넘기며 종이수염 만들기를 계속한다.

　　다음 날 '동길' 아버지는 삼거리에 메가폰을 들고 섰다.

　　"아 ─ 오늘 밤에 아 ─ 오늘 밤에 활동사진은 쌍권총을 든 사나이, 아 쌍권총을 든 사나이, 많이 구경하로 오이소!"

　　'동길' 아버지는 다른 활동사진도 아니고 하필이면 〈쌍권총을 든 사나이〉를 보러 오라 그리 목 놓아 외친다. 쌍권총 사나이를 흉내조차 낼 수 없는 외팔에 알롱달롱한 고깔을 쓰고 밀가룬지

뭔지 모를 뿌연 분을 덕지덕지 얼굴에 칠해 턱수염마저 허연 분장을 하고서 말이다.

전쟁은 팔 한쪽을 빼앗은 것만으로 부족했는지 가족의 생계 책임을 물어 그렇듯 '동길' 아버지를 진짜 광대로 만들었다. 그러나 그 아이러니한 현실도 그의 부정(父情) 앞에서만큼은 장애가 되지 못한다. 아버지를 놀리는 '창식'이를 마구 때리는 아들에게 '동길' 아버지는 광고판을 벗어 던지고서 하나 남은 손을 대구 내저으며 달려든다. 애써 만든 흰 종이수염이 떨어져 가슴에서 너풀너풀 춤을 추는 줄도 모른 채. 그러면서 '동길' 아버지는 "와 이카노?"를 연발한다. 작자 하근찬이 「흰 종이수염」의 마지막 장면에서 던진 질문이다. 나라에 한쪽 팔을 바친 대가로 극장 선전부에 취직할 수 있었다고 믿고 싶은 '동길' 아버지에게 세상이 왜 그토록 가혹한지를 물은 건 혹 아닐까?

뱃사공이 강길을 끊은 까닭은

「흰 종이수염」보다 석 달 앞서 하근찬은 「수난이대」의 후속작이라 할 단편 「나룻배 이야기」(1959)를 발표했다. 주인공 '삼바우'는 나룻배로 마을과 읍내를 이어 주는 뱃사공이다. 전쟁이 나자 젊은이들은 하나둘 '삼바우'의 나룻배를 타고 마을을 떠나 전쟁터로 나간다. '두칠', '천달'과 함께 아들 '용팔'이 입대한 후 얼마쯤 세월이 흐르고, '삼바우'는 '동식'과 '수만'을 배에 태워 떠나

보낸다. 그리고 이듬해 봄 '두칠'이 상이군인이 되어 귀향한다. 곧이어 '천달'이도 흰 보자기에 싸인 상자에 유골로 담겨 돌아온다. '천달'이의 장례를 치르던 날 양복쟁이와 총을 멘 사내가 강 건너에서 '삼바우'의 나룻배를 부른다. 그러나 '삼바우'는 손님을 태우지 않고 마을 쪽으로 부리나케 도망치듯 노를 젓는다.

　하근찬은 「나룻배 이야기」에서 전작들에서보다 한층 노골적으로 전쟁에 대한 반감을 드러낸다. 유골로 돌아온 '천달'이 징집되어 가기 전 그의 아내 '순녀'는 임신 중이었다. 그가 죽음에 이르렀을 순간 '순녀'는 아들을 낳는다. 그 아들은 엄마 '순녀'의 등에 업혀 유골의 아버지를 처음 만난다. 그런가 하면 아들 '두칠'의 무사 귀환을 간절히 빌던 '모량댁'은 끝내 아들과 재회하지 못하고서 세상을 뜬다. 운명의 조롱인 듯 '두칠'은 어머니가 세상을 떠난 뒤에야 고향에 돌아온다. 살아 돌아왔다지만 '두칠'이는 산 사람이 아니었다.

　　눈이 하나밖에 없었다. 코가 대추같이 녹아 붙었고 귀도 한 개는 고사리처럼 말려들었다. 온 얼굴이 서툰 다리미질을 해놓은 것 같았다. 삔들삔들 윤이 나는 뻘건 살점이 목덜미까지 흘러내렸다. 휘주근한 군복을 걸치고 있었고, 이 좋은 봄날에 무슨 놈의 장갑을 한 짝 끼고 있었다. 그리고 한 손에는 개라도 때려눕힐 그런 몽둥이를 지팡이 삼고 있는 것이었다.

그 '두칠'을 누구보다도 기다린 이가 '삼바우'의 딸 '갑분'이다. '두칠'이 돌아오면 딸과 짝지어 주려던 '삼바우'의 마음은 도깨비로 변해 버린 그 몰골에 여지없이 흔들린다.

'두칠'이가 전하는 전장은 말 그대로 아비규환이다.

> "막 죽심더. 개보다도 몽하구마. 파랭이(파리)보다도 몽하구마."

> "뻥! 하면 하늘로 훅훅 날라가 버리누마. 빽따구도 몽 찾누마."

> "배가 툭 터져서 줄줄 쏟아지는 창자를 끌어 넣으며 죽는 사람도 있고……."

그 사정 이야기를 들으며 '삼바우'는 분한 생각에 아랫도리가 후둘 떨린다. 노여움이 "후유—" 하는 한숨이 되어 쏟아진다.

입대 영장을 받은 아들 '용팔'이와 '두칠'이, '천달'이가 술에 취해 "전쟁이란 웬말이냐 치이나칭칭나아네 젊은 청춘이 원통하다 치이나칭칭나아네" 구슬픈 사설을 늘어놓을 때도 '삼바우'는 아랫배까지 드러내 놓은 채 큰대자로 나자빠져서 코를 골던 인사였다. 심지어 입영열차가 떠나는 순간 역에 모인 가족들이 모두 비탄의 아우성을 칠 때도 혼자 "만세이!"라 고함을 지른 '삼바우'였다. 그랬던 그가, "안 되지, 안 돼, 안 되고말고 마을에서 나룻배를 만들 때는 마을 사람들 편리하라고 만들었지, 누가 어디 저거 자식 잡아가라고 만들었는 줄 아나? 흥!" 하며 강길을 끊어 버린다. '수만'이와 '동식'이, 그리고 아들 '용팔'이의 생사마저도 모르는 상황에서 또 마을 청년 누군가를 전쟁터로 끌고 가려는 이들이 나타나자 '삼바우'가 돌발적인 행동으로 반감을 표출한 것이다.

전장에 가더라도 모두가 죽는 것은 아니라며 '두칠' 어머니 '모량댁'을 위로할 정도로 천성이 낙천적이던 '삼바우'마저 돌변하게 만든 전쟁이다. 그 전쟁은 인민 혹은 국민이라는 이름의 책임을 물어 미약한 개인들에게 번제를 강제했다. '용팔'이와 '두칠'이, '천달'이는 "태극기 그려놓고 천세만세 부르자. 대한민국 국군 되기 소원합니다" 뱃전을 두들겨 노래 부르며 전장으로 향했다. 그 순간 그들 모두는 우는 상판이었다. '삼바우'가 강길을 끊은 사건은 그처럼 되풀이되는 폭력적 상황에 대한 분노이자, 순진한 뱃사공의 소심한 항거였다. 이렇듯 「나룻배 이야기」는 「수난이대」와 「흰 종이수염」을 통해 전한 메시지와 다른 각도에서 전쟁을 바라본다.

아메리카니즘 비껴간 「왕릉과 주둔군」

「왕릉과 주둔군」(1963)은 한국전쟁을 문제 삼은 하근찬의 소설

가운데 창작 시기상 끝자락에 해당한다. 이 작품은 전쟁이 부른 비극적 사태를 모티프 삼은 하근찬의 전작들과 그 색채가 다르다. 무엇보다도 핵심 모티프라 할 주인공 '박첨지'의 내적 갈등이 전쟁과 직접적인 관련성이 없다는 점에서 그러하다.

'박첨지'는 왕가의 후손이란 사실을 자랑으로 여기는 인물이다. 그는 조상의 왕릉을 관리하고 지키는 일을 삶의 유일한 보람으로 여긴다. 그런데 왕릉 근처에 서양 병정, 곧 미군이 주둔하면서 '박첨지'에게 걱정거리가 생긴다. 마을에 양공주들이 모여들고, 미군이 수시로 왕릉 주위를 어지럽히는 탓이다. 고민 끝에 '박첨지'는 문중회의를 열고 왕릉 둘레에 담을 쌓기로 한다. 어렵사리 공사가 진행되던 어느 날 감쪽같이 미군이 사라진다. 그와 함께 하나밖에 없는 딸 '금례'가 돈을 많이 벌어 돌아오겠다는 편지 한 장을 남기고 종적을 감춘다. 양공주들을 따라나선 것이다.

몇 해 뒤 가을 '금례'는 예전과 전연 다른 모습으로 돌아온다.

그 반질반질하던 숱 좋은 머리는 어디로 가고 꼭 새집 쑤셔 놓은 것 같은 머리가 어깨를 덮고 있었다. 치마는 무릎이 곧 내다보일 것만 같은 짧은 것이었고, 굽 높은 빨간 구두를 신고 있었다. 그리고 꼭 몇 해 전 그 낮도깨비들 같은 얼굴 화장 —그건 그렇다 치고 이 녀석은 도대체 어떻게 된 녀석이란 말인가?

멋쟁이로 변신한 딸 '금례'보다 '박첨지'를 더 놀라게 한 것은 그녀가 손잡고 있는 어린 사내아이였다. 파란 운동모자를 쓴 아이의 눈깔은 노랗고 머리칼도 노릿노릿했다. '금례'가 "철아, 외할아버지시다"라며 인사 드리라 하자 어린아이는 냉큼 운동모자를 벗더니 고개를 까딱 숙이고 나서 '박첨지'를 쳐다보며 노란 눈으로 생글 웃는다. '박첨지'는 "으음—" 하고 그만 울상을 하며 고개를 무겁게 돌려 버린다.

'금례'가 서양 병정의 아이를 낳았다는 소문이 마을에 퍼진 뒤 '박첨지'는 식음을 전폐하고 두문불출한다. 그러던 어느 날부턴가 '박첨지'는 중단된 왕릉의 담쌓기를 혼자서 다시 한다. 죽을 결심이었으나 왕릉의 담만은 마저 쌓아 올려놓고 죽어야겠다는 생각에서다. '박첨지'가 한창 담쌓기에 열중하고 있을 때, 외손자가 그를 따라와 왕릉을 기어오르며 놀았다. 이를 본 '박첨지'는 고함을 지르다 그만 흙이 담긴 지게의 무게를 이기지 못해 쓰러지고 만다.

서양 병정으로 불리는 미군과 '박첨지' 사이의 갈등을 그린 「왕릉과 주둔군」은 대학입시 국어 교과과정에 포함되면서 오늘날의 독자와 만나게 되었다. "왕릉으로 상징되는 전통문화와 주둔군으로 상징되는 외래문화의 충돌을 해학적으로 그리고 있다"는 것이 일선 현장의 교육 내용이다. 전문 연구자들은 이에서 더 나아가 하근찬의 여타 작품과의 차이에 주목한다. 「수난이대」를 비롯해 「흰 종이수염」, 그리고 「나룻배 이야기」가 육체적으로 훼손당한 인물 중심의 이야기였다면, 「왕릉과 주둔군」은 정신적 내상을 겪은 인물 형상을 통해 전쟁의 참상을 고발한 작품이라는 것이다. 일리 있는 설명이다. 그러나 오늘날의 시각에서 그 평가는 달라질 여지가 충분하다. 물론 다음의 두 가지 사항이 그 전제로 인정되었을 때의 이야기다. 첫째로 「왕릉과 주둔군」은 당대 현실을 사실적으로 재현한 작품이며, 둘째로 정치적 목적의식이 개입된 작품이 아니다.

한국전쟁 후 미군을 상대로 한 성매매 여성, 양공주라 낙인찍힌 그들은 미군·남성·국가·여성 집단의 필요에 따라서 외국 군인에게 몸을 팔아 민족의 자존심에 상처를 입힌 부정적인 인간으로 비난받거나 비천하고 불쌍한 희생양으로 동정받았다. 강정구의 지적대로 전후소설에 나타난 미군 상대의 성매매 여성 표상은 1950년대의 한국사회에서 구조화된 아메리카니즘에 대한 인식을 여실히 보여 준다. 이들 작품에는 첫째로 미국식 가치·문화를 진리의 위상으로, 반면에 한국식 가치·문화를 거짓의 위상으로 구분해 내는 사고방식이 내재해 있다. 둘째로 아내의 매음 대상인 미군을 향해 분노·비판·반발을 하지 않은 채 침묵으로 일관하는 남성의 모습에 반미적인 언행을 할 권리가 금지된 전후의 아메리카니즘이 투사되어 있다. 아울러 미군을 상대하는 성매매 여성과 문화적으로 구분 지으려는 일반인의 심리적인 자기검

열이 존재하는데, 미군과 성매매 여성을 진리와 거짓으로 나누어 어느 하나를 배척하는 태도가 숨어 있는 경우가 많다.

하근찬의 「왕릉과 주둔군」을 위와 같은 전후 아메리카니즘의 자장 속에 놓인 텍스트로 대하는 독법은 과연 타당할까? 이야기의 초점을 일방 서양 병정에만 두고 읽는다면 오히려 독자는 전후 아메리카니즘의 논리에 끌려들어 갈지 모른다. 그러나 이 작품의 핵심 모티프는 '박첨지'의 내적 갈등이다. 갈등의 원인 제공자가 서양 병정만도 아니요, '박첨지'와 그의 딸 '금례'가 그들 때문에 불행에 빠진 것도 아니다. 더욱이 그 갈등은 선악의 대립 구도 속에서 전개되지 않는다. 물론 '박첨지'의 시선에 왕릉을 능멸한 서양 병정들은 야만으로 비쳤을 법하다. 신성한 왕릉에서 양공주와 정사를 벌이는 것도 부족해 그 만행을 나무라는 자신을 조롱하며 위협하지 않던가. 그런 침입을 막고자 쌓기 시작한 돌담 공사에 서양 병정의 우두머리 장교가 어느 날 찾아와 도움 주기를 자청한다. 그것도 첨단의 중장비를 동원해 '박첨지'로서는 엄두도 못 낼 작업량을 단숨에 해치우며 말이다.

'박첨지'의 딸 '금례'는 또 어떤가? 마을을 떠나기 전 그녀는 서양 병정에게 겁간당할 뻔한 일이 있다. 그런 '금례'가 양공주들을 따라나선 사정은 그녀들이 누리는 신문물에 매혹되어서다. 많은 돈을 벌 수 있다는 희망에서다. 그녀가 만난 눈앞의 양공주들이 그 사실을 입증해 보여서다. 그녀의 가출은 그렇듯 타자의 욕망을 매개로 행해진 자발적 선택이었다. 그리고 버젓이 아들까지 데리고 금의환향하지 않았는가.

이처럼 하근찬의 「왕릉과 주둔군」은 전후소설이 그 구조화에 기여했다는 아메리카니즘의 문법에서 조금씩 엇나간다. 이 작품이 1960년 전후 한국사회의 현실을 그대로 옮겨 베낀 작업, 곧 전사(轉寫)라는 확신을 굳게 만드는 증거다. 역으로 풀이하면 자신이 목격한 진상을 특정 이념에 구겨 넣지 않은 작가정신의 발로였다는 말일 테다.

누가 양공주와 상이에 돌을 던지랴

다소간 과욕을 부려, 양공주 '금례'와 그녀의 혼혈아 아들이 오늘의 독자에게 환기하는 바를 하근찬의 앞선 작품들과 연결지어 곱씹어 보자. 앞서 언급했듯이 「왕릉과 주둔군」은 고등학교 문학 교육에서 "전통문화와 외래문화의 충돌을 다룬 텍스트"로 설명된다. 이러한 해석대로라면 '금례'의 혼혈아 아들은 바로 그 두 문화 간 갈등의 산물이라 할 수 있다. 외래문화의 침범으로 훼손된 전통문화의 기형성을 고발하는 존재인 셈이다. 그런데 정작 작자 하근찬은 이 혼혈아를 통해 전근대적 가치에 매인 '박첨지'의 시대착오적인 가치관을 은연중 비판한다. 임금의 후손임을 자부하며 왕릉을 지켜 내고자 몸부림치는 '박첨지'의 혈통을 이을 후손으로 혼혈아 손자를 등장시킨 일이 그 하나의 증거다.

노란 머리의 손자에게 왕릉은 놀이터다. 그것도 부족해 손자는 살아생전 마지막 남은 과업으로 왕릉의 담을 쌓는 외조부를 혓바닥을 날름날름 내보이며 조롱한다. '금례'의 혼혈아 아들은 그렇듯 '외래문화'와 '전통문화' 그 어디로도 환원되지 않는 존재다. 군이 따지자면 두 세계의 충돌 혹은 교섭이 낳은 혼종(hybrid)이요, 문화적 뒤섞임이 낳은 실존(existence)이다. 전후에만 일시 그랬던 것이 아니라 오늘날에도 한국사회는 이질적인 존재로 그들을 구별한다. 사회적 소수자로 차별한다. 전후 한국사회는 그 원죄를 양공주로 불린 여성들에게 물었다.

병자호란 때 적들에게 잡혀갔다 돌아온 여인들, 곧 환향녀에게는 오랑캐들의 노리개 노릇을 하다 왔다는 주홍글씨가 새겨졌다. 기혼녀의 경우 강제 이혼을 당하는 일이 비일비재했다. 기녀를 뜻하는 중국어 '화냥(花娘)'과 비슷한 발음의 환향녀(還鄉女)에 중의적으로 기원을 둔 '화냥년'의 유래다.

양공주는 현대판 화냥년이다. 전후의 사회적 소외는 비단 「왕릉과 주둔군」의 양공주 '금례', 그리고 그의 혼혈아 아들에만 국한된 것은 아니었다. 하근찬의 소설만 봐도 「수난이대」, 「흰 종이수염」, 「나룻배 이야기」의 등장인물 모두가 다르지 않은 삶의 행로를 걷고 있지 않은가. 상이군인이 아니더라도 상이군인의 아내 혹은 자녀라는 이유만으로도 냉대와 멸시가 당연한 듯 쏟아졌다. 진짜 비극은 서로가 누군가의 상처 혹은 삶의 어느 한 처지를 물어뜯음으로써 자신을 앞서 방어하려는 암묵적 공모로 번지고 만 데 있다. 이를 부추긴 심리적 기제가 '우리'라는 공동체로부터 따돌림당할지 모른다는 공포였음은 물론이다.

전후 한국사회는 육체와 정신 어디 한 곳이든 다쳐 제대로 쓰지 못하는 상이(傷痍)의 개인들로 넘쳐났다. 공동체의 이상이 상실된 아노미였다. 하근찬의 「왕릉과 주둔군」은 그러한 현실의 한 단면을 가감 없이 희화화하여 재현한 것이다. '금례'가 서양 병정의 아들을 데리고 왔다는 소문이 퍼지자 마을 사람들이 무슨 경사라도 생긴 것처럼 히히덕거리며 '박첨지' 집으로 모여드는 장면은 분명 전후 한국사회의 일상 풍경이었다.

'양공주는 국가가 포주였다.'

양공주, 양갈비, 양년, 유엔마담, 유엔사모님, 유엔레이디, 양키 창녀, 양키 마누라, 서양 공주 등으로 비하되어 온 이른바 미군 동거녀 혹은 기지촌 여성이 받은 차별의 책임을 물은 위의 말이 어느 순간 의심할 수 없는 명제로 사람들의 입에 오르내렸다. 그러나 필자는 '국가'로 명시된 책임 주체가 오히려 사태의 진실을 호도한다는 생각이다. 국가의 실체를 어디에서 찾아야 한단 말인가? 하근찬 소설 속 인물들은 국가로부터 국민이라는 이름을 부여받은 존재다. 국가는 필요에 따라 그들을 불러내 동원한다. 그리고 육체와 정신이 손상된 순간 일말의 주저도 없이 내친다. 운명의 주체적 선택자가 아니었으니 그들의 행위가 틀렸을 리 만무함에도 말이다. 비단 상이군인만이 아니라 공통의 운명에 던져졌다는 의미에서 몸과 마음을 다친 상이(傷痍)의 존재들은 서로 다르지 않다. 상이(傷痍)는 상이(相異)하지 않다. 민족 혹은 국가라는 간판 뒤에 숨은 위정자들만이 상이(傷痍)한 다수와 거리를 두어 상이(相異)한 소수로 남고자 했을 뿐이다.

놀랍게도 남북의 위정자는 공모를 의심할 정도로 유사한 행보를 보였다. 그들은 짐짓 단일민족의 신화를 과장하고선 당면 과제로 민족통일을 힘주어 외쳤다. 그 결과 벌어진 한민족의 아귀다툼은 상이(傷痍)의 존재들에 대한 차별을 하나의 흔적으로 남겼다. 이를 새삼스레 확인한 지금, 북한이 수행했다는 '조국해방전쟁'과 남한이 불의에 겪은 '6·25사변', 곧 국제사회의 공식 명칭 '한국전쟁'이 남북 위정자들에게는 권력의 명암을 가르는 절체절명의 지점이었다는 사실을 뒤늦게야 깨닫는다. 하여, 앞의 명제는 이제라도 다음과 같이 수정해야 옳을 일이다.

'상이(傷痍)는 위정자가 그 가해자였다.'

◉ 하근찬의 단편 「나룻배 이야기」에서 '용팔', '두칠', '천달' 세 청년이 함께 입대한 후 얼마쯤 세월이 흐르고서 '동식'과 '수만'이 뒤늦게 징집된다. 중공군의 참전으로 인해 예비병력 확충에 어려움을 겪은 한국 정부는 제2 국민병을 국민방위군으로 편성 조직했다. '동식'과 '수만'은 이 국민방위군에 징집된 것이다.

1951년 1·4후퇴를 전후하여 고위 장교들이 국고금과 군수물자를 부정 처분, 착복함으로써 예산이 바닥나 동상자와 병사자, 그리고 아사자가 최대 20여만 명에 이르는 일이 발생한다. 이른바 '국민방위군사건'이다. '동식'과 '수만' 역시 그 희생자였을 공산이 크다.

◉ 이 국민방위군사건을 다룬 소설이 김동리 작 「귀환장정(歸還壯丁)」이다. 이 작품은 잡지 〈신조〉 1951년 6월호에 「귀향장정(歸鄉壯丁)」이란 제목으로 처음 발표되었다. 그랬던 것이 창작집 『귀환장정』에 수록되면서 '귀환장정'으로 바뀌었고, 이후 공식적인 제목이 되었다.

전쟁통에 김해에서 부산으로 향하는 거지 같은 행색의 '의권'

과 '상복'은 장정 대기소에서 갓 제대한 동향인이다. 음식점에 들러 국밥과 낙지까지 곁들여 막걸리를 먹고, 없는 돈에 '의권'이 셈을 치른다. '상복'은 '의권'이 훈련 기간 동안 셈이 헤픈 건달이 된 것을 걱정하고, '의권'은 '상복'이 훈련 기간 동안 셈 앞에서 벌벌 떨며 맹추가 된 것을 걱정한다. '상복'은 당국이 어떻게든 자신들의 처지를 처분해 줄 거라며 비겁해진 모습을 보이고, '의권'은 당국에 기대기보다는 스스로 제 살길을 찾아야 한다고 생각한다. 그러면서 둘의 갈등은 깊어진다. 청방사무소에서 하룻밤을 지낸 '상복'은 자신의 품에 든 돈을 '의권'이 훔쳐 달아난 것에 절망한다. '의권'은 이튿날 부산시청 앞에서 졸도한 '상복'을 발견하고 사회부로 혹은 보건부로 가야 한다는 군중의 소동을 제치고 '상복'을 업은 채 골목으로 사라진다.

이 같은 내용의 「귀환장정」은 국민방위군사건을 배경으로 전쟁의 허구성과 그 이면을 날카롭게 들추어 내고 있다. 대표적인 전시소설로 평가받는 작품이다.

『여제자』에서 『내 마음의 풍금』으로

❀ 1999년 이영재 감독의 영화 〈내 마음의 풍금〉이 개봉되었다. 이병헌, 전도연, 이미연이 주연으로 출연한 이 영화는 제37회 대종상영화제에서 여우주연상(전도연)과 각색상을 수상했고, 제4회 쉐르미 다모레 영화제에서 작품상과 관객상을 수상했다. 그리고

제20회 청룡영화제에서는 여우주연상, 여우조연상, 신인감독상을 수상했다. 그러나 흥행 성적은 그리 좋지 못했다.

이 영화의 원작은 하근찬의 중편소설 『여제자』(1987)다. 하근찬이 영화의 각색 작업에 참여한 것으로 알려져 있다. 영화가 개봉된 해 『여제자』는 『내 마음의 풍금』(1999)이라는 바뀐 제목으로 재출간되었다.

하근찬은 스무 살 청년 시절 어느 산골의 국민학교에서 한동안 교편을 잡았다. 그때 한 여제자로부터 짝사랑 받은 일화를 담은 작품이 『여제자』다. 이 작품의 시간적 배경은 한국전쟁 전후다. 그 시대를 평범하게 살아간 사람들이 작품의 실질적인 주인공이다.

'나(강수하)'는 중년 여인으로부터 한 통의 전화를 받는다. '윤홍연'이라 자신을 밝힌 그녀는 초등학교 때의 친구들과 '나'를 찾아오겠다고 말한다. '나'는 30년 전 산리국민학교에서 근무했던 일을 기억해 낸다. 애송이 교사였던 '나'는 학생들의 일기 숙제를 검사하면서 '홍연'이 자신을 좋아하고 있다는 사실을 알게 된다. 그 무렵 '나'는 새로 부임해 온 여선생 '양순정'을 연모하고 있었다. 그러던 어느 날 그녀가 결혼식 소식을 전하고서 홀연 학교를 떠난다. '나' 역시 6·25사변으로 폐교되어 다른 학교로 전근하면서 제자들과 헤어진다. 중년의 제자들을 만난 '나'는 단체 사진을 보며 그 시절을 그리워한다.

소설 속 주인공 담임선생은 바로 작자 하근찬 자신이며, 여학생

'홍연'은 그의 제자가 모델이다. 소설에서 '홍연'이 담임선생님에게 혈서를 보내는데, 이 역시 실제 있었던 일이라고 하근찬은 밝힌 바 있다.

❀ 소설 『여제자』는 영화뿐만 아니라 뮤지컬 〈내 마음의 풍금〉으로도 제작되었다. 뮤지컬이 흥행 면에서 영화보다 월등히 성공적이었다. 2008년 초연 이래 네 시즌째인 2011년 이미 공연 횟수 200회를 돌파하며 10만 명 이상의 관객을 동원했다. 첫사랑에 대한 향수를 유쾌하게 재연한 것이 관객들에게 호평받은 비결이었다. 뮤지컬 〈내 마음의 풍금〉은 2008년 한국뮤지컬대상 최우수작품상과 극본상, 작곡상, 연출상, 무대미술상, 남우신인상 등 6개 부문을 수상했다. 그리고 2009년 더 뮤지컬 어워즈에서 조명음향상과 음악감독상을 수상하며 평단으로부터 극찬을 받았다.

「수난이대」와 「필론의 돼지」
❀ 하근찬은 기차에서 물건 구매를 강요하는 상이군인들에게서 「수난이대」의 모티프를 얻었다고 했다. 양상은 다르지만 역시 기차 안 군인들의 폭력 행사를 다룬 작품으로 이문열의 단편 「필론의 돼지」가 있다.
　「필론의 돼지」는 1980년 처음 발표되었으나, 광주민주화운동이 일어나면서 금서에 올라 8년 동안 세상의 빛을 보지 못했다.

소설의 모티프이자 작품 제목이기도 한 '필론의 돼지' 이야기의 원 출전은 몽테뉴의 『수상록』이다.

전역한 주인공 '그'는 귀향을 위해 군용 열차를 탄다. 거기서 '그'는 학력을 속여 입대할 수 있었던 훈련소 동기 '홍동덕'를 만난다. 산골 머슴 출신의 순진한 '홍동덕'은 30개월 군 생활에 세상 때가 가득 묻어 있었다. 두 사람이 탄 열차칸에 현역 군인 일당이 들어와 제대병들로부터 강제로 돈을 뜯으면서 소란이 인다. 모두 눈치만 보고 있던 순간 '백골섬 제대병'이 그들에 맞서다가 하사관 '검은 각반'의 회유에 넘어가 다른 칸으로 옮겨 간다. 어쩔 수 없이 '그'와 '홍동덕'은 돈을 건넨다. 이번에는 깡마른 제대병이 법적 논리로 저항한다. 그러나 그 제대병 또한 '검은 각반'들의 폭력에 무릎을 꿇고 만다. 때마침 옆칸으로 갔던 '백골섬 제대병'이 피가 낭자하여 돌아온다. 마침내 한 제대병이 다른 제대병을 잇달아 선동하여 일시에 '검은 각반'들에게 달려든다. 이성을 잃은 제대병들은 '검은 각반'들을 무차별적으로 구타했다. 이 소동을 피해 '그'는 다른 칸으로 자리를 옮기고, 그곳에 먼저 와 있던 '홍동덕'은 '그'에게 소주를 권한다. 이유를 알 수 없는 슬픔과 절망감에 술잔을 기울이던 '그'의 눈에 졸음으로 가물거리는 '홍동덕'이 보인다. 그 순간 '그'는 '필론'이라는 현자(賢者)가 폭풍에 흔들리는 배 속에서 우연히 보았다는 돼지를 떠올린다. 절망에 빠져 공포에 떠는 배 안의 사람들과는 달리 편안히 잠만 자는 돼지의 모습이 생각난 것이다.

이문열의 「필론의 돼지」는 "강자의 폭력에 저항하는 약자의 폭력 역시 비이성적인 맹목성을 지닌다는 사실을 정직하게 응시"한 작품으로 옹호되거나, "용기 없는 지식인이 느끼는 절망의 자기합리화"를 그린 작품으로 비판받는다. 어떤 시각이 타당한지 새삼 판단할 일은 아니나, 이성적인 폭력이란 역사상 존재하지 않았으며 모든 폭력은 결국 그에 맞선 폭력과 상쇄되어 제로섬 게임으로 귀결된다는 사실을 기억할 필요는 있을 듯하다. 사족을 덧붙이면, 필론의 돼지를 바라본 이는 지식인이다.

서울미래유산 된 「전차 구경」

❀ 2021년 '1월의 미래유산'으로 1999년 1월 24일 개장한 도심 속 시민의 쉼터 '여의도공원', 1976년 1월 〈문학사상〉에 발표한 하근찬의 단편소설 「전차 구경」, 조선시대부터 현대까지 이어져 온 신년맞이의 상징 '보신각 타종'이 선정되었다.

'서울미래유산'은 다수의 시민이 함께 공유할 수 있는 공통의 기억과 감성을 지닌 근현대 서울의 유산이다. 서울시는 매달 해당 월과 관련된 흥미로운 이야기가 있는 미래유산을 선정하고 있다. 2013년부터 시작해 2021년 9월 현재 489개의 유산이 지정되었다. 그간 다양한 장르에 걸쳐 다수의 문학작품이 선정되었는데, 나도향의 「어머니」, 최서해의 「전아사」, 하근찬의 「전차 구경」 등

서울미래유산 하근찬 「전차 구경」 소개 그림. '조주사'가 손자를 데리고 도착한 남산 어린이놀이터에 운행을 멈춘 전차가 전시돼 있다.

총 42편의 문학작품이 그 목록에 올랐다.

하근찬의 「전차 구경」은 첨단의 신문물 지하철 구경에 나선 할 아버지와 손자의 나들이 이야기다. 1974년 8월 15일 지하철 1호 선이 개통되고, 이튿날 '조주사'와 그의 손자 '기윤'은 아침 일찍 지하철을 타러 집을 나선다. 그러나 신난 '기윤'과 달리 '조주사' 의 마음은 쓸쓸하다. 지금은 복덕방 할아버지로 밀려났으나, 그 는 과거 지하철보다는 느리지만 낭만으로 가득한 전차 운전사였 다. 새로 개통된 지하철 구경에 역 입구는 인산인해였다. 그렇게 사람의 물결에 밀려 내려간 지하철 안은 모든 것이 번쩍번쩍 휘황 찬란한 별천지였다. '조주사'는 손자와 서울역에 내려 남대문을 지나 남산어린이놀이터로 향한다. 거기에는 1968년 운행을 종료한 전차 한 대가 전시되어 있었다. 전차를 본 손자 '기윤'의 반응이 신통치 않자 '조주사'의 마음은 퇴락한 전차처럼 허전해진다. 그는 소주를 사서 마시며 모두가 전차 운전사를 우러러보던 시절을 그리워한다. '조주사'는 문득 전시된 전차에 다가가 운전 시늉을 하며 외친다.

"자, 여러분! 옛날 진짜 전차가 떠납니다. 진짜 전차가……."

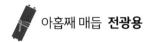 아홉째 매듭 **전광용**

운명의
그물에 감겨

「설중매」, 「치악산」, 「귀의 성」, 「은세계」, 「혈의 누」, 「모란
봉」, 「화의 혈」, 「춘외춘」, 「자유종」, 「자유종(속)」, 「추월색」,
「충매화」

위에 나열한 12편의 텍스트는 모두 한 작가의 글이다. 발표 지
면도 잡지 〈사상계〉로 같다. 이 중 오직 한 편만이 단편소설이고,
나머지 11편은 모두 논문이다. 정확히 말하면 신소설 작품에 관
한 연구논문이다. 이 가운데 어떤 텍스트가 단편소설일까? 힌트
를 주자면, 그 작자는 전광용이다. 소설 「꺼삐딴 리」(1962)의 작가
말이다.

「꺼삐딴 리」와 사뭇 딴판인 전작들

전광용은 소설가이자 국문학자였다. 중고교 국어 및 문학 교과서에 가장 빈번하게 수록된 「꺼삐딴 리」는 그 특이한 제목으로 더욱 잘 기억되는 작품이다. 해방기에 우두머리를 뜻하는 러시아어 카피탄(капитáн), 영어로 캡틴(captain)을 38선 이북에서 '꺼삐딴'이라 발음한 것이 그 유래다. '리'는 이 작품의 주인공 '이인국' 박사의 성이다. 이 낯선 단어에 눈길이 가는 바람에 정작 그 내용을 자세히 모르는 경우가 많다. 교과서에 일부만이 게재된 탓에 작품 전체를 다 읽은 독자는 더더욱 적다.

「꺼삐딴 리」의 '이인국' 박사는 식민 시기, 해방기, 그리고 한국전쟁의 파고를 넘으며 친일파에서 친소파로 그리고 다시 친미파로 거듭해 변신하는 인물이다. 제국대학 출신의 뛰어난 의술을 지닌 '이인국'은 해방과 함께 위기를 맞는다. 과거 사상범 환자를 홀대했는데, 그가 '이인국'을 친일파로 지목하여 소련군에 강제 연행된 것이다. 그러나 감방에서 러시아어를 독학한 '이인국'은 군의관 '스텐코프'의 얼굴에 있는 혹을 떼어내는 수술에 성공하여 풀려난다. 그렇게 신뢰를 얻은 '이인국'은 '스텐코프'의 주선으로 아들을 소련에 유학까지 보낸다. 6·25사변이 나고 정세가 급변하자 '이인국'은 월남하여 친미파로 돌변한다. 미국인 남성과 결혼하겠다는 유학 간 딸의 편지를 받고서 '이인국'은 미국 대사관 직원 '부라운'에게 접근한다. 고려청자를 선물로 받은 '부라운'

은 '이인국'의 미국행을 적극적으로 돕는다. 모든 일이 뜻대로 진행되는 데 흐뭇해진 '이인국'은 이제 비행기편을 알아보려 한다.

이러한 줄거리만으로도 「꺼삐딴 리」는 교과서에 게재될 만한 충분한 자격을 지닌 작품일 테다. '이인국'이라는 인물의 이력을 통해 시쳇말로 한국근현대사의 '생얼'을 고스란히 보여 주고 있지 않은가. 비범한(?) 능력의 소유자 '이인국'의 반민족 행태는 올바른 역사의식을 함양하는 데 더할 나위 없이 훌륭한 반면교사가 아닐 수 없다. 채만식 이래 사실상 종적을 감춘 풍자문학의 명맥을 이은 흔치 않은 작품이기에 더더욱 그 의의가 크다. 말하자면 감상용이 아닌 교육용으로서 최적의 텍스트인 셈이다. 마침 이 작품은 발표된 해 동인문학상에 선정되어 작품성까지 공인받았다.

흥미로운 사실은 「꺼삐딴 리」가 전광용의 전작들과 그 색채가 전연 다르다는 것이다.

「꺼삐딴 리」 이전, 그러니까 1960년까지 전광용의 창작은 풍자와는 거리가 멀었다. 우선 이들 작품 속 주인공은 「꺼삐딴 리」의 '이인국'과 같은 형상이 아니다. 그들은 대개 강한 자의식과 열등의식에 사로잡힌 소시민이거나 삶의 방향을 상실한 하층민이다. 전광용은 전작들에서 다양한 직업군의 인물 심리를 핍진하게 묘사함으로써 독자의 공감을 끌어낸다. 「꺼삐딴 리」의 '이인국'을 향한 비판적 시선과는 명백히 다른 양상이다. 전광용의 또 다른 대표작 「사수(射手)」(1959)와 「꺼삐딴 리」에 바로 앞서 발표된 「충매화(蟲媒花)」(1960), 그리고 「초혼곡(招魂哭)」(1960)이 우선 그러하다.

「사수」의 주인공 '나'는 학창 시절 절친한 'B'와 늘 대결을 벌였다. 두 사람은 '경희'라는 여성을 좋아했다. '경희'의 마음을 얻기 위해 둘은 공기총으로 새 사냥 대결을 벌인 적이 있다. '나'는 그 게임에서 승리하지만 귓바퀴에 상처를 입는다. 6·25사변이 나고 세 사람은 뿔뿔이 헤어졌다. '나'는 그런 줄만 알았다. 그런데 우연히 'B'를 만난 '나'는 '경희'가 그의 아내가 되었다는 사실을 알게 된다. '나'는 'B'에게 배신감과 패배감을 동시에 느낀다. 이적 행위 혐의로 구속 상태의 'B'와 사형 집행 사수로서 '나'는 마지막 대결을 벌인다. 사형장에 나선 '나'는 모순적인 감정에 빠진다. 다른 사수의 총알이 'B'의 머리를 향하고 난 뒤에야 '나'는 방아쇠를 당긴다. 그렇게 사형 집행이 끝나자마자 '나'는 의식을 잃고 쓰러진다.

이처럼 「사수」는 한 여성을 두고서 벌인 두 친구의 애정 경쟁이 불가항력의 상황에서 결국 죽음으로 결판나고야 만다는 내용의 작품이다. 장난처럼 시작된 두 사람의 대결에 얼핏 전쟁이 그 종지부를 찍은 듯 보인다. 그러나 작자 전광용은 그 책임을 전쟁에 묻고 있지 않다. 비극적 결말은 작품 전반부에서 예고된 바 있다. 그 발단은 '나'와 'B'가 원치 않은 대결에 내몰린 순간이었다.

'나'와 'B'는 수업 시간에 장난을 치다 발각되어 '곰'이라는 별명을 가진 뚱뚱보 선생에게 벌을 받는다. 그는 두 사람을 일궈 세워 서로의 뺨을 때리게 한다. '나'와 'B' 모두 반응을 보이지 않는데 화가 난 '곰' 선생은 '나'의 손을 들어 'B'의 뺨을 때리고 'B'의 손을 들어 '나'의 뺨을, 이렇게 번갈아 때린다. 잠시 뒤 '나'와 'B'는 '곰' 선생의 개입 없이도 서로의 뺨을 강하게 때리기 시작한다. '나'는 슬그머니 뱀이 꼴려 온다. '곰'에 대한 반감은 어느새 'B'에게로 옮겨져 적의를 갖고 그의 뺨을 후려갈기는 상황이 연출된다. 순간 'B'의 눈동자에도 노기가 서린다.

　　"너, 다했니?"
하고 뺨에서 코빼기로 빗긴 B의 손바닥이 지나가자마자 잉얼대던 뺨의 아픔을 넘어 코허리가 저리면서 정신이 아찔했다. 시뻘건 코피가 교실 널 바닥에 떨어졌다. 내가 다시 B를 치려는 순간 "그만!" 하는 곰의 명령 소리가 B를 한 걸음 물러서게 하였고, 내 손은 허공으로 빗나갔다. 아무 근거도 없는 승부는 이것으로 끝난 것이다. 끝 장면만으로 따진다면 B가 이긴 것임에 틀림없다.

　이렇듯 실제 가해자인 '곰' 선생은 '나'와 'B'의 대결 뒤로 숨고, 서로 상대를 향한 두 사람의 분노만이 남는다. '경희'는 자신이 당하기나 하는 것처럼 불안한 표정으로 이를 지켜보고 있다. 이 일은 후일 '나'와 'B'가 사수와 사형수로 마주 선 순간 재현된다. 그

배후가 '곰' 선생에서 이념으로 달라졌을 뿐이다. 결국 두 사람의 대결은 어느 한쪽이 죽어야 끝날 악연이었다. '경희'는 그 대결을 본의 아니게 격발한 존재가 되고 말았다.

전쟁이 터지고 헤어진 이후 '경희'를 향한 '나'의 미련은 그녀와 'B'의 결혼 사실을 알게 된 순간 배신감으로 변한다. 'B'를 향한 적개심이었을지도 모른다. '나'는 그처럼 복잡한 감정의 흔들림 속에서 사형 집행에 나선 것이다. 그러나 'B'가 죽고 최후 승자가 되었음에도 '나'는 되려 굴욕감을 느낀다. '나'가 원해서 이루어진 대결이 아닐뿐더러 결코 공정한 대결이 아니라는 사실을 잘 알기 때문이다. '나'는 이를 전란이 빚은 어쩔 수 없는 상황이라 애써 단정한다. 세 사람이 당한 그 부조리한 현실을 운명이라 여기기로 마음먹은 것이다.

운명의 희생양들―「충매화」, 「초혼곡」

「충매화」는 전광용이 이웃의 의사로부터 들은 경험담을 소설화한 작품이다. 사생아로 태어난 주인공 '충'은 소아마비를 앓은 산부인과 의사다. 어느 날 '충'의 병원에 한 여인이 찾아와 인공수정을 집요하게 요구한다. 그녀의 남편 '강사장'은 아버지 같은 연배의 거부다. 전처가 자식을 낳지 못해 애쓰다가 난소 수술을 한 후 부대염증이 생겨 세상을 떠나자 그녀를 후처로 들였다. 대학 출신의 그녀와 늙은 상이군인 '강사장'의 혼인이 성사될 수 있었던 데는 거액의 재물이 결정적이었다.

　새봄에 접어들면서 남편 '강사장'의 외박이 잦았다. 거리 계집들과의 접촉은 말할 것도 없고, 여사무원의 하숙에 밤이면 찾아간다는 소문 또한 떠왔다. 남편의 정이 자기에게서 떠날 것이 불안한 여인은 자기 배를 가르고 나온 자식이 없다는 사실에 허황함을 느꼈다. 그러나 남편은 지난날 걸린 악성 성병으로 생식 능력이 완전히 소멸한 상태다. 여인이 최후 수단으로 인공수정을 '충'에게 요청한 이유다. '충'은 여인의 의지를 꺾지 못해 자기의 정충(精蟲)으로 인공수정을 시도한다.

　그 무렵 '충'은 약사인 '선희'와 혼담이 오가는 중이었다. '선희'는 소아마비 '충'의 신체장애를 문제 삼지 않았다. 그러나 '충'이 사생아라는 이유로 과거 혼담을 여러 차례 거절당했다는 사실을 뒤늦게 알게 된 '선희'는 완곡하게 관계 정리를 통보한다. 자존심이 상한 '충'이 반발심과 함께 좌절감에 빠졌을 때, 때마침 인공수정을 의뢰했던 그 여인('강사장'의 처)이 찾아와 '충'을 유혹한다. 술에 취한 두 사람은 호텔에서 하룻밤을 같이 보낸다. 다음 날 다시 병원에 온 여인은 인공수정이 실패한 사실을 알리며 어린애를 꼭 낳고 싶어서 어젯밤 '충'과 육체관계를 맺으려 했다고 고백한다. 이내 '충'은 성난 이리처럼 여인을 끌어안고 절름거리는 다리에 힘을 주며 자신의 방으로 향한다.

　이색적인 제목만큼이나 단편 「충매화」는 당시로서는 파격적이라 할 만한 소재를 다루고 있다. 이와 관련하여 그와 같은 작품 제목이 붙게 된 내력을 암시한 다음 장면이 인상적이다.

> 충은 창 앞의 활짝 핀 꽃 덩쿨에 엉켜드는 나비와 벌 떼를 물끄러미 바라보면서 저녁노을에 비낀 하늘을 향하여, 큰 숨을 내쉬었다.
> 다리에 흩날리는 꽃가루가 어느 꽃술에서 어느 꽃으로 옮겨지는조차 깨닫지 못하는 벌나비의 세계는 잉잉 소리 그대로 환희의 난무와 찬가에 충일된 그것임에 틀림없는 양 싶었다.

여인과 호텔에서 하룻밤을 묵은 다음 날 아침 '충'은 위와 같은 풍경을 무심히 볼 수 없었다. 생식 능력이 없는 남편을 둔 여인에게 인공수정을 시도한 자신이 마치 열매 맺도록 꽃가루를 운반하는 벌나비인 듯해서다. 이 상징적인 복선이 암시하는 대로 소설은 여인과 '충'의 정사 장면으로 끝난다. 육체적인 불구와 사생아라는 혈통의 불순에서 발아된 '충'의 열등감은 그처럼 세상을 향해 복수하듯 폭발한다. '충'은 그런 자신을 애정도, 유혹도 아닌 생산체로서 종모우(種牡牛) 같은 존재라 생각한다. 그 임무를 앞두고 중대한 결의라도 다지듯이 그의 입술에는 경련이 일고 눈에는 살기가 등등하다. "피동이 아니라 능동으로, 이 여인에게 정확한 수태를 시켜야지"라는 생각만이 그를 지배할 뿐이다. 무엇이 '충'

을 그처럼 돌변케 한 것일까?

60여 년 전 한국사회는 정자를 기증받아 스스로 비혼모가 된 사실을 유명 연예인이 당당히 밝혀 박수받는 지금과는 전연 딴 세상이었다. 산부인과 의사 '충'은 인공수정이 기술적인 면에서 난점일 뿐만 아니라 혈연관계에 직결되는 유전 문제를 비롯하여 윤리 및 도의 면에서도 직접적인 파문이 야기될 중대 문제라고 생각한다. 그는 의학 전문 잡지에서 그 성공 가능성을 처음 접했을 때 적지 않은 의아심을 품었다. 그처럼 1960년대 초 한국사회 한편에서 인공수정을 해서라도 자식을 얻고자 하는 욕망이 꿈틀대기 시작했다면, 다른 한편에서는 태어난 생명이 이 땅을 떠나야만 했다. 전쟁고아인 혼혈아 삼십 명을 실은 비행기가 김포공항을 떠났다는 석간신문의 기사를 보면서 '충'은 혈통의 순수성 문제를 다시금 곱씹어 본다. 그러나 '선희'와의 혼담이 깨어지고 그 충격에 '충' 역시 과학의 힘을 빌린 또 하나의 사생아 출산에 충동적으로 가담한 것이다.

자기 이외의 모든 인간에 대하여 반감과 적의를 가졌던 '충'에게 '선희'는 구원자인 듯했다. 그러나 그녀도 세상과 다르지 않았다. 모든 것을 백지로 환원하여 달라는 '선희'의 최후통첩은 미움을 관용으로 대치하고 모든 일을 선의의 각도로 해석하려던 마음의 싹을 모진 구둣발로 짓밟고 말았다. 산부인과 의사 '충'이 '충매화'의 '충(蟲)', 곧 벌나비가 되려 작정한 사정이다. 이처럼 소설

「충매화」에서 작자 전광용은 자신의 혈통과 육체를 과잉의식하는 '충'의 내면을 현미경 보듯 들여다본다. 그럼으로써 '충'이 사회적 편견의 피해자이며 나아가 운명의 희생양이라는 메시지를 독자에게 전한다.

한편 「초혼곡」은 전작 「충매화」에 비해 훨씬 대중적인 소재로 비루한 운명의 잔인함을 들려준다. 언뜻 빗긴 사랑에 대한 때늦은 후회로 읽히는 이 작품의 주인공 '나'는 서해안 작은 반도에 자리한 마을에서 태어나 서울로 유학을 온 고학생이다. '나'는 학과 주임교수의 주선으로 부잣집에 가정교사로 들어간다. 그 집 가족 중에서 특히 둘째 딸 '영숙'이 '나'에게 친절했다. 그러나 '나'의 연애 감정은 어린 '영숙'보다는 큰딸 '영희'에게로 향한다. 대학에 입학하면서 '영희'는 '나'에게 호감을 보인다. 하지만 자신의 처지를 지나치게 의식했던 '나'는 그녀의 마음에 적극적으로 응답하지 못한다. 그러던 차에 자기가 지도한 막내아들 '영식'이 입시에 실패한다. 그때 '나'는 발가벗겨져 한길 복판에 내던져진 듯한 굴욕감을 느낀다.

'나'는 도피처를 찾아 입대한다. '나'는 일종의 속죄의식 같은 강박관념에 사로잡혀 몸을 아끼지 않고 군 생활을 이어간다. 격렬한 전투에서 여러 번 사경을 넘은 '나'는 어깨에 파편이 박히는 부상으로 육군병원에 후송된다. 의사의 퇴원 확인을 받고 얼마 후 '나'는 혼자만의 자물쇠 속에 폐쇄했던 열등감의 문을 열어젖

히고 '영희'에게 편지를 띄운다. 그러나 답장은 '영희'가 아닌 동생 '영숙'에게서 왔다. 무심히 떠난 '나'의 행방을 자기네 가족 모두가 찾았고, '영식'이 보결로 입학했으며, 아버지가 뇌일혈로 갑자기 세상을 떠나 말이 아닌 가정 형편, 그리고 언니 '영희'가 지난해 겨울 결혼했다는 사연이었다.

제대 후 '나'는 길에서 우연히 '영숙'을 만나 황폐한 그네 집을 다시 찾는다. '영숙'은 언니가 정신질환으로 죽었다는 소식을 전한다. 의사 남편이 미국에 있을 때 교제한 사람이 있었는데, 그녀가 '영희' 가족을 찾아왔다. 그로 인해 '영희'는 병을 얻었고, 첫애를 낳자마자 세상을 떠났다는 것이다. '영숙'은 자기 역시 현재 병을 앓고 있지만 '나'만 곁에 있어 준다면 살 수 있다고, 언니보다 자신이 더 '나'를 좋아했다고 말한다. 그 후 '나'는 '영숙'이 죽음의 목전에 이른 순간에야 그녀를 찾는다. 마지막 순간까지 사랑을 고백하는 '영숙'의 여윈 뺨에 '나'는 찬 이마를 대고 목 놓아 통곡한다.

> 나는 영숙이를 위해 우는 것이 아니라, 나를 위해 우는 것임에 틀림없다. (……)
> 그것은 영희의 혼을 부르는 울음도 아니요, 영숙이를 안타까워 우는 눈물도 아니다. 다만 자기 자신의 줏대 없는 왜소하고도 소극적인 자기 비굴에 대한 나 스스로의 새로운 넋을 부

르는 통곡임에 틀림없는 것이다.

　나는 아직도 스스로의 무덤에 항거하여 새로운 의지와 행동을 마련할 흘러간 역사에 대한 최후의 호곡(號哭)을 하는 것이다.

　'나'가 목 놓아 슬피 우는 대상은 자신의 역사다. '나'는 과거를 이야기할 때면 으레 비굴감이란 말을 빼놓지 않는다. 그런 '나'가 가정교사로 육중한 대문을 열고 '영희'네 저택에 입성한 것은 운명이 선물한 행운이었다. 그러나 '나'는 그 절호의 기회를 놓치고 말았다. '영희'와 같은 서울의 이름난 명문거족이나 거부의 자녀들을 볼 때마다 엄습하는 열등감에 발목 잡혀서다. 강물 속에서 유유히 헤엄치는 고기 떼를 어항 속의 외로운 붕어가 내다보는 듯한 환각에서 벗어나지 못한 것이다. 지금 '나'는 자신의 그 과거를 호곡한다. 왜 자신이 그러한 존재였던가를 묻고 있다. 그 연유는 '나'의 고향에 있었다.

　'나'는 농사일에 모든 사람이 땀투성이가 되어 헐레벌떡거리는, 그래도 늘 손이 부족한 아홉 가구 작은 마을 구가곡(九家谷)에서 태어났다. 서울의 한 달 하숙비에 해당하는 쌀 한 가마로 온 식구가 한 달을 사는 빈농의 자식이다. 그곳을 벗어난 '나'는 유쾌하고도 희망에 찬 나날을 보낼 수 있었다. 하지만 고향 집과 대조적인 장면이 떠오를 때마다 문득 찾아드는 비굴과 이상야릇한 시기심이 솟구쳐 자기혐오에 빠지곤 했다. 그 출신 배경에서 이미

'나'의 미래는 결정되었다. 그 운명이 사랑했던 사람을 데려간 것으로 부족해서 자기를 사랑한 사람마저 데려간 것이다.

이렇듯 「초혼곡」은 한 발 늦은 사랑으로 점철한 운명을 이야기한다. 신파극이라 말해도 지나침이 없다. 그렇지만 꼭 그리 읽히지만은 않는다. 작품에 과도하게 몰입해서일까, 주인공 '나'에 대한 필자의 감정이입이 지나쳐서일까, 아니면 최루성 결말이 주는 강렬한 여운 때문인가?

순응하거나 거부하거나, 저주하거나 극복하거나

앞발을 들어 수레를 멈추려 하는 당랑거철(螳螂拒轍)의 사마귀처럼 불가항력의 운명에 맞서려다, 혹은 피하려다 주저앉고 마는 이들의 사연은 전광용의 다른 작품에서 이어진다.

「지층(地層)」(1958)의 '권노인'은 피난 갈 형편을 알아보려고 부둣가에 나왔다가 우연히 마지막 철수선을 타고 월남하게 된다. 초급중학에 다니고 있던 딸 '영희'가 거기에 묻어 왔다. 다른 식구들은 모두 버려두고 딸 하나만 무슨 바람에 휩싸여 붙어 왔는지 통 모를 일이라는 생각에 '권노인'은 "다 운이야. 운" 하고 만사를 운명 탓으로 돌리며 체념을 곱씹는다.

늦어도 석 달 안으로 고향에 돌아갈 줄만 믿었던 '권노인'이 딸과 이곳저곳을 떠돌다 자리 잡은 곳은 철암의 한 탄광촌이었다. 술기운에 숨이 가빠진 '권노인'은 해춘만 되면 고향 사람들이 많다는 속초 쪽으로 떠나리라는 속셈을 하면서 고향에 남긴 가족들의 얼굴을 하나하나 더듬어 본다. 요행히 생존했으면 팔순이 되었을 노모, 큰아들이 인민군에 뽑혀 가고 외롭게 남은 며느리, 지금쯤은 중학에 들어갔을 작은놈, 병석에서 쿨럭거리던 마누라와 함께 토지개혁에 겨우 남은 사흘갈이 과수원이 아쉬움처럼 떠오른다. 그럴 때면 '권노인'은 『토정비결』을 펼쳐 놓고는 자신의 운명론을 되풀이한다.

'권노인'과 함께 일하는 젊은 '칠봉'이 역시 운명의 그물에서 벗어나지 못하긴 마찬가지다. 왜정 말엽에 아버지의 뒤를 이어 미성년 견습탄부로 들어와 해방과 6·25사변 두 고비를 석탄굴 속에서 보낸 '칠봉'이다. 그의 아버지가 불의의 조난으로 세상을 떠나지 않았던들 아버지의 소원대로 '칠봉'이는 두메산골에서 벗어났을지도 모른다. 애당초 탄광에 밥줄을 걸어매지 않았을 테니 말이다.

아버지를 묻었던 그 석탄굴은 급기야 '권노인'마저 묻고 만다. '권노인'이 죽고 얼마 지나지 않아 '영희'가 탄광촌에서 자취를 감췄다. 밀린 간조(品삯)가 나오면 '칠봉'이와 새봄에 살림을 차리자 약속했던 '영희'다. 그녀가 남몰래 서울로 떠나고, 이제 탄광촌에는 '칠봉'이만 남았다.

「크라운 장(莊)」(1959)의 주인공 '문호'는 해방 한 해 전 하얼빈에서 교향악 지휘를 할 만큼 전도유망한 음악인이었다. 뛰어난 재질에 인간적인 아량과 주동적인 추진력으로 그는 늘 동료의 존경과 아낌을 받았다. 그러나 삼십대 그의 전성기는 해방과 함께 막을 내린다. 해방 직후의 악단 분위기가 그의 처신을 난처하고도 미묘하게 만든다. 좌우익의 대립이 격심할 그즈음 그는 거기에 특별한 관심을 가지지 않았다. 오로지 예술만을 생각한 그는 평범한 악사 한 자리를 겨우 유지했을 뿐이다. 투쟁의 선봉에 서서 적극적인 행동으로 깃발을 높이 들지 않는 그에게 악단의 주요한 위치는 주어지지 않았다. 심지어 그의 연주 재능까지도 간혹 무시당했다. 사상적인 문제로 교향악단 간의 갈등이 음악계 권력 다툼으로 변하면서 단원의 규합도 자연히 파벌의 색채를 띠었다. 이러한 시류의 파쟁에 초연한 '문호'는 자연히 방관자의 위치로 물러났다. 그리하여 끝끝내 단 한 번도 조국의 무대에서 지휘자의 기회를 얻지 못한 채 사변을 만났다.

죽을 고비를 겪은 피난 중 유엔군 일선 부대 위문 순회 연주를 떠나는 기연(奇緣)으로 '문호'는 음악계에서 끝내 발을 빼지 못한다. 무엇을 좀 해야겠다고 뉘우쳤을 때는 이미 늦었다. 자기의 타락상은 전문 음악인들 간에 어느덧 야유와 조소로 퍼졌고, 연주 이외의 다른 것을 모르는 그는 젊은 재즈 악사들 속에서 이내 도태되었다. 이러한 여정을 스스로 운명이라 생각한 '문호' 앞에 이번에는 아들이 음악을 하겠다며 나선다.

"이놈아, 예술에 대한 자기의 줏대가 서고, 이론적인 무장까지 갖추지 않은 단순한 연주가는 놀음쟁이에 불과한 것이다."

"아버지 때는 다르다. 그때는 예술이 젊은이의 호프였다. 말하자면 하나의 낭만이…… 해방된 지금엔 젊은 너희들에겐 너무나 할 일이 많다."

"……."

"그때는 고문에 붙어 일제 관리로 편안히 먹고사느냐, 의사로 돈벌이를 하여 잘사느냐, 그런 소극적인 희망이 말이야…… 그러니까 예술이 더욱 위대했다. 하지만 지금은……"

자멸적인 넋두리를 아들에게 퍼붓는 것 같은 억지를 스스로 느낀 '문호'는 더 이상 말을 잇지 못한다. 그래도 음악을 해보겠다며 아들은 뜻을 굽히지 않는다. '문호'는 음악의 길을 접고 친구로부터 제안받은 보험회사의 감사역으로 바꿔 앉으려 한다는 계획을 알리며 아들을 말린다. 이에 아들은 아버지가 걸어온 지금까지의 삶을 생각할 때 그것은 영영 타락이라 말한다. 그처럼 '문호'의 아들 역시 운명의 그물 속으로 자신을 끌고 들어간다.

한편 「GMC」(1959)의 '경구'는 체념적인 「지층」의 '권노인'이나 「크라운 장」의 '문호'와 달리 패배를 직감하면서도 운명과의 줄다리기의 끈을 쉬 내려놓지 않는다.

피난 시절의 경험을 바탕으로 서울에서 분뇨차 운행 사업을 하는 '경구'는 재계약이 무산될 위기에 처한다. 친구 '이헌'의 배신 때문이다. 환도 직후 '경구'는 어려운 살림을 꾸리고 있던 '이헌'에게 적잖이 물질적 도움을 주었다. 접대 자리 술상에 늘 같이 앉을 정도로 '이헌'을 위했다. 그 '이헌'이 지금 청소작업의 이권을 사이에 두고 '경구'와 각축 중이다. 청소 계약 교체기를 맞아 소위 권력층을 배후로 둔, 그러나 실제로는 사업을 감당할 수도 없는 오륙 명이 나섰다. 그 가운데 한 사람이 최고의 빽과 거기에 청소 계통 사무 절차의 이면을 잘 알고 있는 '이헌'이었다. 십여 년 동안 제 주먹 실력만을 믿고 충실히 일해 온 '경구'를 '이헌'이 밀쳐내려 하는 것이다. '경구'의 안간힘에도 결국 이권은 ○○대 측근의 비서나 다름없는 '김씨'와 동서지간의 '이헌'에게로 낙착된다.

평생의 사업으로 계획했던 꿈이 그처럼 송두리째 깨지려는 찰나 '경구'의 머릿속에는 중학교 졸업반 때의 일이 스쳤다. '경구'는 일본 수학여행 출발을 사흘 앞둔 시월 초순, 졸업할 때 입을 신사복을 미리 지어 준 누님의 성의가 고마워 자랑스레 입고 거리로 나선 일이 있다. 학교를 그만두게 된 도화선이었다. 그 후 '경구'는 자동차학교를 거쳐 운전수가 되었고, 해방과 더불어 청소차와 연분을 맺었다. 그중에서도 '경구'가 분뇨차 운행 사업을 하게 된 것은 필연이었다. 삼대 외독자로 내려오는 집안에서 칠순에 첫 손자를 본 할아버지가 더러운 데 연분을 걸어 명이 길어지라는 소원으로 '똥돌이'라는 천한 아명을 '경구'에게 붙여 주었던 것이다. '경구'는 자기의 파국을 직감한 듯, 별달리 깊은 뜻도 없이 지난날에 불린 그 젖냄새 풍기는 이름마저도 자기가 하는 일에 어떤 숙명적인 인과관계라도 있는 것만 같았다. 그렇듯 운명은 '경구'의 미래를 차지하고야 만다.

「꺼비딴 리」 이전 전광용 소설의 숱한 이야기를 한 손으로 잡아당긴다면, 그 벼리는 이렇듯 '운명'이다. 그의 공식적인 등단작 「흑산도」에서부터 그 징후가 감지된다.

'북술'과 혼인을 언약한 '용바우'는 겨울 출어를 나가 돌아오지 않는다. 난파된 배에서 기적같이 살아 돌아오는 어부들이 있었다는 주변의 이야기가 아니더라도 '북술'은 '용바우'가 꼭 살아서 돌아올 것만 같은 생각이 들었다. 그 와중에 일반 어선에 횡포를 부리는 데구리(기선저인망)배 선원 '곱슬머리'가 육지에 가 살자며 '북술'에 구애한다. '북술'은 순순히 응한다. 아버지가 바다에서 죽은 후 섬을 떠난 어머니의 젖가슴처럼 육지가 그리워서였다. '용바우'가 돌아오지 않는 바다가 싫증 나서였다. 그러나 떠나기로 약속한 날 '북술'은 '곱슬머리'가 기다리고 있는 까막바위에 나타나지 않는다. '용바우'가 내일 틀림없이 연락선으로 돌아올 것만 같아서다. 그렇게 흑산도는 숙명처럼 '북술'의 발목을 매어 잡는 이름이었다.

여러 직업의 주인공들과 그들의 간난신고를 전광용은 시간의 교차편집으로 담아낸다. 이야기는 현재 혹은 가까운 과거로부터 시작된다. 그러다 이전 과거로 향하여 인물의 현재 처지를 하나둘 밝혀낸다. 「흑산도」의 경우만 하더라도 이야기의 첫머리에 용왕제 전날 '북술'과 '용바우'가 만나는 장면이 등장한다. 그리고선 곧바로 '용바우'가 어린 나이에 배를 타게 된 내력, 그리고 '북술' 할아버지 '박영감'의 생애, '북술' 아버지의 죽음과 어머니의 숨겨진 비밀이 순차적으로 전해진다. 이러한 시간의 역전적 구성은 「진개권(塵芥圈)」(1955), 「경동맥(硬動脈)」(1956), 「퇴색된 훈장」(1959) 등 이 글에서 거론하지 않은 전광용의 여타 소설을 두루 관통한다. 주인공들이 거쳐 간 시간의 그 궤적은 곧 운명이 그어 놓은 경계선이었다. 순응했든 거부했든, 저주했든 혹 극복하려 했든 그들 모두는 운명의 지도 밖으로 단 한 걸음도 벗어나지 못한다.

이를 앞서 자각한 인물이 바로 「충매화」의 주인공 '충'이다. 그는 전광용의 소설 속 인물 모두의 미래를 다음과 같이 주문 걸듯 예언한다.

"자기처럼 슬픈 운명의 그물 속에 감겨 있을 것임에 틀림없다."

● 전광용은 소설가이기 전에 국문학자였다. 국문학계 1세대를 대표하는 학자의 한 사람으로서 연구 분야는 신소설이었다. 이 글의 앞머리에 나열한 텍스트 가운데 「충매화」를 제외한 나머지 글이 모두 전광용이 발표한 신소설 관련 연구 성과다. 전광용은 이들 논문을 1955~56년 〈사상계〉에 연재했다. 학술논문을 일반 잡지에, 그것도 연재까지 한 것이다. 이 중 「설중매: 신소설 연구」로 1956년 '사상계 논문상'을 수상했다.

신소설 연구의 개척자

● 전광용의 연구가 있기 전만 해도 신소설은 학문적 논의 대상으로 크게 주목받지 못했다. 정확히 말하면 연구할 가치가 높은 텍스트로 대접받지 못한 것이다. 그 정확한 사정을 알자면 일단 작품을 들여다보아야 할 터. 일반인에게는 생소한 이해조 작 「비파성(琵琶聲)」(〈매일신보〉 1913년)의 줄거리를 소개하면 다음과 같다.

서울 다방골에 사는 '연희'는 '영록'의 정혼자다. '연희'의 부친 '서주사'는 송사 업무로 부산에 가 '황공삼'의 집에 유숙한다. 이전부터 '연희'를 알고 있던 '황공삼'은 흑심을 품고 '서주사'의 필적을 모방하여 그의 집으로 편지를 보낸다. 딸 '연희'의 혼약을 파하고 '황공삼'과 성례하라는 내용이었다. '서주사'의 어머니와 부인은 점쟁이 말에 현혹되어 '영록'과의 정혼이 마땅치 않던 차라 편지를 받고서 일본인 '고목(高木)' 변호사 사무실에서 일하는 '김의관', 곧 '영록'의 부친에게 퇴혼을 통고한다. 그리고는 '황공삼'을 맞이할 준비를 서두른다. 이 사실을 알고서 자살하려는 '연희'를 '영록'이 저지한다. 그 길로 두 사람은 가출하여 '영록' 고모의 보호와 도움으로 성례를 치르고 부부가 된다. 그러나 '황공삼'의 행패와 추적이 계속되는 가운데 그들은 강에서 사경을 헤맨다. 다행히 '서주사'가 그들을 구출한다. 한편 '김의관'을 죽인 '황공삼'은 부리던 하인 노파마저 사지로 몰아넣은 후 종적을 감춘다. '영록'과 '연희'는 복수를 맹세하며 '황공삼'을 찾아 나선다. 마침내 진남포 방면에 이르러 그들은 숙원을 이룬다.

신소설의 공약수라 할 '신파성'은 무엇보다도 선과 악으로 등장인물을 줄 세우는 데서 도드라진다. 그와 같은 대립 구도는 최종적으로 권선징악의 주제로 귀결되는데, 그 결과 소설은 하나의 도덕책으로 독자에게 제시된다. 신소설은 교훈적 메시지를 효과적으로 전달하기 위해 애정의 삼각관계 이야기를 특효약 처방하듯 삽입하곤 했다. 문학이론을 끌어와 고상히 말하면 '당의정론(糖衣錠論)'이다. 쓴 약재를 먹기 좋도록 겉을 당으로 싸듯이 교훈을 재미로 포장하여 전달하는 이야기 문법이다. 직설적이긴 해도 당대 독자의 취향을 고려한 점에서 보자면 신소설의 이 마케팅 전략은 탁월한 선택이었다. 실제로 신소설은 흥행 면에서 큰 성공을 거두었다. 하지만 그것은 동시에 신소설이 문학성 낮은 통속소설의 대명사로 낙인찍힌 빌미이기도 했다. 이렇듯 신소설을 폄하하는 시선을 넘어 학문적 대상으로 본격적인 연구를 수행한 이가 전광용이다.

대중으로부터 큰 사랑을 받았으나 문학성에 흠결이 많다는 평가에 아랑곳없이 신소설의 위상을 간과할 수 없는 이유는, 신소설이 없었다면 한국 최초의 근대적 장편소설이라는 영예를 안은 이광수 작 『무정』의 출현을 기대할 수 없었다는 데 있다. 물론 『무정』만으로 한국 근대소설의 기원을 이야기할 수는 없다. 그럼에도 『무정』의 등장은 근대적인 소설문학의 태동을 알린 결정적 사건이었으며, 그 전사(前史)가 바로 신소설이었음 또한 부정할 수 없는 노릇이다. 오늘날의 연구자들이 고대소설 또는 고소설, 고전소설이라는 용어로 아우르는 『춘향전』이니 『심청전』이니 『구운몽』, 『허생전』, 『사씨남정기』니 하는 작품과 『무정』 사이를 잇는 가교가 신소설인 셈이다.

❀ 학술적 논의와 함께 전광용은 일찍이 송민호·백순재와 함께 『한국신소설전집』을 펴낸 바 있다. 총 10권으로 간행된 이 전집에는 18명 작가의 서명 작품 49편과 17편의 무서명 작품이 수록

되었다. 이미 출판된 작품들을 엮은 일이 뭐 그리 대수냐 반문할 수도 있으나, 그 작업은 실로 저술 이상의 시간과 노동을 요한다. 그렇게 어렵사리 한데 모은 작품을 일반 독자가 쉽게 접할 수 없어 안타깝다. 물리적인 접근이 어려워서라기보다는 신소설에 대한 편견이 더 큰 장애일 테다.

정치·사회 제도 및 풍속의 개혁, 근대적 교육관, 여성의 자유와 사회·문화적 평등, 과학적 세계관 등 신소설은 대단히 직설적인 주제 의식을 담고 있다. 그러면서도 그 소재가 의외로 다양하다. 추리 및 탐정물로서 미스터리적인 면모나 토론·연설과 같은 흥미로운 형식미를 보여 주기도 한다. 신소설 연구자 전광용의 소설과 우리 근대의 개막을 알린 신소설 작품을 비교하여 읽어 보는 일이 이색적인 재미를 선사하리라 믿어 의심치 않는 이유다.

평생의 문학 동지 정한숙

❀ 1945년 해방 직후 서울대 국문과생 정한모는 김윤성, 구경서, 조남사, 윤호영 등과 함께 동인 '백맥(白脈)'을 결성하고 이듬해 문학잡지 〈백맥〉을 출간한다. 그러나 이 출판은 판매 실적이 저조하여 창간호로 막을 내리고 만다. 이후 정한모는 시 동인지 〈시탑(詩塔)〉을 등사판으로 출간하지만, 이 또한 자금 부족으로 6호로 폐간된다. 이에 정한모는 전광용, 남상규, 정한숙, 전영경을 끌어모아 문학 동아리 '주막'을 결성한다. 회원 모두가 술을 좋아한

전광용(왼쪽)과 정한숙

다는 이유로 붙여진 이름이다.

사변으로 일시 흩어졌던 그들이 환도 뒤 다시 한자리에 모이는데, 1955년 이 '주막' 동인이 주요 일간지의 신춘문예를 휩쓴다. 전광용의 단편 「흑산도」와 전영경의 시 「선사시대」가 〈조선일보〉에, 정한모의 시 「멸입(滅入)」이 〈한국일보〉에, 정한숙의 단편 「전황당인보기(田黃堂印譜記)」와 희곡 〈혼항(昏巷)〉이 〈한국일보〉에 입선한 것이다.

'주막' 동인으로 처음 인연을 맺은 전광용과 정한숙은 평생의 문학 동지였다. 두 사람 모두 홀로 월남한 실향민 처지여서 혈육 같은 정을 서로에게 느꼈다. 공식적인 등단 이후 전광용은 「꺼삐딴 리」로, 정한숙은 「고가(古家)」로 문명을 떨쳤다. 정한숙의 「고가」는 한국전쟁을 배경으로 종가 제도를 유지하려는 구세대와

1962년 제7회 동인문학상 시상식장에 나란히 앉은 이호철과 전광용, 〈사상계〉 발행인 장준하(왼쪽부터)

거기에서 벗어나려는 신세대 간의 갈등을 그린 작품이다. 등단을 전후해 전광용과 정한숙은 각기 모교인 서울대와 고려대 교수로 임용된다. 학자이자 소설가로서 두 사람의 삶은 그렇게 나란했다.

❀ 전광용의 「꺼삐딴 리」는 이호철의 「닳아지는 살들」과 함께 1962년 제7회 동인문학상 수상작으로 선정된다. 동인문학상은 잡지 〈사상계〉가 1956년부터 제정해 주관한 상이었다. 재정난으로 1967년 제12회 수상을 끝으로 중단되었다가 12년 만인

1979년 동서문화사에서 인수해 시상을 재개했다. 1987년부터는 조선일보사에서 주관하고 있다. 김성한, 선우휘, 오상원, 손창섭, 이범선, 서기원, 남정현, 김승옥, 최인훈, 이청준, 조세희, 전상국, 오정희, 이문열, 이문구, 김훈 등이 역대 수상자다. 전광용은 동인 문학상을 안겨 준 잡지 〈사상계〉와 각별한 인연을 맺었거니와, 신소설 연구 논문을 장기 연재했을 뿐만 아니라 다수의 소설을 해당 지면에 발표했다.

"인간에겐 신神보다도
담배 한 대가 더 필요할 때도 있다"

태평양전쟁 당시 오키나와 전투 중 가장 치열했다고 알려진 핵소(Hacksaw) 고지 싸움에서 무려 75명의 부상자를 혼자 구해 낸 의무병이 있었다. 이 공으로 그는 미군 최고의 영예인 명예훈장을 받았다. 총을 들지 않은 군인으로서는 최초였다. 데즈먼드 토머스 도스(Desmond Thomas Doss)가 그 주인공이다.

제칠일안식일예수재림교 신자인 도스는 군에 자원입대한다. 그러나 그는 종교적 신념을 이유로 집총을 거부했다. 동료들의 비난과 조롱이 쏟아졌다. 군사재판 법정에 선 순간에도 그는 자신의 신념을 굽히지 않았다. 결국 군사법원은 의무병으로 그의 참전을 허락했다. 전쟁 영웅 도스가 일궈 낸 핵소 고지의 업적은 그와 같은 우여곡절 끝에 일군 기적이었다.

데즈먼드 토머스 도스(1919. 2. 7~
2006. 3. 23)

그 일화를 영화화하려는 수많은 제작 제의에 생전의 도스는
"땅속에 묻힌 이들이 진정한 전쟁 영웅"이라는 말로 거절했다. 그
러다 그의 사후에 멜 깁슨이 도스의 일대기를 영화로 재현해 냈다.
2017년 국내에서도 개봉된 〈핵소 고지(Hacksaw Ridge)〉다. 영화에
서 비폭력주의자 도스는 군에 지원한 이유를 이렇게 밝힌다.

자기의 신념에 진실하지 못한다면, 그런 자기의 모습을 견
디며 어찌 살아가야 할지 나는 알지 못한다(I don't know how I'm
going to live with myself if I don't stay true to what I believe).

도스는 전장에서 일본군이 아닌 자신과 처절한 사투를 벌인다.

그리고 끝까지 종교적 신념을 지켜 낸다.

전장 한가운데서

한국문학계에서 영화 〈핵소 고지〉에 비견할 수 있을 만치 전쟁의 참상을 생생히 전한 작가가 오상원이다. 그는 해방기에 북에서 소련 군정을 경험했고, 한국전쟁 당시에는 학도병으로 참전했다. 미군 25사단에 배속되어 근무한 이력 또한 갖고 있다. 1950년대 전후 문인 중 전장을 가장 가까이서 체험한 작가가 아닐까 싶다.

단편 「현실」(1959)은 제목 그대로 전장의 실상을 낱낱이 기록한 오상원의 대표작 가운데 하나다. 작자 자신이 모델이라 할 이 작품의 주인공 '신이등병(신병철)'은 치열한 전투 끝에 낙오병이 되어 산중을 헤맨다. 그러다 다행히도 다른 낙오병 무리를 만나 본대로의 귀환 행렬에 합류한다. 그 무리를 이끄는 이는 냉정한 첫인상의 '선임하사'였다. 그는 고열에 시달릴 때마다 얼굴을 감싸고 돌에 기대어 무언가 헛소리를 외치곤 했다. 그렇게 의식을 잃었다가도 적진에서 속히 벗어나야 한다는 일념으로 벌떡 일어나 앞서 걸었다.

귀환 도중 일행은 산비탈을 돌아서고 있던 농부 차림의 사람을 발견하게 된다. '선임하사'는 그 농부를 불러 현재의 위치, 아군과 적군이 지나간 시간과 방향 등을 물었다. 그는 아무것도 몰랐다. '선임하사'는 농부를 떠나보낸 후 그의 등에 총을 겨누었다. 총성과 함께 농부가 쓰러졌고, '신이등병'은 눈을 감았다. 그 일을 겪고 나서부터 '신이등병'은 '선임하사'를 내심 경멸한다. 행군은 계속되었다. 이번에는 약 삼십 세가량의 청년과 마주쳤다. 앞서 만난 농부와 달리 그는 아군과 적군의 진로, 그리고 이동 시간을 상세히 알려주었다. 청년을 떠나보낸 후 '선임하사'는 그에게도 총구를 겨누었다. '선임하사'의 거듭된 잔인함에 '신이등병'은 "무엇 때문에 이 청년을 죽여야 합니까?"라며 격분했다. '선임하사'의 반응은 비정했다.

'신이등병'은 대학 재학 중 소집되어 이번 전투에 처음 투입된 처지였다. 한편 '선임하사'는 사변 전 경상도에 파견되어 갔다가 그곳에서 그의 무사 귀환을 빌고 있을 지금의 아내를 만났다. 그야말로 시골뜨기였다. 그녀의 소박한 마음씨에 반하여 '선임하사'는 부대장의 주례로 혼례를 올렸다. 첫 아이가 생기고 행복한 신혼도 잠시, 전쟁이 발발했다. 그의 이러한 과거를 알게 되면서 '신이등병'의 머릿속은 혼란스러워졌다. 그처럼 평범했던 '선임하사'가 어쩌다 저토록 잔인하게 변한 것일까? '신이등병'은 전쟁 때문이라 생각했다.

일행이 갈림길에 다다랐을 때 '선임하사'는 '김이등병'을 시켜 인근 마을에서 사람을 데려왔다. '김이등병'이 데려온 중년의 농부는 적과 아군의 동태에 대해 아는 사실을 모두 말했다. '선임하사'는 그에게 길 안내를 요구했다. 농부는 처음엔 거절했지만,

'선임하사'의 위협에 이내 승낙했다. 도중에 농부는 두 차례나 자신을 돌려보내 줄 것을 청했다. '선임하사'는 이를 묵살하고 약속 지점까지 동행을 강제했다. 목적지에 다다라 왔던 길을 되돌아가는 농부를 향해 '선임하사'는 또다시 총을 쏘았다. '신이등병'은 마침내 폭발했다.

> "왜 저 사람을 돌려보내지 않았습니까? 왜 죽여야 하였습니까?"
>
> "임마, 여기는 전쟁판이야. 학교 교실이 아니란 말야, 임마."
>
> "만일 당신 아내가 저렇게 된다면⋯⋯?"
>
> "나는 저 농민 하나보다도 내 부하를 더 사랑해. 너는 나를 너무 잔인하다고 했지? 그러나 잔인한 게 아니야. 만일 저 농민이 돌아가는 도중 적군의 수색대나 유격대에 부딪혔을 때 그는 자기가 살기 위해서 반드시 우리의 행방을 가르치기 마련이야. 총구 앞에 소박한 농민들은 굴복하기 마련이거든. 우리의 행방을 누구에게도 남겨서는 안 된단 말이야. 임마, 전쟁이 나를 잔인하게 만든 게 아니야. 보다도 나를 현실적으로 만든 게야, 임마."

'선임하사'가 도움을 준 이들에게 총구를 겨눈 이유는 그처럼 간명했다. 오로지 살아남기 위해서 '신이등병'의 비난에도 민간인 학살을 서슴지 않은 것이다. '선임하사'는 그것이 확실한 생존의 길이라 판단했다. 살아남지 못한다면 지금 이후가 없다는 사실을 '선임하사'는 잘 알고 있었다. 그의 말처럼 전쟁이 그를 잔인하게 만든 것이 아니라 단지 잔인한 현실을 직시하도록 만들었을 뿐이다.

비상이 일상으로―「죽음에의 훈련」

오상원은 미군들로부터 전해 들었을 포로수용소 생활을 모티프 삼은 단편 「죽음에의 훈련」(1955)에서 전장의 또 다른 이면을 증언한다.

미군 포로들은 시간이 나면 떠나온 고향 생각에 잠긴다. 항상 주변을 맴도는 죽음의 그림자 속에서도 그들은 행복했던 고향에서의 한때와 자기를 그리워하며 기다릴 사람들을 생각하면서 현재의 처지를 자위한다. 수만 리 떨어진 이역에서 모든 것을 박탈당한 미군 포로들이지만 그처럼 그들에겐 간직할 그리움과 기다림이 있었다. 하지만 눈물겹게 기다려 줄 부모도 형제도 하나 없는 주인공 '나'는 눈 감을 수밖에 없다. 그때마다 자기의 피로 얽힌 땅에서 포로 신세가 된 자신이 더욱 처참하게 느껴진다.

미군 포로 '하―만'은 2차대전 때 마레―(말레이)반도에서 일본군에게 붙잡혀 포로가 된 적이 있다. 그는 당시 함께 수용소 생활을 한 토착민 병사들의 고통을 기억한다. 그들의 아내와 여동생들은 강간당했고 형제는 죽임을 당했다. 같은 포로 신세지만 토착민 병사들은 미군과는 상반된 심리적 갈등 속에 놓여 있었다. 토착민 병사들의 그 모습을 지켜보았던 '하-만'은, "오늘뿐만이 아니다. 전쟁이 있는 곳에는 어디에고 있는 비애다. 그러나 마레-토착민은 결코 쓰러지지 않았다"는 말로 '나'를 위로한다.

그러나 '하-만'의 이야기에서 용기를 얻고 희망을 품기엔 현실은 '나'의 상상을 훌쩍 넘어선 일들로 가득하다. 특히 숨이 채 끊기지 않은 '하누-라'가 생매장당한 사건은 '나'에게 잊지 못할 트라우마다. 그의 몸에 흙더미가 덮이고 발끝이 떨리며 들리던 그 최후의 순간이 어둠 속에서 악몽으로 떠오른다. 포로수용소에서는 학살이 일상이었다. 인민군 병사에겐 누가 죽건 어떻게 죽어가건 중요치 않았다. 그에게는 다만 사살된 포로 숫자의 정확한 기억과 보고만이 필요했다. 누가 울건 누가 몸서리치는 잔학 속에 인류의 위기를 통분하건 문제가 되지 않는다. 그처럼 처참한 살육에 무감각하다는 것이 인류 역사상 가장 비통한 사실로 기록되고 전 세계 인간들로부터 더없는 저주를 받건 말건 인민군 병사는 관계치 않는다. 다만 저적저적 나리는 빗속에서 보내는 지루한 시간이 속히 지나가길 기다릴 따름이다. 전쟁 전 그 병사는 휴머니티와 감성을 가진 사람이었을지 모른다. 그럴지라도 지금의 그는 오랜 시간 잔학과 죽음에 기계처럼 훈련된 존재다. 이제는 그 훈련마저 지쳐 버릴 지경이다. 그런 그에게 병이 깊어 의식을 잃은 적국 포로를 다른 포로들이 묻게끔 강제하고 감독하는 일이 무에 그리 대수이겠는가. 일 분이라도 빨리 임무를 완수하고 서 흐뭇한 휴식을 즐기길 강렬히 바랄 밖에.

인민군 병사만큼이나 미군 포로들의 욕망 또한 원초적이었다. 살아 있는 '하누—라'를 장사 지내고 얼마 지나지 않아 미군 포로 들 사이에 작은 소동이 벌어진다. '테일러—'와 '깊슨'의 몸이 얽히 며 겹쳤다. 심한 숨결과 부르짖음이 주위에 흩어졌다. 그리고 두 사람의 말다툼이 이어졌다.

> "너는 신을 팔 참이냐, 믿음을 팔 테냐!"
>
> 깊슨의 호흡은 몹시도 가빴다.
>
> "인간에겐 신보다도 담배 한 대가 더 필요할 때도 있다!"
>
> 무겁게 터져 나오는 음성과 함께 이미 테일러—의 손에는 찢 어진 성서가 쥐여져 있었다.
>
> 그리하여 찢어진 성서 조각에는 담배가 말려지고 불이 당겨 져 갔다.

미군 포로들은 시간이 날 때마다 모여 신을 향해 간절히 기도 했다. 그 한가운데 '깊슨'이 목숨 이상으로 소중히 여기는 성서가 늘 놓여 있었다. 포로들이 수용소의 실태를 혹여 기록으로 남기 지 않을까 인민군은 일체 종이와 필기도구의 소지를 금하며 감시 의 끈을 조였다. 마침내 담배를 말아 피울 종이 한 조각마저 남지 않았다. 그때 '깊슨'의 성서가 '테일러'의 눈에 띈 것이다. 적군과 육탄전을 벌이듯 '테일러'는 '깊슨'의 성서를 향해 돌진했다. 죽음의 공포를 잠시라도 벗어나는 데 신보다도 담배가 절실했기 때문이다. '테일러'는 〈핵소 고지〉 전투의 '도스'가 아니었다. 그는 신보다도 담배 한 모금을 더 간절히 원했다. 신을 지상으로 내치고서 그 자리에 담배 한 모금을 앉힌 전쟁의 위력이다. 그렇듯 비상시(非常時)의 전쟁은 어느 순간 상시(常時)가 되었다.

황폐한 내면, 한가로운 전장

전장에서는 누군가의 목숨을 앗는 일보다 더 합리적인 행위는 없다. 「유예(猶豫)」(1955)의 '선임하사'는 바로 그 같은 상황논리의 대변자다. 그는 2차대전 당시 일본군에 소집되어 남양전투에 종군하다 북지로 이동, 일본이 항복하면서 2개월의 포로 생활을 겪었다. 그 후 팔로군과 국부군을 거치며 이역을 표류했다. 우여곡절 끝에 고국에 돌아온 그는 자발적으로 다시 군문에 들어섰고, 지금도 전장의 한가운데 서 있다. 그 이유인즉 이렇다.

> "사람은 서로 죽이게끔 마련이요, 역사란 인간이 인간을 학살해 온 기록이니까요. 그렇게 생각치 않으시요? 난 전투가 제일 재미있소. 전투가 일어나면 호흡이 벅차고 내가 겨눈 총구에 적의 심장이 아른거릴 때마다 나는 희열을 느낍니다. 그 순간

역사가 조각되고 있는 것같이 느껴지거든요. 사람이란 별게 아니라 곧 싸우는 것을 의미하고, 싸우다 쓰러지는 것을 의미할 겝니다."

'선임하사'에게 전투는 곧 실존이요, 전장은 놀이터다. 그에게 전쟁의 윤리는 인간이 인간을 학살하는 일이다. '선임하사'의 이러한 태도에 비한다면 적에게 붙잡혀 총살당하기 직전 한 국군 포로가 남긴 최후진술은 애잔하기까지 하다. 총살형, 그 처사에 이의가 있는지를 묻는 인민군 장교에게 그 국군 포로는 다음과 같이 말한다.

"생명체와 도구와는 다른 것이요. 내 이상 더 무엇을 말하고 싶겠소? 나는 포로가 되었을 때 비로소 내가 확실히 호흡하고 있는 인간이라는 것을 알았을 뿐이요. 나는 기쁘오. 내가 한 개 기계나, 도구가 아니었다는 것, 하나의 생명체인 인간으로서 살 아있었다는 것, 그리고 인간으로서 죽어간다는 것, 이것이 한없 이 기쁠 뿐입니다."

포로의 이 명확하고도 차가운 일성에 인민군 장교는 조소로 응대한다. 생명의 숭고함이 끼어들 틈을 단 한 치도 허락하지 않는 전장에서, 그것도 죽음을 목전에 둔 상황에서 포로의 위와 같은 고백이 인민군 장교에게는 생경하지 않았겠는가. 현실 부정의 그 정신주의에 필자 역시 한 명의 독자로서 연민을 아낄 수 없다. 차라리 자신의 행위에 인민의 이름을 내건 인민군 장교의 명분이 더 친숙하게 다가온다.

작자 오상원은 작품의 결말에서 그와 같은 학살 뒤에 찾아올 평화를 다음과 같이 상상한다.

> 흰 눈이 회색빛으로 흩어지다가 점점 어두워간다. 모든 것은 끝난 것이다. 놈들은 멋쩍게 총을 다시 거꾸로 둘러메고 본부로 돌아들 테지. 눈을 털고 주위에 손을 비벼가며 방 안으로 들어들 갈 것이다. 몇 분 후면 화롯불에 손을 녹이며 아무 일도 없었던 듯 담배들을 말아 피고 기지개를 할 것이다. 누가 죽었건 지나가고 나면 아무것도 아니다. 모두 평범한 일인 것이다. 의식이 점점 그로부터 어두워갔다. 흰 눈 위다. 햇볕이 따스히 눈 위에 부서진다.

이처럼 더없이 한가로운 전장 풍경은 황폐한 병사들의 내면과 대조적이다. 「파편」(1959)의 등장인물 '박'은 최전선, 거기에는 전투와 피로와 휴식만이 있었다고 회고한다. 휴식이 지나가면 다시 격렬한 전투와 피로뿐이다. 두려움도 아무것도 없었다. 죽으면 죽는 순간, 그것뿐이다. 전투가 치열해지면서 전쟁이 걸어 둔 이념이라는 주술의 실체가 선명해진다. 허상이 마침내 걷히는 것이다.

　　확실히 알고 있었어. 근데 너무 오래돼서 잊어버렸어…….

　장훈 감독의 영화 〈고지전〉(2011)의 저 대사처럼 남북의 병사들은 어느 순간 자신들이 싸우는 이유를 잊어버린다. 그들이 싸운 것은 적이 아니라 전쟁 그 자체였다.

　「파편」의 '박'과 동일 인물로 추정되는 이가 「사이비」(1958)의 주인공 '나'다. 그는 아버지와 어머니에게 전장 경험을 말한다. 부모님은 몹시 불안한 표정으로 아들의 이야기를 듣는다. 적병을 마구 찔러 죽이자 뜨뜻미지근한 피거품이 얼굴 위로 확확 끼얹히던 순간을 세세히 묘사하는 데 이르러 부모님은 고개를 돌리고 만다. 어머니는 입술이 파랗게 질려서 어깨와 머리를 후들후들 떨었다. 부모님은 '나'가 이야기를 그만 끝냈으면 하는 눈치다. 그때를 생각하면 신이 나는 '나'로서는 그들의 그러한 태도가 도리어 불쾌하다. 부모님이 전장의 현실에 대해 그토록 무지한 데 '나'는 실망한다. 섭섭하기까지 하다. 열두 살 동생이 몹시 흥이 나서 불그레 뺨을 물들이며 귀 기울여 준 것이 참으로 기쁠 따름이다. '나'는 비로소 깨닫는다. 아무리 전쟁터였다고는 하지만, 그리고 그곳에서의 행위가 국가적으로 정당하였다고는 하지만 부모님은 아들의 가슴속에 스민 잔인성을 엿보기가 괴로웠으리라는 사실을. 그렇다고 해서 '나'가 전장의 생리를 쉽게 지울 수 있는 건 아니다. 이미 제2의 본능으로 굳어 버렸기 때문이다.

후방의 상황은 「사이비」의 '나'를 따뜻이 품어 줄 만큼 녹록하지 않다. 죽음의 축제를 잠시 멈추고서 돌아온 「파편」의 '박'은 말한다. 후방에는 적막과 침묵과 두려움과 어둠뿐이라고, 죽음은 없어도 죽음 이상의 무서움이 있다고.

부동(浮動)하는 전후의 후방

정전 이후 후방의 현실을 그린 오상원의 대표작 가운데 하나가 어린 '영식' 가족의 비극사 「부동기(浮動期)」(1958)다.

사변 전 큰 공장을 경영하던 '영식'의 아버지는 폭격으로 공장 시설이 폐허가 된 뒤 삶의 의욕을 잃고서 예전 자신의 공장에서 일하던 직원이 운영하는 선술집 근처를 매일 밤 서성인다. 이제는 술집 주인이 된 그 직원의 눈에 띄면 공술을 대접받을 수 있어서다. 신문을 팔고 돌아온 '영식'은 허공을 짚는 것처럼 허청거리는 아버지의 술 취한 발걸음에 불안을 느낀다. '영식'의 누나는 언제인가부터 화장을 하고 밤늦게 외출해 정체불명의 일로 돈을 벌어 왔다. 반면 '영식'의 형은 돈 버는 일에는 무관심하다. 신문과 책만 들여다볼 뿐이다. 그는 늘 사회를 개혁해야 잘살 수 있다는 말로 세상을 비판한다. 그러한 일상이 아슬아슬 되풀이되던 어느 날 누나의 돈벌이에 대한 소문이 퍼졌다. 이를 들은 어머니는 누나를 붙들고 한탄했다. 다음 날 새벽 어머니는 가슴에 칼을 꽂은 채 부엌 구석에 쓰러져 있었다. 누나의 방에서도 아무 소리가 들리지 않았다.

두 사람의 재를 한강 기슭에 뿌리고 돌아왔을 때, 아버지는 '영식'의 어깨에 손을 얹고서 힘없이 쓰다듬으며 중얼거린다.

"죽기는 왜 죽어. 다 스러져가는 집이라도 사람이 들어 있는
동안에는 무너지지 않는 법인데."

「부동기」의 무기력한 '영식' 아버지와 형에 여러모로 대조적인 인물이 「보수(報酬)」(1959)의 주인공 '민규'다. 떠돌이인 그는 돈을 버는 데 남다른 수완을 발휘한다. 주로 미군 부대 물자를 빼돌려 돈을 챙긴다. '민규'는 미군 상대로 매춘을 하는 '윤씨'의 아내로부터 미군 부대에 값비싼 사치품이 들어온다는 정보를 얻는다. 그녀는 '민규'에게 한몫 잡게 되면 자기를 데리고 가 달라 말한다.

매춘부로 나서기 전 고향에 살 때 '윤씨'는 아내의 살결을 한 번도 탐내 본 적이 없었다. 아무렇지도 않게 잠자리를 했을 뿐이다. 하지만 사변통에 조금 있던 재산과 면소 서기란 하찮은 직위까지 잃어버리고 아내의 몸에 기식하게 된 지금 '윤씨'는 아내에게 새삼 욕정을 느낀다. '민규'가 이해한 그의 심리는 이러하다.

"윤씨가 바보인줄 아나? 물론 모자라기는 하지만……. 자기가 뚜쟁이를 하고 그 사내가 자기 아내를 끼고 누웠을 때 벽구멍으로 들여다보곤 하는 그자가 결코 머저리이기 때문에 그러는 건 아닐 거야. 자기 아내가 남의 남자하고 자는 것을 보는 순간처럼 자기 아내에 대한 욕망을 강력하게 느낄 때란 없거든. 평범하게 자기 아내가 자기에게만 매여달려 있을 때는 자기 아내에 대한 욕망 같은 것은 그리 못 느끼는 법이지. 윤씨는 머저리라도 자기 딴의 사는 욕망을 아는 놈이야."

그런 '윤씨'와 '민규'는 ××역 구내에 숨어들어 기차칸의 물건을 훔쳐 낸다. 동료를 일부러 먼저 발각되게 하여 그가 쫓기는 틈에 훔친 물건을 가지고 다른 방향으로 도망치는 것이 '민규'의 수법이다. 그때마다 동료는 총에 맞아 죽었고, 그 덕에 '민규'는 안전하게 살아 나올 수 있었다. 이를 익히 알고 있는 '윤씨'는 '민규'가 사전에 알려준 계획과 달리 도망치지 않고 선로 아래서 버텼다. 결국 초병에게 발각된 '민규'가 도주하다 총에 맞는다. 쓰러진 '민규'의 눈에 상자를 끼고 철조망 쪽으로 기어 나가는 '윤씨'의 그림자가 어렴풋이 보인다. 몽롱해져 가는 '민규'의 의식 속에 '윤씨'가 하던 말이 어슴푸레 떠돈다.

"세상이란 강한 자만이 살 수 있는 게 아니다. 어리석은 자는 어리석은 대로 다 저대로 살아가게 마련이다.”

날카롭고 비정하며 명민한 '민규'가 어리석고 무능력하다고 비웃었던 '윤씨'에게 이용당한 셈이다.

그렇듯 전쟁의 여진은 후방과 민간으로 그 전선이 퍼져 갔다. 누구도 피할 수 없는 일상이 되어 버린 것이다. 하여 이제는 각자 「보수」의 '윤씨'처럼 자신만의 생존법을 찾아야 했다.

미군에게 몸을 팔아 살아가는 여성들, 그리고 그녀들에게 기식하거나 혹은 그녀들을 이용해 미군 부대에서 물건을 훔쳐 내는 기지촌 주변 삶의 행태는 전후 남한 사회의 흔한 풍경이다. 그 안에 갇힌 이들은 갈 곳을 모르는, 그렇다고 떠나온 고향으로도 돌아갈 수 없는 존재였다. 오상원이 이 시대를 “부동(浮動)의 한때”라 이름한 이유다.

단편 「보수」의 확장판이라 할 중편 『황선지대(黃線地帶)』(1960)에서 오상원은 그 내막을 좀 더 소상히 이야기한다.

『황선지대』의 남녀 주인공 '정윤'과 '영미'의 인연은 십여 년 전 학창 시절로 거슬러 올라간다. 민족주의 세력을 제거하고서 공산 정권을 수립하려는 소련군에 맞서기 위해 '정윤'은 시내 각급 학교를 망라한 학생총운영위원회를 조직한다. 그때 '영미'는 '정윤'을 만나 학생운동을 함께 했다. 그러나 그 일은 실패로 끝났고, '정윤'은 월남했다. 남한에 온 '정윤'은 북에서 빨갱이와 싸우다 넘어

온 학생들과 신탁통치 반대 데모에 참여했다. 하지만 이 또한 그에게 실망과 저주를 안겼다. 실낱같은 희망마저 상실한 그는 현재 황선지대(Off Limits Yellow Area), 곧 미군 주둔지 변두리에 더덕더덕 서식하는 특수지대에 머물며 미군 부대 물품을 훔쳐 내고 있다.

'정윤'은 월남하면서 인연이 끊긴 '영미'와 그곳에서 우연히 재회한다. 양공주가 된 그녀는 동생 '철이'와 함께 살고 있었다. 그녀 곁에는 기둥서방을 자처하는 '짜리'라는 사내가 있었다. '영미'가 잘못된 정보를 전한 탓에 미군 창고를 털다 한쪽 다리를 다쳐 못 쓰게 된 이후 '짜리'는 그녀를 노예 부리듯 학대하고 갈취했다. '철이'는 '짜리'가 누이를 때릴 때마다 '정윤'을 찾아가 도움을 청한다. 그 와중에 '정윤'이 '고병삼', '곰새끼'와 미군 PX 물품을 훔치기 위해 땅굴을 파고 있다는 사실을 '짜리'가 눈치 챈다. '정윤'은 '영미' 남매 곁을 떠날 조건으로 자신의 몫을 요구하는 '짜리'와 타협한다. '곰새끼'는 훔친 고가의 물건으로 집을 사고 가게를 벌여 가정을 꾸릴 기대에 젖어 있다. 그는 그 길에 '철이'를 데려가리라 마음먹는다.

'고병삼'은 자신에게 처음으로 몸을 판 소녀를 매음굴에서 구해 내려는 일념으로 땅굴을 파는 데 전력을 다한다. 그러나 그들이 창고에 도달하기 직전 수십 대의 트럭이 와 물건을 모두 실어낸다. 창고 안에 올라선 세 사내를 기다리고 있는 것은 귀금속 대신 어둠과 정적이었다.

이 같은 결말을 근거로 다수의 연구자가 약속이나 한 듯 '절망적인 현실 인식과 허무주의'를 담은 작품으로『황선지대』를 거론한다. 전후 현실의 전망 부재를 상징적으로 보여 준다는 설명이다. 연구자 김성은은 세 사내가 다다른 '텅 빈 창고'에서 한반도를 이념과 헤게모니를 위한 각축장으로 삼았던 전쟁이 실질적으로 절망과 허무만을 초래했다고 보는 작가의 반전주의적 시각을 상징적으로 읽어 낼 수 있다고 말한다. 인물들이 재기하는 데 실패하는 결말을 제시함으로써 그 모든 비극을 초래한 전쟁의 영향력이 전후에도 지속되고 있음을 보여 준다는 것이다.

개인적으로 공감 가는 독해다. 이에서 다소 비약하면, 작자 오상원은 "이제부터가 본격적인 전쟁"이라 말하는 듯하다. 하지만 "작자의 반전 의식이 투영된 작품"이라는 해석에는 쉬이 동의할 수 없다. 과연 그와 같은 의도 아래 이 작품이 쓰였을까 하는 게 우선 의문이다. 만약 그렇다면 전쟁 독려를 목적으로 쓰인 이른바 전시소설과 지향만 반대일 뿐 그 또한 목적문학이라는 점에서 다르지 않을 터이니 말이다. 오상원의 반대 의사는 결과로서의 전쟁이 아니라 그 빌미이자 독려의 명분인 이데올로기를 향해 있다.『황선지대』어디에서도 작자의 이념 편향성이 드러나는 대목을 딱히 찾을 수 없다는 사실이 그 증거다. 비단『황선지대』만이 아니다. 그의 여타 작품에서도 짐짓 이념의 심판자인 체하는 왈가왈부는 목격되지 않는다.

이념은 없다, 인간의 악이 있을 뿐

오상원의 소설은 대체로 한국전쟁이 그 주요한 모티프다. 전장이 꼭 아니더라도 그가 소설 속에 설정한 문제적 상황과 갈등은 전쟁의 자장 안에 놓여 있다. 물론 오상원의 소설 가운데는 해방기를 배경 삼은 작품들 역시 적지 않다. 흥미로운 사실은 이들 작품 역시 단지 한국전쟁의 앞선 역사로 다루어질 뿐 특정 이념의 지지로 기울지 않는다는 것이다. 그 대표작의 하나가 「균열」(1955)이다.

주인공 '그'의 부친은 이십여 년 전 독립단에 가입하여 만주로 망명, 항일투쟁에 전력을 다하다가 일본 관헌에 체포된다. 부친은 갖은 악형에 불구가 되어서야 가출옥한다. 아내는 이미 병사했고, 어린 두 아들만이 그를 기다리고 있었다. 부친은 그때부터 남은 재산에 의지하여 오직 두 아들을 잘 키워 보리라 생각했다. 성장한 두 아들은 난립하는 정계에 뛰어들었다. 부친은 말렸다. 두 아들은 듣지 않았다. 부친은 두 아들이 자기와 같은 길을 걷지 않길 바랐다.

해방 후 삼 개월이 지난 신의주의 공기는 음산했다. 숱한 정당이 해가 떴다 지기 무섭게 생겨났다. 수다한 인물이 죽어 갔다. 사회당 당수, 민주당 선전부장, 그리고 자립당 당수인 '그'의 형도 그 혼란 속에서 살해당했다. 주인공 '그' 또한 반대파 당수를 저격한 후 목숨을 잃는다.

이러한 줄거리의 「균열」에서 작자 오상원은 주인공 부친의 입을 빌려 독자에게 묻는다.

"인간이란 충실히 자기를 살아가는 것을 의미할 것이다. 사상을 위한 것도 좋다. 주의를 위한 것도 좋다. 하지만 그것이 인간의 전부는 아니다. 하나를 위하여 인간을 버려서는 안 된다. 생활의 한 조건을 위하여 자기를 불구로 만들고 죽어서는 안 된다. 인간의 가치는 하나를 위하여 자기를 죽이는 것이 아니라 자기에게 부여된 생명을 끝까지 손색없이 충실히 살려가는 데 있을 것이다. 그런 것이 아닐까? 인간에게는 인간으로서의 더 큰 그 무엇이 있는 것이 아닐까?"

생에 대한 강렬한 의지를 보이는 위와 같은 현실 대응을 두고 오상원은 「난영(亂影)」(1956)에서 "치욕 속에서도 사람은 살아가고 있는 것이다. 굴욕 속에서도 가정은 이어져 가야 하는 것이다. 악 속에도 아름다움은 있다. 결국 산다는 것뿐이 문제인 것이다"라는 말로 부연한다.

전쟁이 새삼 일깨운 이 깨달음은 이미 해방기에 오상원이 국가와 이념의 실체를 목격함으로써 다졌던 삶의 태도다. 「죽어살이」(1956)에서 오상원이 전하는 해방 정국은 반대파의 습격에 언제든 죽을 수 있는 세상이다. 자기가 누구 편이건, 실제로 지금 죽을 만

큰 죄를 지은 상태건 아니건 간에 상대방이 일단 죽이고 나서 핑계를 씌우면 그저 죽을 수밖에 없다. 해방은 무질서한 사상의 혼돈과 갈등이 청년들의 정치의식을 부추겼다. 그들은 범람하는 정쟁 속에서 전위(前衛)가 되었다. 조국을 위해서였다.

중학을 마치고 조그만 회사에서 성실히 일하던 「모반(謀反)」(1957)의 주인공 '그'는 중학 동창인 '세모진 얼굴'에게 자극받아 비밀결사에 가담한다. 비애국자를 색출하여 제거하는 일이 그 조직의 목적이었다. 죽어야 할 자는 마땅히 조국의 이름과 명예를 위해 죽여야 한다는 명분에서다. 그러한 신념에 동화된 '그'는 어느 날 조직의 배신자로 낙인찍혀 고문당한 한 청년을 아지트에서 만난다. 청년은 피거품을 입가에 가득 문 채 정치적 거물들의 이름을 죽 나열하며 그들을 통렬히 비판한다.

"자 봐요. 그들은 과거에 모두 애국자였어. 그러나 지금부터의 애국자는 그들 중 누구인지 우리는 지금 알지 못하고 있는 거야. 과연 지금부터의 애국자가 그들 중의 누구라고 할 수 있겠어? 우리들이 그야말로 생명을 내걸고 따를 수 있는……. 일본 제국주의에 대항해서 싸웠다는 그 공적, 즉 과거에 애국자였다는 이름을 내걸고 지금 그들은 각자 자기 밑에 누구보다도 많은 당원을 흡수하여 자기 정권을 수립하려는 판국이거던. 그러나 우리 청년들은 그러한 의미에서 정계에 투신한 건 아니야.

오상원의 동명 소설을 반공영화로 각색한
박찬 감독, 신성일·남정임 주연의 〈모반〉
(1970)

그야말로 우리들 손에 돌아온 조국을 순수한 입장에서 확립해
보자는 거였지. 그러나 그들은 그야말로 정권욕뿐이야. 하루해
가 지기 무섭다고 무질서하게 난립(亂立)하는 정당들의 동태를
보란 말이다. 그 속에 우리들은 휩쓸려 들어가서 조종되고 있
거든. 다시 말하면 우리들의 조국에 대한 순결한 정열이 더럽혀
져 가고 있단 말이야"

  해방기에서 한국전쟁까지 정치적 격변의 시대를 그린 오상원의
작품들이 허구가 아닌 사실의 기록으로 체감된다면, 그것은 이념
을 향한 그의 냉소적 시선에 대해 공감하는 셈이다. 전후문학 연

구자들이 전가의 보도로 불러내곤 하는 '휴머니즘의 옹호'라는 타이틀을 오상원의 소설에 함부로 들씌워서는 안 될 이유가 여기에 있다. 이에 『황선지대』의 한 장면이 논란을 불러일으킬 법하다.

불과 16, 7세밖에 안 되어 보이는 일인 소녀가 신음을 하며 손으로 간신히 그곳을 가리고 쓰러져 있었다. 소련 병사들한테 당한 모양이었다. 모여 섰던 사람 중 누가, 몇 놈한테 그렇게 당하였느냐고 물었다. 그 소녀는 왜말로 '다섯 명, 여섯 명, 아니…… 더 더 많았어요' 하고 실신한 사람처럼 중얼거렸다. 허벅다리에서 발꿈치에 이르기까지 낭자하게 피가 흐르고 있었다.

해방 직후 이북 지역에서 실시된 소련 군정 아래서 소련군에게 일본인들이 당한 참상은 상상 그 이상이었다. 소련 군정은 임시정부 조직 과정에서 친일 부역자와 일제 관료를 정치적으로 단죄했다. 그와 동시에 일본인을 상대로 한 소련 병사들의 폭행과 약탈, 강간이 빈번했다. 위 장면은 그 목격담의 하나다. 『황선지대』를 소위 반공문학으로 선전하려는 이에게는 더없이 유혹적인 대목이 아닐 수 없다.

그러나 소련군의 만행은 이념의 허울 저편의 폭력이었다. 주인공 '정윤'은 일본인 소녀가 당한 그 비극이 우리에게는 없는 현재를 다행으로 생각하며 비단 우리에게만이 아니라 어느 민족, 어느 여자에게도 없기를 간절히 빈다. '정윤'의 그 바람을 비웃듯 그의 옛 동료 '영미'가 6·25사변이 터지고 똑같은 일을 국군에게 당한다. 지금 그녀는 양공주다. 이를 두고 오상원의 작품을 반전문학으로 평한다면, 이 또한 그 저의가 심히 의심된다.

"박애정신을 바탕으로 인종, 국적, 종교의 차이를 초월하여 인류의 공존을 꾀하고 복지를 증진하려는 사상"이라는 사전적 정의대로라면 휴머니즘 역시 이념의 탈을 쓰고 있기는 마찬가지다. 그 휴머니즘의 고갱이라 할 휴머니티를 우리는 '인간에 대한 사랑 또는 따뜻한 인정'으로 풀이한다. 하지만 놀랍게도 휴머니티의 사전적 제일 정의는 "인간다운 성질 또는 인간의 본성"이다. 오상원은 「난영」에서 악은 살아 있고, 강력히 생활하고 있다고 말한다. 선이란 바라만 볼 수 있으며, 바라만 볼 수 있게 만들어져 있다고 말한다. 오상원은 그처럼 인간의 본성, 곧 휴머니티에서 악을 보았다. 전쟁은 다만 그 본색이 여실히 드러난 찰나였을 따름이다. 신보다도 담배 한 대가 더 필요한 때인 전쟁에 당해서.

❀ 1958년 신상옥 감독의 영화 〈지옥화〉가 개봉되었다. 기지촌에 빌붙어 사는 주인공 '영식'은 양공주 '소냐'와 연인 사이다. 그 기지촌으로 '영식'의 동생 '동식'이 고향 집과 연락이 끊긴 형을 찾아온다. '동식'은 고향 집으로 함께 가자고 말하나 '영식'은 거부한다. 한편 '동식'에게 반한 '소냐'는 적극적인 구애를 편다. 결국 '동식'은 '소냐'의 유혹에 넘어가고 괴로워한다. 한편 '소냐'는 '동

신상옥 감독의 〈지옥화〉(1958)

식'과 도망치려 '영식' 일당이 벌이고 있던 절도 계획을 미군 헌병에 신고한다. 이후 미군과 '영식' 일당, 그리고 '동식'과 '소냐' 사이에 일대 추격전이 벌어진다. 뒤늦게 사건의 전모를 알게 된 '동식'은 '소냐'를 죽인다. '영식' 역시 총에 맞아 죽는다. '동식'은 양공주 '주리'와 새 삶을 시작하기 위해 고향 집으로 향한다.

원제가 〈육정(肉情)〉이었다는 사실이 말해 주듯 〈지옥화〉는 사랑과 음모, 그리고 배신과 복수로 점철한 통속극이다. 그럼에도 전후 한국사회의 부조리한 현실을 사실적으로 재연한 이 멜로드라마는 기법적인 측면에서 높이 평가할 만한 면모를 지니고 있다. 일례로 헌병대와 '동식' 일당의 쫓고 쫓기는 추격 장면이 그러한데, 당시로서는 매우 혁신적인 연출이었다. 그러나 흥행 성적은 그리 좋지 못했다. 지나치게 파격적인 소재가 되려 악재였다는 게 평단의 설명이다.

영화 〈지옥화〉는 개봉 한 해 뒤 오상원이 발표한 「보수」, 그리고 이듬해 연재하기 시작한 중편 『황선지대』와 여러 지점에서 기시감을 불러일으킨다. 오상원이 두 작품의 창작에 앞서 영화 〈지옥화〉를 관람했을 가능성이 있다는 말이다. 영화의 지나친 통속성에 대한 반발의 심사로 두 편의 소설을 쓰기로 작정했는지도 모를 일이다. 어찌 보면 등장인물과 사건 전반에 걸쳐 세 텍스트가 흡사했던 사정은 필연이었으리라. 그에 담긴 시대상이 다르지 않지 않은가.

전후문학의 조건 '최소한의 거리'

❀ 1951년 5월 26일 대구에서 육군본부 정훈감 박영준 대령의 협력하에 육군종군작가단이 결성된다. 초기에 최상덕, 김송, 최태응, 이덕진, 박영준 등이 주도하다 이후 김팔봉, 구상, 정비석 등이 참여했다. 육군종군작가단은 부정기 잡지 〈전선문학〉을 발간했다. 1952년 4월 제1호를 시작으로 1953년 12월 제7호까지 발행된 이 잡지에는 전쟁을 직접 겪은 문인들의 생생한 증언이 실렸다. 피난하지 못해 서울에 잔류해 있던 문인들의 행적을 분석한 '반역문화인' 명단이 게재되어 주목받기도 했다.

평론, 시, 소설, 좌담, 종군기 등이 게재된 〈전선문학〉은 일반 독자를 대상으로 한 영리 목적의 잡지는 아니다. 군인과 전시 문화인을 타깃 독자로 삼은 이 잡지는 일선 장병의 사기와 후방 국민의 전의 앙양에 그 목적이 있었다. 수류탄 대신 펜을 들고서 참전한 호국적 성격의 군 기관지였던 셈이다. 전쟁 소재의 작품이 다수 게재되었는데, 이호우의 「깃발」(창간호)과 박영준의 「용초도 근해」(제7호) 외에 이렇다 할 문제작을 내놓지는 못했다. 발간의 목적이 문학성을 초과함으로써 빚어진 결과였다. 〈전선문학〉에 실린 작품을 '전시문학'으로 지칭하며 전후문학과 구분하는 근거가 이에 있다.

전후문학은 전쟁 이후에 창작된 작품이다. 당연한 이야기이지만 전쟁에 대한 반추가 가능한 최소한의 시간적 거리에서 전후문학이 발화된 것이다. 같은 전쟁에 대해 전후문학이 전시문학과 달리 이야기할 여지는 그로써 마련된 셈이다. 그러나 대다수의 전후문학의 작가는 지난 현실을 정면에서 응시하길 주저했다. 전시소설도 전후소설도 그렇다고 전쟁소설도 아닌, 오로지 '오상원의 소설'로 오상원의 작품을 읽어 마땅한 이유가 이에 있다.

오상원 빈소의 조화 해프닝들

❂「모반」으로 제3회 동인문학상을 수상한 1958년 다음 해 오상원은 언론계로 진출한다. 〈조선일보〉 문화부 기자로 출발한 그는 몇 달 뒤 〈동아일보〉 사회부로 이직한다. 사회 현실을 몸으로 느끼며 창작활동을 이어가기 위한 행보였다.

오상원이 활발히 기자 생활에 진력했던 1970년대는 정치적 격동과 혼란의 시대였다. 언론에 대한 군사정부의 규제와 억압은 극심했다. 그 혹독한 때 오상원은 반항아를 자처했다. 이정석은 『한국언론인물사화』(1992)에서 언론민주화운동에 참여한 부하직원의 사표를 받으라는 상부의 지시에 "아무런 잘못이 없는데 왜 그만두게 하는가"라며 도리어 오상원이 사표를 낸 일을 회고한다. 펜을 놀려 권력에 아부하며 입신출세를 노린 속물들을 그는 멀리했다.

그러한 오상원의 빈소에서 전무후무한 일이 벌어진다. 대통령 전두환이 보낸 조화의 위치를 놓고 동료, 후배들이 설왕설래했다. 마침내 〈동아일보〉 조기(弔旗) 바로 옆에 있던 대통령의 조화가 뒷전으로 밀려났다.

❀같은 문인이자 언론인이었던 정규웅의 기억에 따르면, 오상원의 빈소에서 또 하나의 웃픈 사건이 일어났다. 각계각층에서 보낸 조화가 산더미처럼 밀려들어 빈소 입구를 찾지 못할 지경이었다. 1950년대 한국문학을 대표하는 소설가이자 〈동아일보〉 논설위원이라는 이력을 생각할 때 그리 이상한 일은 아니었다. 하지만 1970년대 오상원은 사실상 절필한 소설가였으며, '80년대 신군부 등장 이후에는 논설위원에서 물러나 출판국 심의위원이라는 한직을 지킨 터였다. 이러한 사정을 잘 아는 조문객들로서는 빈소 풍경에 고개를 갸웃거릴 수밖에 없었다.

아니나 다를까, 한두 시간이 채 지나지 않아 그 많던 조화가 다른 곳으로 옮겨졌다. 사정인즉슨 이렇다. 오상원이 숨을 거두고 몇 시간 뒤 같은 병원에 입원해 있던 전 청와대 경호실장 박종규가 사망했다. 대한체육회 회장이자 국제올림픽위원회(IOC) 위원, 그리고 서울올림픽조직위원회 부위원장을 지낸 인물이다. 오상원의 빈소에 밀려든 조화는 말하자면 배달 사고였다. 같은 1930년생의 두 사람이 같은 날 같은 병원에서 사망한 아이러니가 빚은 촌극이었다. 심지어 사인마저도 간암으로 같았다니 우연치고는 얄궂기 그지없다.

비록 박종규의 빈소처럼 조화에 휩싸이지는 않았으나 오상원의 죽음은 언론인들에게 비보였다. KBS 9시 뉴스 앵커 최동호는 오상원의 부음을 이런 멘트로 전했다.

고 오상원 선배는 휴머니즘으로 일관된 그 많은 기사와 작품을 남겼습니다. 그러나 그는 재산으로는 오래된 17평짜리 아파트뿐이었습니다. 향년 55세였습니다.

❁ 오상원을 가까이서 지켜본 동료 이정석은 본시 착한 그리고 정직한 지식인으로 그를 기억한다. 그의 기행은 위선자가 되기를 거부하고 위악자 행세를 즐긴 모습이었을 뿐이라는 게 이정석의 진언이다. 해방과 한국전쟁, 그 살육의 상흔을 부채로 떠안은 오상원의 창작 여정, 그 이상의 증거가 있을까 싶다.

그의 소설에 지나치게 중독된 탓일까, 영화 〈고지전〉의 국군 장교 '김수혁'이 남긴 다음의 대사 비슷한 고백을 오상원 또한 누군가에게 하지 않았을까 하는 상상에 빠져든다.

그렇게 많이 죽여 댔으니까 당연히 지옥에 가야 되는데, 여기보다 더한 지옥이 없어서 그냥 여기에 살고 있는 게 아닐까? 계속 서로 죽이면서.

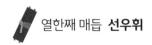
열한째 매듭 **선우휘**

깃발 없이
가자!

　『남부군(南部軍)』(1988)은 이태(본명 이우태)가 1950년 9월 26일 추석부터 1952년 3월 19일 토벌대에 체포되기까지 1년 5개월간의 지리산 빨치산 활동을 기록한 체험 수기다. 남한 빨치산 부대에 관한 언급 자체가 금기시되었던 상황에서 그 첫 실록으로 발간된 『남부군』은 대중에게 적잖은 충격을 주었다.

　이태의 증언에 따르면, 손발이 썩어 들어가는 추위와 아사 직전의 공포, 그리고 잔인한 토벌대의 끈질긴 추격 속에서 시시각각 옥죄어 오는 죽음의 그림자를 끌며 남부군은 지리산 골골을 헤매었다. 그 극한 속에서도 끝내 그들이 투항하지 않은 이유는 무엇이었을까? 고쳐 묻건대, 도대체 무엇이 그들을 그 산에 붙들었던 것일까? 작자는 그 사정을 이렇게 전한다.

1951년 4월 오대산에서 체포된 여성 빨치산들

　빨치산은 세 번 죽는다는 말이 있다. 맞아 죽고, 굶어 죽고, 얼어 죽고. 살자니까 문제지 세 번 죽을 각오만 하면 세상에 못 할 일이 없다. 사중구생(死中求生)이라는 것이다. 이번에 인민군 부대가 오대산을 내려오다가 어느 벼랑 위에서 당사(黨史)를 옆에 반듯이 놓고 단정히 앉아 죽어 있는 여자 빨치산의 시체를 발견한 일이 있다. 혼자서 선(線)이 떨어진 이 김달삼 부대 이 대원은, 저기 눈 아래 사람 사는 마을을 바라보면서 다소곳이 앉아 얼어 죽고 굶어 죽은 것이다. 마을에 내려가면 혹시 죽음을 면했을는지도 모른다. 그러나 죽음보다 더한 동지를 팔아야 할 위험과 굴욕이 기다리고 있었던 것이다. 비록 앉아서 죽었다 해도 이 여성 동무는 바로 '영웅'인 것이다.

혁명 대 생명, 『남부군』 대 『불꽃』

선우휘는 중편 『불꽃』(1957)에서 위와 같은 사태를 예언한 바 있다. 그러나 그의 설명은 이태의 증언과 전연 달랐다.

학병으로 전장에 끌려갔다 탈출한 '현'은 중국인 마을에서 따뜻한 한 그릇의 옥수수죽을 얻어 마신다. 그곳은 중일전쟁 이후 중국공산당 주력부대 중 하나인 팔로군이 일본군에 맞서 유격 활동을 펼치던 지역이었다.

> 토굴 같은 집에 살고 있는 그들의 양식은 수수밥이 아니었다. 그것은 어느 때고 그들이 활개를 칠 수 있는 세계가 오고야 말리라는 확신이었다. 현은 중국 거지 같은 초라한 모습을 한 김 모라는 노인에 접하고 아연했다. 인민의 해방이 멀지 않아서 이루어지리라고 예언하는 김노인은 실은 까닭 모를 복수심을 만족시키는 기회를 노리고 있는 것이었다. 공산주의 이론은 『정감록』과 다름없는 운명의 예언서. 다르다면 그것은 과학의 이름을 붙인 예언서라는 것, 김노인은 그것을 놓고 잃어진 자기 반생의 몇 배를 미래에 충당할 수 있는 노다지판을 그리고 있었다.
>
> 그렇지 못하면 초라한 그 모습이 사진틀 속에 담겨 벽에 걸리거나 그 이름이 당사(黨史)의 찬란한 한 페이지를 차지하리라는 개기름같이 번쩍거리는 욕망.

'현'이 보기에 '김노인'과 같은 공산주의자는 인민의 해방이란

방정식에 절대적인 의미를 두고 이를 갈고 있는, 말하자면 청탁자 없는 청부업자였다. 그들의 때가 오기만 하면 그간 겪어 온 빈궁과 고통의 몇백 배의 보수를 요구할 사채업자와도 같은 존재였다.

선우휘의 대표작 『불꽃』은 식민에서 한국전쟁에 이르기까지 역사의 격랑에 휩쓸린 주인공 '고현'의 가족사다. 3·1만세 시위를 주도한 '현'의 아버지는 총에 맞아 뒷산 동굴에 피신하였다가 최후를 맞는다. 유복자로 태어난 '현'은 독실한 기독교인 홀어머니와 봉건적인 할아버지 아래서 소심한 성격에 방관적인 사고를 지닌 인물로 성장한다. 중학 졸업 후 고향에 머물며 소시민의 삶을 살려는 '현'에게 어머니는 대학 진학을 권유한다. 어머니의 바람대로 일본 유학을 떠나지만, 늦둥이 아들을 보호하려는 할아버지의 개입으로 '현'은 삼촌을 대신해 학병에 끌려간다.

중국으로 파병돼 군마를 사육하다 탈영한 '현'은 해방과 함께 귀향하여 교사가 된다. 방외인으로 살아가는 '현'에게 어느 날 동료 여교사 '조선생'이 자기 부친의 이력을 들려준다. 그녀의 부친은 젊은 시절 사회주의 운동에 참여해 몇 년간 옥고를 치렀다. 해방되고 부친은 끌려 나가다시피 인민위원장을 맡았다. 소련군이 진주하고 쌀 공출을 강요받자 부친은 우울증에 걸려 위원장 직책을 사임했다. 그 뒤 보안서에 불려 갔다 풀려난 부친은 그곳에서는 자기를 지키는 일이 절대 불가능하다며 가족을 이끌고 월남했다.

전쟁이 나고 '조선생'의 부친은 인민재판에 끌려 나와 처형당한다. 그 현장에서 '현'은 인민재판을 주도한 고향 친구 '연호'를 밀치고 보안서원의 총을 빼앗아 예전 아버지가 죽은 동굴로 피신한다. '현'의 은신처를 알아낸 '연호'는 '현'의 할아버지를 인질로 내세워 투항을 종용한다. 잠시 갈등하던 '현'은 "너는 살아야 한다"는 할아버지의 말에 탈출을 시도한다. 결국 할아버지는 '연호'에게, '연호'는 '현'에게 사살된다. 총상을 입어 의식을 잃어 가는 중에도 '현'은 생명의 불꽃을 느끼며 현실과 당당히 맞서리라 결심한다.

파국에 이른 '현'과 친구 '연호'의 갈등은 예고된 것이었다. 월북하여 공작 임무를 받고 고향에 돌아온 '연호'는 '현'을 찾아온다. 두 사람의 재회는 회포를 푸는 자리가 아닌 이념의 격전장이었다.

"자네는 죽는 사람의 경우를 생각해본 일이 있나? 다만 한 가지 살고자 발버둥치는 인간들의 죽음을. 고통과 공포. 죽는 인간에 있어서는 죽는 그 순간에 그 자신의 모든 것—아니 전 세계가 상실된다는 것을."
"그러나 새로운 희망, 프롤레타리아트는 그 시체를 넘어서 전진해야 하지."
"전진? 어디를 행해? 얼핏 들으면 감동적인 얘기긴 하지. 그런데 그 감동이란 게 탈이거든."

　"모든 것은 불가피한 혁명의 첫 과정이니까."

　"도대체 그처럼 많은 시체를 넘어서야 하는 혁명의 목적이란
무엇인가?"

　"착취 없고 계급 없는 사회의 건설."

　"혁명이 획득한 어떠한 결과도 인간의 생명보다 귀할 수 없으
며, 산다는 것 자체가 인생의 목적"이라는 말로 '현'은 '연호'에게
반감을 드러낸다. 그럼에도 '연호'는 혁명가들의 자기희생을 거
론하며 '현'을 회유한다. 이에 '현'은 청탁한 이가 없는 그것이 어
떻게 희생이냐며 재차 반문한다. 자아도취와 허영에 치른 값은 희
생일 수 없다는 것이다. '현'이 보기에 소위 혁명가는 자기가 폐
품을 불하받아야 소비자가 헐값으로 쓸 수 있다는 장사치의 논
리처럼 자기가 나서야만 이 사회를 건질 수 있다고 말하는 이들
이다. 그러면서도 그들 혁명가는 이윤만을 탐내는 장사치보다 더
못되게 존경과 지배까지를 민중에게 요구한다. 자기 멋에 겨워서
흥분하고 비분하고 때로는 웃고 때로는 눈물을 흘리며 그들은
그렇게 '애매한 인간들'을 괴롭히다 최종에는 희생물로 삼는다.
'현'의 생각에 제 생명을 타고난 인간은 설사 초라할지라도 누구
도 범할 수 없는 자기의 세계를 가지고 있는 법이다. 해서 청부업
자들의 연기에 엑스트라로 동원되어서는 결코 안 될 일이다.

'현'은 일찍이 일본 유학 시절 장차 공산주의 이념이 한반도에서 벌일 참화를 직감하였다. 당시 일부 학생들이 관심을 기울이고 있던 마르크시즘에서 '현'은 일인 학생들 속에 젖어 들기 시작한 전체주의의 체취를 맡았다. 도식화한 관념으로 역사를 판가름하는 행태는 물론이거니와, 집단의 위력으로 인간을 죄어 틀에 박으려는 살벌한 냉혹과 숨 막히는 병적 흥분이 유사하다는 점에서 '현'은 본능적인 혐오를 느꼈다. 그 후 '현'은 만주에 진주한 소련군에게서 그 이념의 실상을 목격한다. 약탈, 강간, 파괴, 살인……. 한마디로 그것은 인간이 개 이하가 될 수 있다는 증거였다. 그 같은 만행에 이유를 붙인다는 점에서 오히려 인간은 개보다 못한 존재라고 '현'은 생각했다. 일제가 쫓겨난 자리에 '인민의 해방자'로 나선 청부업자 소련군의 등장은 처음부터 그처럼 으리으리했다. 그리고 그 여세는 이내 한반도 이북 전역으로 번졌다.

'해방'을 묻다 —『깃발 없는 기수』

해방은 이 땅에 찾아들 또 다른 비극의 서막이었다. 아니, 빌미였다. 선우휘는『불꽃』에서 해방은 앉아서 얻어졌으며, 응당 있어야 할 것이 지금까지 그렇지 못했을 뿐이라고 말한다. 그렇기에 오직 얼굴을 붉힐 부끄러움과 조심성 있게 건네야 할 조용한 어조만이 필요했다. 그런데 정작 해방이 되자 세상은 오고가는 무수한 돌멩이와 고막이 터질 노호로 가득 찼다. 그와 함께 "스

(위) 북한에 진주한 소련군
(아래) 조선총독부 게양대의 일장기를 내리고 성조기를 올리는 미군

파씨이바 그라스나야 아아르미아(고맙소 붉은 군대)", 또 그렇지 않으면 어린애 같은 경탄 "원더풀 씨레이션"이 울려 퍼졌다. 미군과 소련군이 38선을 경계로 주둔하면서 반도는 갈리었고, 남녘과 북녘 어디에서건 테러는 일상다반사였다. 『불꽃』의 주인공 '현'에게는 그처럼 몇 갈래로 찢겨 서로 엇먹고 켕기는 소용돌이가 모두 정곡을 빗나간 현실로 보였다.

선우휘는 또 다른 중편 『깃발 없는 기수』(1959)에서 해방의 의미를 다소 원망스레 되새긴다. 주인공 '윤'의 친구 '형운'은 해방이 좀 빨리 찾아왔는지도, 아니 좀 늦었는지도 모른다고 모호하게 말문을 연 후 그 의미를 다음과 같이 따져 묻는다.

> "좀 더 늦었으면 죽일 놈 살릴 놈 할 것 없었겠지. 야마모또니 기노시따니 하고 피차간 일본놈 행세한 탓에 너나 할 것 없이 죽일 놈이 됐을 게 아냐. 서루 낯이 뜨거우니까 법석은 안 했을 테지. 그러고 보면 빨랐지. 빠른 게 우리들에겐 다행이었지. 피차간 그 점 축배를 들어야 해. 그런데 어떻게 생각하면 또 늦은 것 같기도 하단 말야. 좀 더 빨랐으면 죽일 놈도 덜 났을 게구 우리들 처지로 보면 공연한 일본말 안 배우고 처음부터 손쉽게 우리말이나 영어를 배울 수 있었을 게 아닌가."

'형운'의 생각에 해방이 늦게 찾아왔더라면 모두가 제국의 충실한 신민이 되었을 것이기에 딱히 누구를 단죄할 일이 없었을 테다. 반대로 해방이 좀 더 빨리 왔더라면 친일파 운운하며 처단할 민족의 죄인 또한 덜 나왔을 일이다.

『깃발 없는 기수』에서 선우휘는 신문기자 '윤'의 취재에 동행하여 그처럼 아이러니한 해방정국을 부감한다.

'윤'은 밤이면 친구 '용수', '형운', '순익'과 술집 '해방옥'에 모여 서로의 안부를 묻는다. 그러던 어느 날 좌익 단체에 가담한 '순익'이 우익 단체 '평청원'에 끌려가 린치를 당하는 일이 벌어진다. '순익'은 '윤'이 우익 테러리스트들에게 자기의 행적을 고발한 것으로 오해하여 그를 증오한다. 그러나 '평청원'까지 찾아가 끌려간 '순익'을 구해 낸 이는 사실 '윤'이었다.

그 무렵 미 군정청이 대학가의 사상 문제를 정치적 이슈로 제기하면서 좌익계 '민애청'이 시위를 일으킨다. 그 지도자는 '이철'이라는 인물이었다. 미군 장교 '퍼킨스'의 동거녀 '윤임'은 그에게서 알아낸 정보를 첫사랑 '이철'에게 전해 주곤 했다. 그들이 자주 산장 호텔에서 밀회한다는 사실을 '윤'은 신문사 '사회부장'을 통해 알게 된다. 그 현장을 포착하기 위해 '윤'은 호텔 방에 잠입한다. 하지만 '이철'은 그날 나타나지 않았고, '윤'은 '윤임'에게서 권총만을 빼앗아 온다. 하숙집으로 돌아온 '윤'은 주인 아들 '성호'가 '민애청'에 가입한 후 집단 린치 사건에 연루되었다는 소식을 듣는다. '윤'이 구출하려 백방으로 뛰어다니나 이미 '성호'는 고문당한 친구를 탈출시켰다는 이유로 단원들에게 처형당한 뒤였다.

한편 '윤'의 절친 '형운'은 남편과 사별 후 홀로 어린아이를 키우고 있는 첫사랑과 재회한다. 두 사람은 뒤늦게 서로의 사랑을 확인하지만, 세상을 비관하여 동반 자살하고 만다. 그렇게 친구를 잃고 극도의 절망에 빠진 '윤'은 좌우익이 맞선 시위 현장에서 어린 노동자가 압사당할 뻔한 순간을 목격한다. 바로 그때 '이철'이 쓰러진 그 아이를 가리키며 수행원에게 사진을 찍으라 지시하는 모습이 '윤'의 눈에 들어온다. '윤'은 광장 한가운데로 뛰어들어 가까스로 아이를 구해 낸다. 며칠 뒤 아이의 집을 찾아간 '윤'은 아이로부터 '민애청'의 선동에 동원되어 시위에 참여했다는 이야기를 듣게 된다. '윤'은 '이철'을 죽여야겠다고 결심한다. 그리고 얼마 지나지 않아 '윤임'에게 빼앗은 총으로 '이철'을 암살한다.

'윤'이 '이철'을 죽인 이유는 그가 이념의 적이어서가 아니다. 작자 선우휘는 이 작품의 서두에서 '윤'이라는 주인공을 벅찬 현실 상황 속에서 비틀거리는 인물로 소개한다. 그러면서 그에게는 깃발, 곧 이념이 없다고 말한다.

'윤'이 어떤 정치적 경향에 마음이 가느냐고 물었을 때, 그의 마음을 꿰뚫어 본 '사회부장'은 직접적인 답변 대신 자신의 시골 아저씨가 겪은 일화를 들려준다. 어느 날 출가한 딸을 찾아가던 아저씨에게 젊은 친구들이 우르르 몰려와서 대뜸 "우익이요, 좌익이요?" 묻더란다. 우익이냐고 먼저 물었으니 그렇게 대답하는 게 무난하리라 생각하여 우익이라고 대답했다. 그랬더니 낡아 빠졌다면서 몽둥이로 엉덩이를 한 대 쳐 보내더란다. 엉덩이를 쓸면서 다음 마을에 들어섰는데, 또 다른 젊은이들이 둘러싸고는 "우익이요, 좌익이요?" 묻더란다. 조금 전 우익이라고 해서 맞았으니 이번에는 좌익이라고 답했다. 그랬더니 "이 영감쟁이가 늙어 빠지고도 좌익이야" 하면서 엉덩이를 휘갈기더란다. 두 번 봉변을 겪은 뒤 딸의 집을 찾은 아저씨는 암탉 한 마리를 얻어먹고 돌아오는데, 또 나타난 젊은이들이 우익이냐 좌익이냐 묻기에 이번에는 되물었다. "우익이라고 해야 안 맞소, 좌익이라고 해야 안 맞소?" 그러니까 젊은이들이 기회주의자라고 또 한 대 안기더란다. 고개턱에 이르자 이번에도 젊은이들이 둘러싸고 같은 질문을 던졌다. 아저씨는 버럭 소리를 지르며 말했다. "난 우익도 좌익도 기회주의자도 아니요. 난 죄가 없소"

그렇듯 어느 편에도 서길 원치 않은 '윤'이 좌익계 거물 '이철'을 암살한 이유는 무엇이었을까? '윤'이 시위 현장에서 구한 어린 노동자는 병든 아버지를 대신해 생계를 책임지고 있었다. 그 아이에게 '이철'은 우상이었다. 그러나 자신의 정치적 야망을 이루기 위해서라면 그처럼 순수한 아이의 목숨쯤은 선동의 도구로 쓰는 데 주저하지 않는 이가 '이철'이란 걸 '윤'은 누구보다도 잘 알았다. 그 아이와 같은 제이, 제삼의 희생양이 있어서는 안 된다는 생각에 '윤'은 테러리스트를 자임한 것이다. 이념의 거짓 환영을 끝없이 연출해 내는 선동가에 대한 응징이었다.

이를 뒷받침하듯 작자 선우휘는 값싸게 높이 내어 흔들어진 어떠한 깃발보다도 보이지 않는 훌륭한 깃발이 '윤'에게 있었다고 전한다. 그렇다고 해서 선우휘가 '윤'의 삶을 전적으로 긍정한다는 말은 아니다. 다만, 알몸을 던져 그 무엇을 찾아 방황하는 그의 혼을 마주해 한 움큼의 눈물을 금치 못한다고 공감을 표할 따름이다.

이념에 희생된 '애매한 인간들'

가장 왕성한 창작 활동을 펼쳤던 1960년 전후 선우휘의 정치적 신념은 그러했다. 후일 극우 반공주의의 상징으로 그를 소환한 세간의 평이 이때까지만 해도 어울리지 않는 셈이다. 물론 그 맹아를 찾을 수 없지 않으나 엄밀히 말해 이 시기 선우휘가 맞서 싸운 적은 공산주의자가 아닌 이념 그 자체였다. 그러한 맥락에서 그의 소설 창작은 이념이라는 괴물과 벌인 정신의 고투였다. 실제로 이 대결에 나서며 선우휘는 스스로 직업군인의 길을 접었다. 무고한 이들이 이념의 재단에 제물로 바쳐진 역사를 외면할 수 없어서였을 테다.

선우휘에게 '애매한 인간들'로 불린 그들 희생양이 후일 전장에서 어떻게 스러져 갔는지를 고발한 작품이 단편 「단독강화(單獨

講和)」(1959)다.

국군 '양'과 인민군 '장'은 미군 수송기가 떨구고 간 시레이션을 찾다가 우연히 마주친다. '장'이 적군이란 걸 뒤늦게 알아차린 '양'은 그를 노끈으로 묶어 동굴로 데려간다. 얼마 지나지 않아 '양'은 장총과 M1을 한데 묶어 두고 하룻밤을 새운 뒤 각자의 길을 갈 것을 제안한다. 열일곱 살의 '장'은 '양'이 자신을 죽일 의사가 없음을 알자 귀순할 수 있는지를 묻는다. '양'은 전투에서는 죽든지, 아니면 포로가 되든지 둘 뿐이라며 한 군데 마음을 두었으면 그대로 버티고 나가야 한다는 말로 일축한다. '장'은 '양'에게 재차 묻는다.

> "가난한 사람도 잘살아야죠? 일하는 사람이 먹을 수 있어야죠? 농사짓는 사람에겐 땅이 있어야죠? 그러면 그것을 왜 마다해요?"

그러자 '양'은 그 일이 이북에서는 잘되느냐 되묻는다. 한다고는 하지만 그렇게 되는 것 같지는 않다는 '장'의 대답에 '양'은 똑똑한 놈들이 비단결 같은 말만 늘어놓고 남의 일에 뛰어들어 말썽을 일으킨 사실만은 분명하다고 답한다.

이튿날 '장'과 헤어져 남쪽을 향해 산길을 내려가던 '양'은 적군과 맞닥뜨린다. 그들의 일제 사격에 '양'이 쓰러지자 이를 본

'장'이 그에게로 향한다. 그러나 '장' 또한 총에 맞아 '양'의 시체 위로 겹치듯이 쓰러지고 만다. 한참 후 중공군 다섯 명이 옷에 묻은 눈가루를 털면서 천천히 동굴을 향해 올라오고 있었다. 그렇듯 미군이 떨구고 간 시레이션 때문에 만난 '양'과 '장'은 중공군에 의해 최후를 맞는다. '양'과 '장'의 인연, 그 시작과 끝에는 국군과 인민군의 동맹군으로 각각 나선 외세 미군과 중공군이 자리하고 있다. 그로써 자신들끼리 싸울 하등의 이유를 찾지 못한 '양'과 '장'의 평화 협정은 무참히 짓밟히고 만다.

이렇듯 작품은 다수 국가가 동맹하여 공동의 적과 벌이는 전쟁에서 동맹국 가운데 한 국가가 동맹으로부터 이탈하여 교전 상태에 있는 적대국과 조약을 맺는 단독강화, 그 평화에의 꿈이 적어도 한반도에서만큼은 한갓 미몽이었음을 증언한다.

설령 살아남았다 할지라도 목숨을 부지하기 위해 치러야 할 대가는 혹독했다.

「오리와 계급장」(1958)의 주인공 '성대령'은 동향 선배 '춘봉'의 안내로 '김선생'을 찾아간다. 국가와 민족을 위해서가 아니라 오로지 목숨 하나 부지하고자 입대했던 '성대령'은 현역 군인이다. 한편 '춘봉'은 젊은 날 공산당 본부를 습격한 후 월남하여 서북청년회에서 활동한 인물이다. 이들의 보통학교 은사인 '김선생'은 해방 정국에서 공산당 대표로 연설하며 군중을 선동했다. 전쟁이 끝난 후 가족과 남쪽에 남은 '김선생'은 쉰세 번이나 끌려가

취조받았다. '김선생'이 자살을 결심하고 경찰서 창문에서 뛰어 내리려던 찰나 옷가지와 먹을 것을 싼 보자기를 들고 정문에 들어서는 아내가 보였다. 임신 중인 그녀의 불룩한 배가 '김선생'의 눈을 찔렀고, 그 순간 어떻게 해서든지 살아야겠다고 마음을 고쳐먹었다. 한때 공산주의자였던 '김선생'과 우익 테러리스트였던 '춘봉'은 지금 산간벽지에서 오리 농장을 경영하고 있다. 이들의 기묘한 동거가 이루어진 데 특별한 이유가 있지는 않다. 생계를 함께 도모할 따름이다.

이들 세 사람의 재회가 「오리와 계급장」의 대략의 이야기다. 고향을 떠난 지 십여 년 만에 만난 '성대령'과 '김선생'은 손을 꼭 쥐었다. 술잔이 돌고 흥이 오르자 '춘봉'은 〈푸른 하늘 은하수〉를, '성대령'은 '김선생'에게서 배운 동요 하나를 겨우 기억해 내 불렀다. 모두 식민 시기에 배운 노래였다. 이어 '김선생'의 차례가 되었고, 그는 눈물을 흘리며 〈아리랑〉을 선창했다. 세 사람은 얼굴을 찡그리며 거푸 〈아리랑〉을 부르고 또 불렀다. '성대령'은 혼잣말로 되뇐다.

"김선생, 춘봉 형님, 나 자신, 이 꼴이 이게 무슨 꼴이란 말이냐, 이 서글픈 가락같이 부를 수 있는 노래가 겨우 이 아리랑밖에 없다니…… 심장이 발바닥까지 처지는 듯한 이 가락, 빌어먹을 것이. 힘차게 부를 수 있는 변변한 노래 하나가 없단 말인가.

푸른 하늘 밑에 거침없이 서로 가슴을 터놓고 목이 터져라 부
를 수 있는 노래 하나가······."

다른 출발, 같은 종착점

1964년 선우휘는 「언론윤리위원회법」을 둘러싼 언론 파동 때
현직 편집국장으로는 처음 구속되었다. 이듬해 그는 다시 〈조선
일보〉 논설위원으로 취임했다. 이러한 사실을 근거로 세간에서는
선우휘가 1965년경 보수 성향으로 변했다고 말한다. 그러나 김건
우 교수의 설명은 다르다. 젊은 시절부터 그에게는 보수 우익의
면모가 있었으며, 일관되게 보수 성향을 견지했다는 것이다.

해방기 이십대의 선우휘는 테러로 악명 높았던 극우 성향의 반
공 청년 단체 서북청년회(서청)와 무관하지 않았다. 서청 단장 선우
기성과 선우휘는 막역한 사이였다. 선우기성은 동향 정주의 먼 친
척 형님이었다. 서청을 거론할 때마다 선우휘는 그 비합리성을 지
적하면서도 기본적으로는 옹호했다. 이는 서청 관련 그의 글이나
소설에서 일관되게 나타나는 사실이다. 서청의 폭력이 반공주의
에서 비롯된 순수한 열정의 발로였으며, 당시로서는 일종의 필요
악이었다고 선우휘는 회고한다. 그러한 선우휘의 반공주의에는
한편으로 지역주의가 깊이 스며 있었다. 김건우는 어떤 면에서 그
지역주의가 반공을 능가하는 선우휘의 주요한 이념적 뿌리였다
고 말한다.

소련군 철수 요구 데모를 벌이는 서북청년회

　실제로 선우휘는 보수 진보를 가리지 않고 고향 평안도 사람들
이라면 끝까지 돕고 보호했다. 이를 여실히 보여 주는 작품의 하
나가 바로 「오리와 계급장」인 셈이다. 자전적 모델이라 할 '성대
령'과 '춘봉' 형님, 그리고 그들의 은사 '김선생'은 과거 이념의 반
대편에 서 있었다. 그런 그들이 지금 한자리에 모여 한목소리로
노래 부를 수 있는 이유는 단지 고향이 같아서다. 선우휘의 반공
주의가 연고주의에서 배태되었다는 명백한 증거이리라.

　선우휘와 다른 길을 택한 『남부군』의 이태 또한 이념적 분열을
경험하긴 마찬가지였다. 정확히 말하면 그것은 이념에 대한 회의

가 아닌 신념과 현실 사이의 괴리에서 맛본 배신감이었다. 이태가 『남부군』을 저술한 이유의 하나는 북한 정권에게 버림받아 남한 의 산중에서 죽어 간 비극적 영혼들의 메아리 없는 절규를 남기기 위해서였다. 이태는 그 세세한 사정의 일단을 이렇게 술회한다.

1953년 7월 협정된 휴전 문서에는 각 상대방 후방에 남겨진 물자와 장비의 철거, 심지어 전사자의 시체 발굴과 반출에 관한 조문까지 포함되었다. 하지만 후방에 남겨진 인간에 대한 고려 는 전혀 없었다. 다만 휴전회담 막바지에 유엔군 측이 남한에 흩어져 있던 게릴라의 안전한 철수를 요구했으나, 북한 측이 무시해 버렸다는 기록만이 남아 있을 뿐이다. 그 무렵 남한의 산악에는 수백 명의 빨치산이 고립된 가운데 항전을 계속하고 있었다. 만일 북한 당국이 인명의 소중함을 알았다면, 아니 동 지로서 일말의 정의라도 있었다면 그 절망 속의 생명을 구출할 노력을 기울였을 것이다.

북한 정권이 빨치산을 사지에 방치하지 않았더라면 수백의 생 명과 그 후 토벌전에서 전몰한 상당수 전경대원의 희생을 막을 수 있었다는 이야기다. 그러나 북한 정권은 남한 빨치산에게 가 혹한 희생만을 요구했을 뿐 끝내 그들의 생명에 대해서는 조그 만 고려도, 관심조차도 피력하지 않았다. 이태는 더할 수 없는 그

잔학을 고발하고 싶어 펜을 들었다고 단호히 말한다.

여담이지만 남한 빨치산만이 버려진 게 아니었다. 국군 포로 역시 6만여 명이 북에 붙들렸다. 북한 당국은 대다수의 국군 포로가 귀순 의사를 밝혔다며 송환을 거부했다. 이에 남한 정부는 더 이상 문제를 제기하지 않았다. 청부업자의 농간에 전장으로 향했던 '애매한 인간들'은 그렇게 남과 북에서 잊힌 존재가 되었다.

북한 정권이 남한 빨치산을 '손절'한 이유는 무엇이었을까? 이태의 진술에 따르면, 빨치산들은 장차 재건할 지하당이나 게릴라의 뿌리로서 정전협정에 구애받지 않는 무력을 남한에 남겨 두려한 것 아닐까 추측했다. 그러나 멀지 않은 장래에 절멸할 운명의 그들 빨치산에게 북한 당국이 그와 같은 기대를 걸었을 리 없다. 구태여 남로당계의 유일한 거점이라 할 남한 빨치산의 사멸을 막아야 할 이유는 없었다. 실제로 남한 빨치산의 소멸과 함께 모든 기반과 발언권을 상실한 월북 남로당계 간부들은 전쟁의 초연이 채 가시기도 전 무자비하게 숙청당한다. 그 공식적인 이유 가운데 하나는 남한 빨치산이었다. 정적을 제거하기 위한 정치적 계산 앞에서 이념의 순수성이 무력해진 이 사태를 경험한 이태가 다다른 결론은 이렇다.

정치적 목적 또는 무관심으로 인해 만에 하나 살아남을 가능성 없는 생명을 방치했다는 것은 다시없는 배신이며 인간을 수

단시하는 잔학행위라고 나는 생각한다.

그렇게 이태는 이념에 일시 가려졌던 '인간'과 마주하기에 이른다. 이태의 이 분노와 선우휘가 그의 소설에서 토로한 이념에 대한 염증이 다르지 않은 터. 그들 두 사람의 종착지는 다르지 않았다. 그 출발점이 달랐을 따름이다.

인간은 깃발 없인 일어설 수 없는가

두 해 전 2019년, 광화문 네거리는 연일 인산인해였다. 그처럼 많은 사람이 모인 사례는 광복 이후 흔치 않다. 그것도 무수히 많은 깃발을 들고서 말이다. 언론은 그 군중을 두 진영으로 가른 후 '진보'와 '보수'라는 타이틀로 각기 호명했다. 실제로 서로 다른 색깔의 깃발이 광장에서 격렬히 부딪쳤다. 그 그림은 해방 정국의 재연이 분명했다. 의심할 수 없는 물증의 하나가 『깃발 없는 기수』에서 목격된다.

벌써 대열의 선두가 나타나 있었다. 무수한 깃발과 플래카드가 대열의 머리 위에서 휘날리고 있었다. 붉은 깃발이 크게 한 번 좌우로 흔들려지자 청년 한 명이 대열에서 후닥닥 뛰어나오더니 날쌔게 몸을 돌려 번쩍 주먹진 팔을 들며 구호를 외쳤다. 대열 머리 위에 수없는 주먹이 솟아오르며 군중은 그 구호에

1946년 삼일절 기념행사 후 서로 다른 방향으로 행진하는 좌우익 진영

따랐다.

또 한 명이 뛰어나왔다. 그는 손에 틀어쥔 모자를 흔들며 크게 노래를 부르기 시작했다. 곧 그것은 전대열의 합창으로 변했다.

"만국의 노동자여 단결하여라."

그것은 노래라기보다 노호에 가까웠다.

그때 갑자기 로터리 왼편에서 만세 소리가 터져 나왔다. 윤은 그쪽으로 몸을 틀었다. 대열의 선두에 휘날리는 태극기와 높이 올려진 플래카드는 물결처럼 다가오고 있었다. 만세 소리가 멎자 맞은편에서 들려오는 노랫소리를 제압하려는 듯이 아우성처럼 노래를 부르기 시작했다.

"적색의 무리들은 물러가거라."

제각기 노래를 고창하며 두 대열은 로터리를 끼고 돌았다.

한쪽이 노래를 갈았다.

"백색 테러에 쓰러진 동무."

그러자 곧 또 한쪽이 그에 응수했다.

"시베리아로 끌려간 형제여."

서로 악을 다투는 노래는 마구 뒤섞여 얼버무려지고 있었다.

광복 74년, 위와 같은 풍경이 되풀이된 저간의 사정을 애써 따져 물을 일은 아니다. 그 이유가 무엇이든 분명한 사실은 광장에 나온 이들이 '깃발' 아래 모였다는 것이다. 깃발을 들기 위해 그들이 모인 것인가, 아니면 깃발이 그들을 모이도록 불러낸 것인가? 역사학자 에드워드 카(E. H. Carr)는 "사실(史實)이란 자루와 같아서 안에 무엇인가를 넣어 주지 않으면 일어서지 못한다"라는 말로 역사적 사실의 비자립성을 언급한 바 있다. 사실에는 해석이 수반되어야 하고, 수반될 수밖에 없다는 주장이다. 우리의 광장을 볼 때마다 필자에게는 카의 이 말이 "인간이란 자루와 같아서 깃발을 높이 세우지 않으면 일어서지 않는다"라는 환청으로 들린다.

선우휘는 『깃발 없는 기수』에서 주인공 '윤'에게 보이지 않는 훌륭한 깃발이 있다고 말한다. 하지만 그 또한 새로운 이념의 출현을 예고한 바와 다름없다. 깃발 없는 기수 역시 또 하나의 신기루에 지나지 않는다. 해방 이래 우리는 깃발의 미망에서 잠시도 깨어나지 못했다. 광기의 그 시간, 얼마나 많은 '애매한 인간들'이 "내릴 수 없는 깃발을 위하여"라는 구호에 볼모로 붙들려 광장으로 끌려갔던가. 광장은 싸움터였고, 이념의 제단이었고, 무덤이었다. 그곳에서 깃발은 늘 죽음을 찬미하는 만장(輓章)으로 펄럭였다.

하여, 각설하고 그 피비린내 나는 광장을 기억하는 이들에게 읍소하거니와, 부디 이제 그곳에 이념의 신주(神主)를 묻고

깃발 없이 가자!!

매듭풀이

❀ 소설 『불꽃』은 〈오발탄〉의 감독 유현목에 의해 1975년 영화화된다. 영화 〈불꽃〉의 개봉을 계기로 원작자 선우휘는 새삼 반공작가로 반추된다. 하명중, 김진규, 고은아, 윤소라 등 1970년대를 대표하는 배우들이 열연을 펼친 영화 〈불꽃〉은 대종상영화제에서 최우수작품상, 남우주연상, 미술상, 조명상 수상의 기염을 토한다. 더불어 제22회 아시아영화제 출품작으로 선정되기도 했다. 이러한 외적인 성과는 이 작품에 씌워진 반공영화 이미지를 더욱 부채질했다.

　〈불꽃〉은 제작 당시 외화 수입 쿼터를 위해 제작된 반공영화로 분류되었다. 그러나 흔히 반공영화에서 보이는 선전적 메시지와는 거리가 있다. 격동의 현대사를 배경으로 우리 민족의 수난사를 그린 휴머니즘 영화이자 리얼리즘 계열 영화에 가깝다. 〈불꽃〉은 유현목 감독 특유의 감각에 더불어 플래쉬백 구성을 비롯한 여러 편집 기술이 돋보이는 수작이다.

반공영화 〈불꽃〉과 〈깃발 없는 기수〉
❀ 원작 소설을 각색하는 과정에서 반공영화라 의심할 만한 색채

가 영화 〈불꽃〉에 좀 더 짙게 가미된 것은 사실이다. 일본군에 강제 징용된 주인공 '현'은 함께 간 '연호'와 탈영하여 우여곡절 끝에 인민해방군이 된다. 하지만 '현'은 '연호'와 이념적으로 대립하다 홀로 귀향한다. 인민군 장교가 된 '연호'는 한국전쟁이 발발하자 고향에 돌아와 '현'에게 선전부장이 될 것을 강요한다. 이를 거부하여 인민재판에 끌려 나간 '현'은 인민군의 총을 빼앗아 아버지가 죽은 동굴로 달아난다. 동료 여교사의 부친이 부당하게 인민재판 과정에서 처형당한 데 분노하여 '현'이 '연호'에게 반기를 든다는 소설과 다른 이야기 전개다. 영화는 이렇듯 '현'이 반공주의자로 변신하게 된 사정을 더욱 뚜렷이 부각한다.

❀ 영화 〈불꽃〉과 관련하여 또 눈길을 끄는 인물들이 윤삼육(본명 윤태영)과 이은성 두 명의 각색자다.

윤삼육은 식민 시기 영화감독이자 배우였던 윤봉춘의 장남이다. 윤봉춘은 1세대 영화감독으로 한국영화사에 괄목할 만한 자취를 남겼다. 그의 아들 윤삼육 역시 영화 〈장군의 아들〉(1990) 각본을 쓰고 영화 〈살어리랏다〉(1993)를 연출하는 등 지명도 높은 영화인으로 성장했다. 그의 여동생이 배우 윤소정이며, 잘 알려진 대로 그녀의 배우자가 배우 오현경이다. 이 두 사람의 딸 오지혜 역시 영화 〈와이키키 브라더스〉(2001)를 통해 연기력을 인정받은 배우다.

〈불꽃〉에 공동 각색자로 참여한 이은성은 소설『동의보감』으로 잘 알려진 작가다. 미완임에도 불구하고『동의보감』은 한때 베스트셀러 반열에 올랐다. 사극의 시청률 기록을 새로 쓴 TV 드라마 〈허준〉의 원작이 바로 이은성의『동의보감』이다. 이은성은 이두용 감독의 영화 〈뽕〉(1985), 임권택 감독의 영화 〈아다다〉(1987) 등 200여 편에 이르는 시나리오를 썼다.

❀ 선우휘의 또 다른 대표작『깃발 없는 기수』역시 1979년 동명의 영화로 제작되어 이듬해 개봉되었다. 감독은 임권택이었다.

〈깃발 없는 기수〉는 제18회 대종상영화제에서 최우수작품상을 수상했으나 흥행에는 실패했다. 반공 문예영화로 광고해 부정적인 선입견을 조장한 결과였다. 비교적 원작에 충실한 이야기 전개를 바탕으로 볼거리를 제공하는 데 소홀하지 않았음에도 대중은 그처럼 외면했다.

영화 처음과 마지막 장면에 수미상응으로 배치된 총격 장면이 특히 인상적이다. 좌우익으로 갈려 친구들이 모두 떠난 후 '해방옥'에서 혼자 술을 마시던 주인공 '윤'은 좌익 지도자 '이철'을 암살하기 위해 자리를 뜬다. 잠시 뒤 군중의 환영을 받으며 차에서 내리던 정치인 하나가 총에 맞아 쓰러진다. 몽양 여운형의 죽음을 연상케 하는 이 장면은 원작과 다른 설정이다. 영화는 극적인 효과를 높이기 위해 '이철' 암살의 현장을 수많은 대중의 시선이 모이는 광장으로 끌어냈다. 영화이기에 노릴 수 있는 그와 같은 시각적 효과를 과신한 탓일까? "해방정국의 혼란기를 충실하게 관찰하고 있으나 정치적 이념 자체에 혼도(昏倒)되어 현재의 역사적 평가를 선명하게 제시하지 못했다"는 개봉 당시의 평대로 〈깃발 없는 기수〉는 원작에 담긴 이념 갈등의 긴장을 놓친 감이 없지 않다.

시간이 삼킨 진실—〈남부군〉 vs. 〈태백산맥〉

❀ 그로부터 십오 년 후 임권택 감독은 조정래 원작의 『태백산맥』을 들고 다시 이데올로기 현장으로 뛰어든다. 좌익 계열의 시선에서 소환한 역사의 재연이었다. 영화 〈태백산맥〉(1994)도 제33회 대종상영화제를 비롯해 그해 여러 영화제에서 상을 휩쓸다시피 했으나 마찬가지로 흥행은 그다지 성공적이지 못했다. 비슷한 소재로 4년 앞서 개봉된 정지영 감독의 영화 〈남부군〉에 비해 〈태백산맥〉이 받아든 흥행 성적표는 초라하기 그지없다. 전 10권 분량의 대하소설을 168분 러닝타임 안에 욱여넣은 편집 자체가 애초에 무모한 시도였다.

이태의 수기를 영화로 제작한 〈남부군〉은 개봉 당시 주요 배우와 엑스트라 400여 명의 전라 혼욕 장면으로 대중의 이목을 끌었다. 원작에 충실한 영화 〈남부군〉은 빨치산 내부에 존재했던 출신 지역, 당원과 비당원, 그리고 남녀 간 차별을 가감 없이 담아냈다. 후일 〈태백산맥〉에서 민족주의자 '김범우'를 연기하는 안성기가 〈남부군〉에서 주인공 '이태' 역을 맡았다. '이태'의 다음 대사가 빨치산이 당면한 현실을 갈파한다.

전쟁의 목적은 권력 높은 곳에서, 전투의 목적은 참모부에서 생각한 것이고, 병사는 오직 죽지 않기 위해서 싸우는 것으로 생각을 하는 거야.

❁ 조정래의 원작 소설 『태백산맥』(1989)에는 '이태'의 위와 같은 진술을 뒤집는 듯한 장면이 등장한다. 낙동강 전선에서 밀려 후퇴하던 인민군은 무등산 북쪽 산골짜기에 집결한다. 소속 부대를 잃어버린 병사들을 모으기 위해서였다. '박영발' 도당위원장은 그들에게 북상을 중지하고 도당과 힘을 합쳐 싸울 것을 제의한다. 그러나 인민군 지휘관 '총위'는 이를 거부한다. 순간 예상치 못한 사건이 벌어진다.

땅!
총성이 터짐과 동시에 총위가 푹 고꾸라졌다. 그 돌발상황에 혼겁한 염상진의 시야에 권총을 들고 선 조직부장의 차가운 얼굴이 밀려들었다. 그리고 위원장은 미동도 하지 않고 앉아 있었다. 염상진은 그때서야 그것이 돌발 사고가 아니라는 것을 깨달았다.

대청마루에는 금방 피가 흥건하게 괴었다. 왼쪽 가슴을 맞은
총위는 바르게 뉘어졌다.

"위원장님……, 이것밖에는 달리 해결 방법이 없습니다."

총위는 고통으로 일그러지고 있는 얼굴에 엷은 웃음을 띠며
분명하게 이렇게 말했다. 그리고 스르르 눈을 감았다. 총위는
엷은 웃음을 담은 채 숨을 거두었다.

군대에 대한 당의 우위를 지키기 위한 위원장의 설득이 실패하
자 수행하던 '조직부장'이 '총위'를 향해 총을 겨눈 것이다. '도당
위원장'과 '조직부장' 사이의 사전 묵계에 따른 조치였다. 작자 조
정래는 그 행간을 이렇게 서술한다.

'총위'는 자기가 죽는 것으로 군인으로서 인민군 총사령부의
명령을 어기지 않았고, 당의 군대로서 당의 요구를 충족시켰음
을 알고 죽어 간 것이었다.

그리고선 '총위'가 웃음과 함께 남긴 마지막 말에 그 숨은 내막
이 담겨 있다고 작자가 직접 나서 친절히 해명한다. 이태가 목격
하여 기록한 무수한 죽음과 조정래가 상상으로 그려 낸 '총위'의
죽음, 둘 중 어느 쪽이 역사의 진실일까?

● 이태와 함께 남부군에 참여했던 시인 김영은 반세기 후 시집 『깃발 없이 가자』(1988)에서 그 모든 진실이 시간 속으로 사라졌다고 조용히 읊조린다.

눈보라 속으로

저 울부짖는 눈보라 속으로
누이는 칼빈을 메고 사라졌다

문학과 낭만 그리고 조국도
십구 세 피지 못한 꽃봉오리도 함께

겹겹이 조여오는 포위망을 뚫고
짐승같이 짖어대는 총소리를 뚫고

누이는 눈위에 피를 뿌리고
핏자국 위에 다시 눈이 쌓인다

회의장 책상에서 전쟁은 끝나고
전선에선 총소리 멎었지만—

많은 사람들이 죽고
더 많은 사람들이 돌아오지 않았다

저 몰아치는 눈보라 속으로
누이도 조국도 혁명도 사라졌다.

| 쓰고 나서 |

"스승은 등을 보여 주는 사람"이라는 말이 있다. 필자도 은사님께 "선생이란 가르치는 사람이 아니라 공부하는 모습을 보여 주는 사람이다"라는 말을 자주 들었다. 크게 다르지 않은 것 같은 두 말의 뜻을 선생이 되고서 간혹 새겨 보지만, 아직 온전히 헤지 못했다.

필자가 진학한 국어국문과에는 미국인 입학 동기가 한 명 있었다. 교양 영어 강의를 함께 수강하는 한국인 동기들은 중간고사 날 그 친구 주변에서 자리다툼을 벌였다. 그런데 노교수님은 그에게만 특별히 다른 문제를 냈다. 영어 문장을 한국어로 옮기라는. 한국인 동기 모두는 좌절했다. 당황하기는 그 친구 역시 마찬가지였다. 후일 그에게 필자의 글을 보여 준 일이 있다. 그는 별말

없이 자신이 월간 〈샘터〉에 한국어로 기고한 수필 한 편을 나에게 건넸다. 쉬운 어휘에 간결한 문장이 우선 눈에 띄었다. 애써 부정하고 싶었으나 잔잔히 밀려오는 감동에 순간 얼굴이 후끈 달아올랐다.

삼십 년이 흐른 지금 필자는 대학에서 글쓰기를 가르치고 있다. 미국인 친구가 선사한 열패감, 그 흑역사를 잊으려 '등을 보여 주는' 선생이 되자고 다짐하곤 한다. 학생들로부터 "어떻게 하면 글을 잘 쓸 수 있습니까?"라는 질문을 가장 자주 받는다. 그때마다 "쉽게 쓴 글이 좋은 글이다"라고 생뚱맞게 답한다. 그것도 확신에 찬 표정으로 말이다. 기세에 눌려서인지 학생들은 다음 질문을 잇지 못한다.

한국 근현대소설 독서 노트라 할 이 책은 그 수련의 한 결과물이다. 이전에도 유사한 두 권의 저서를 출간한 적이 있다. 그때마다 독자 반응은 영 신통치 않았다. 공명심에 눈이 멀어 쓴 글이어서일까? 주위 사람들이 하나같이 하는 말인즉슨, "도통 이해하기 어렵다"는 푸념이었다. 쉬운 글이 좋은 글이라 단호하게 말하는 선생의 글이 정작 이 지경이니 면목 없다.

더하여, 이 책의 한 주인공인 소설가 손창섭의 말이 뼈 때린다. 일본으로 건너간 후 종적이 묘연했던 손창섭을 어렵사리 찾아낸 기자에게, 치매에 걸린 그가 잠시 제정신으로 돌아와 눈물을 비치며 한 말, "난 선생이 아닙니다. 선생이라고 불릴 만한 인간이 아닙니다” 말이다. 1950년대 한국 문단의 상징적인 작가 손창섭의 그 겸허 앞에 부끄러운 마음은 오롯이 필자의 몫이어야 할 테다. 이 책『우리 소설의 비급』이라고 해서 이전 책에 쏟아졌던 핀잔을 다시 받지 않으리라 장담할 수 있을까마는, 그나마 다행히 그사이 핑곗거리가 생겼다. 요샛말로 '까임방지권'이란 걸 하나 얻은 것이다.

"그래, 나 갱년기다."

책의 편집을 맡아 준 김세중 선생과 필자는 다른 책의 독자와 저자로 처음 만났다. 이 책을 준비하면서 두 사람은 편집자와 저자로 관계가 바뀌었다. 심상치 않은 인연이다. 누군가와 관계를 맺는 일이 전광용의 '운명의 그물'에서 벗어날 유일한 길이라는 믿음이 필자에게는 있다. 그 낯선 길을 틔워 준 김 선생께 감사의 마음을 전한다. 고맙게도 그 길을 흔쾌히 내어준 도서출판 기파랑을 기억하고자 한다.

우리 소설의 비급
식민 시기부터 전후까지, 11인의 작가 다시 읽기

초판 1쇄 발행　2021년 10월 20일

지은이　김병길
펴낸이　안병훈
펴낸곳　도서출판 기파랑
등　록　2004. 12. 27 제300-2004-204호
주　소　서울시 종로구 대학로8가길 56 동숭빌딩 301호　**우편번호** 03086
전　화　02-763-8996(편집부) 02-3288-0077(영업마케팅부)
팩　스　02-763-8936
이메일　info@guiparang.com
홈페이지　www.guiparang.com

ISBN　978-89-6523-578-1　03810

이 도서는 한국출판문화산업진흥원의 '2021년 출판콘텐츠창작지원사업'의 일환으로
국민체육진흥기금을 지원받아 제작되었습니다.